Undead Girl · Murder Farce
2
アンデッドガール・マーダーファルス
怪盜與偵探
青崎有吾
Yugo Aosaki
插圖 大暮維人／譯者 曾玲玲

繪圖　大暮維人
設計　板野公一（welle design）
福克宅繪圖　友山遙
地圖製作　J.MAP

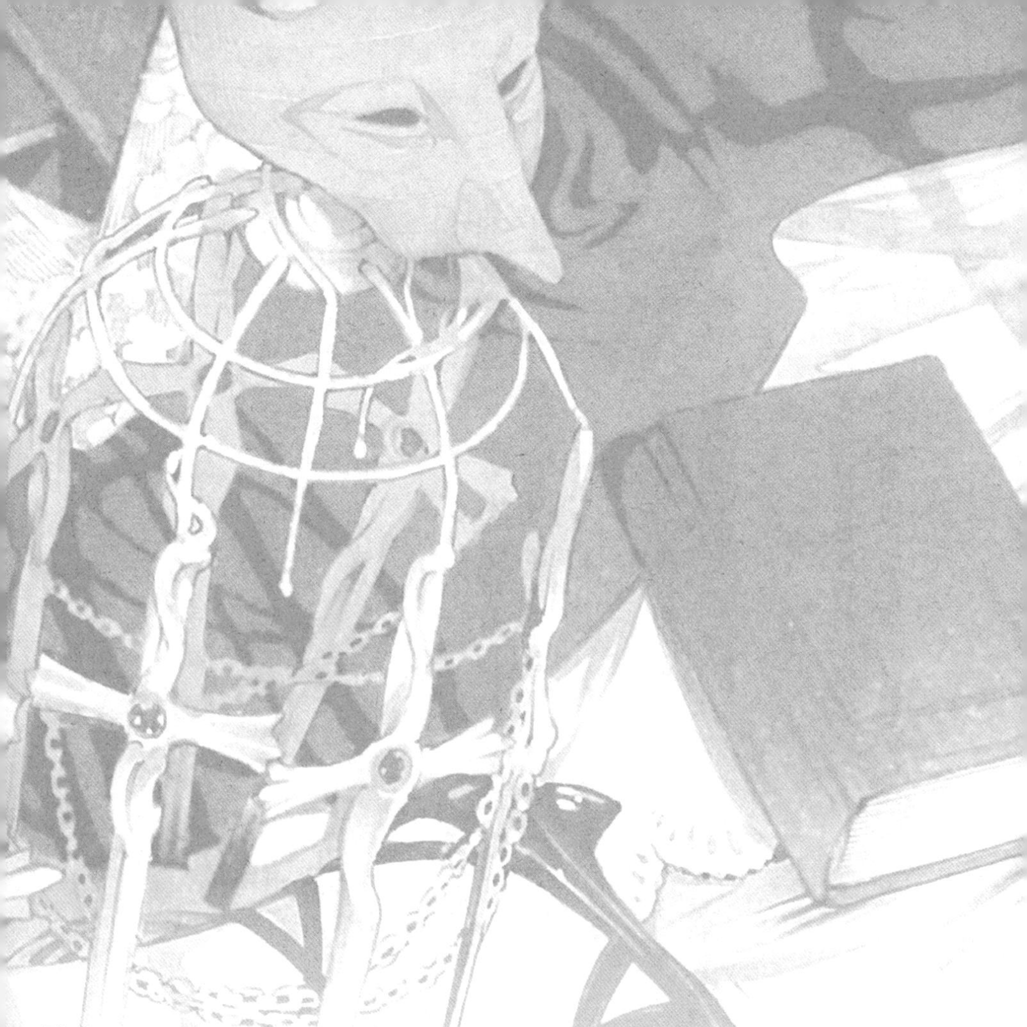

目次

人物介紹

「鳥籠使者」一行
輪堂鴉夜：專查怪物的偵探。不死的美少女。
真打津輕：半人半鬼的輕浮者。
馳井靜句：伺候鴉夜的冷酷女僕。

福克宅
菲萊斯・福克：達成在八十天環遊世界的男人。
帕斯巴德：與福克一起環遊世界的管家。

怪盜們
亞森・羅蘋：鎖定福克宅的鑽石的怪盜。
魅影：俗稱「巴黎歌劇院的怪人」。

偵探們
夏洛克・福爾摩斯：世界最厲害的偵探。
約翰・H・華生：福爾摩斯的搭檔。醫師。

「勞合社」諮詢警備部
雷諾・史汀哈德：第五代理人。有潔癖。
法蒂瑪・達布爾達茲：第七代理人。辛苦人。

警方相關人士
雷斯垂德：倫敦警局的刑警。
葛尼瑪：巴黎市警方的警官。羅蘋專家。

教授一派
奪走鴉夜身體的神祕老人，及其羽翼。

【福克宅示意圖】

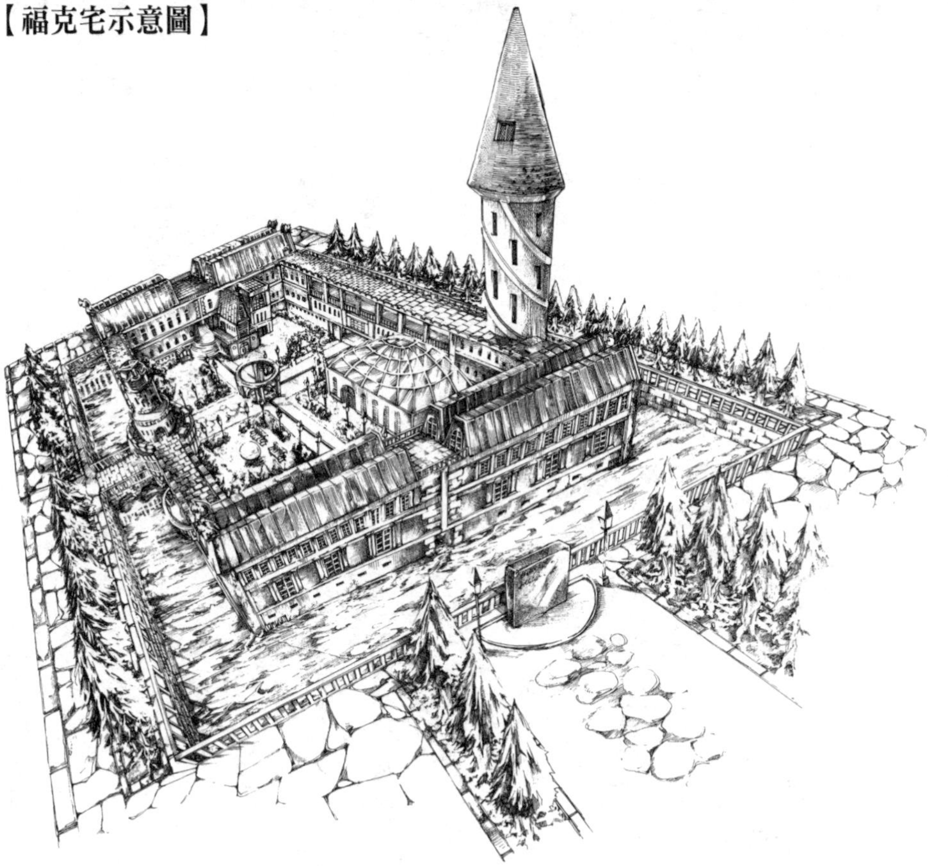

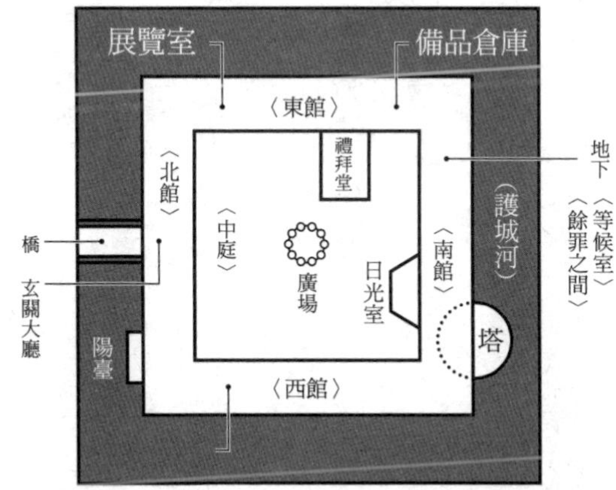
展覽室
備品倉庫
〈東館〉
禮拜堂
地下
〈等候室〉
〈餘罪之間〉
〈北館〉
〈中庭〉
廣場
〈南館〉
日光室
〈護城河〉
橋
玄關大廳
塔
陽臺
〈西館〉
← 河岸街
泰晤士河 →

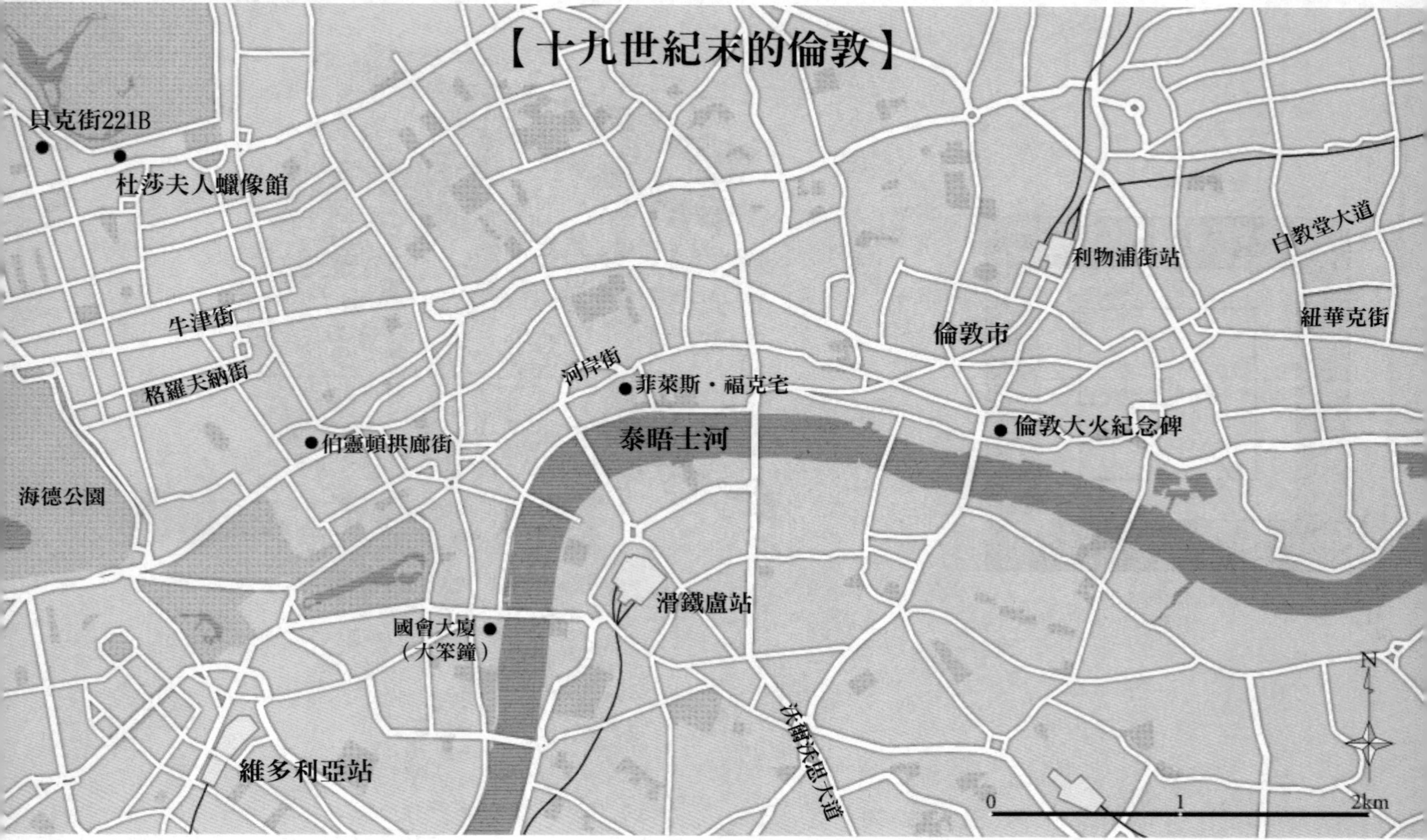
【十九世紀末的倫敦】
貝克街221B
杜莎夫人蠟像館
牛津街
格羅夫納街
海德公園
伯靈頓拱廊街
河岸街
菲萊斯・福克宅
泰晤士河
國會大廈
（大笨鐘）
滑鐵盧站
維多利亞站
沃爾沃思大道
倫敦市
倫敦大火紀念碑
利物浦街站
白教堂大道
紐華克街
N
0
1
2km

0

「早安，艾瑞克。」

一醒來，便聽見一個親切的聲音呼喚自己。

男人低聲呻吟，笨拙地起身。雙手被綁在背後。

置身陌生的奇怪房間。牆壁和天花板是裸露的岩石，然而房間中央是排列著點心或水果盤的豪華餐桌。隱約聽得見微弱水聲。

眼前的椅子，坐著一個翹腳的青年。

「你沒戴面具的臉，出人意料很英俊呢。」

男人發現自己愛用的面具被拿掉，放在桌上。慌張地低下頭，試圖以白髮遮臉。青年笑著說「別這麼害羞」。

青年年紀約莫二十五、六歲。美麗的金髮和強悍的眼神令人印象深刻，細瘦的身體貼合燕尾服，披著漆黑的斗篷。上衣的扣子應該是真正的翡翠吧。表情、服裝與態度，都滿溢著相當的自信，讓人覺得是個不是國王而是王子風格的人。而且還是個任性花花公子的王子。男人直覺這人是和自己徹底相反的那種人。

「對了，艾瑞克你感覺怎麼樣？因為你昏迷了大概半天。要喝什麼嗎？」

「你怎麼知道我的本名？」

「事先調查是工作的基本。我知道的多著呢。你是波斯人，白髮和潰爛的右臉是天生的。無與倫比的男高音歌聲。住在巴黎歌劇院地下二十三樓。二十年來始終沒有讓人逮住，宛如幽靈神出鬼沒，綽號是『巴黎歌劇院的怪人（歌劇魅影）』。是吧，這位害羞的先生。」

滔滔不絕條列各項資訊之時，青年用戴手套的手把玩著大顆的紅寶石。

對了，漸漸想起來了——那是和平常一樣的華麗夜晚。歌劇院因為最後一天演出《唐・卡洛》十分熱鬧，男人在二樓的五號包廂觀賞歌劇。但是在第三幕進行時出現異狀，這名怪盜從天而降，偷走女聲樂家身上戴著的紅寶石。因為是他喜愛的歌手，所以他主動追賊。追到頂層座位卻遭受敵人反擊，然後——醒來時人就在這裡了。

「這裡是什麼地方？」

「空洞之針。」青年回以一個未曾聽過的詞彙。「大概還在改裝吧。待起來有那麼點不舒服就是了。」

「為什麼要抓我？」

「這是偷。」立刻遭到訂正。「偷紅寶石時順便的。物品該彙整起來收藏到同一個地方。這顆熱情的寶石始終只能當作演戲的展示品，太讓人受不了。怪人魅影一直悶在歌劇院的地底下也沒意思。兩者皆歸我所有，感覺協調多了。」

「廢話就免了，你的目的是什麼？」

青年聳了聳肩。「我想在倫敦做件工作但部下全跑了，現在人手不足。」

意思是想要找人幫忙工作嗎？好個脫離常識的徵才方式。男人謹慎地詢問：「你想偷什麼？」

「『倒數第二個夜晚』。」

「……菲萊斯・福克的？」

「沒錯。」

「你腦袋清醒嗎？」難怪部下全部跑光。「關於福克家的鑽石我是聽說過，不過不可能得手的。那棟宅第的警備牢不可破。而且，倫敦還有夏洛克・福爾摩斯在。」

「可是，這裡有亞森・羅蘋在。」

青年用紅寶石的前端碰了碰胸口。

單就從旁聽聞來說，只是感覺很囂張的講法而已。但是在這口吻的背後，能夠感受到和愚者常見的虛張聲勢或誇大幻想不一樣的來路不明的威風。宛如望盡未來。

男人察覺到了差異。

這位王子殿下散發出來的不是自信。

而是確信。

打破任何人都會畏縮不前的豪宅警備，戰勝人稱「世界最厲害」的名偵探，這些在他心裡都是既定事項且在意料之中。計畫已經完美無瑕，所有的模式都假設完畢，失敗的機率一點兒也沒有——哪來閒工夫傲慢。或許真的是腦袋不清醒，但是——

再度和羅蘋視線交會。金色的眼眸彷彿太陽。

「你有勝算嗎?」

「沒有就不會找你了。」

宛如夏季的熱浪踏進了魅影心中。至今為止持續躲藏在歌劇院地底下的人生,囚禁於醜陋右臉的自我封閉,太陽將這些全輕而易舉地融化了。為那光所導引,湧出傻子般的心情。像是想要在笑劇的舞臺上大鬧一場的,年輕充滿朝氣的衝動。

過了一會兒後,他站了起來。同時,原本綁住雙手的繩索掉到地上。

「你還有唱歌以外的專長呀?」羅蘋說。「什麼時候就解開了?」

「大概是你說『出人意料很英俊』那時候吧。我本來就擅長處理繩索。」

「我更加欣賞你了。所以,你要怎麼做?回家去嗎?」

「我被偷了吧?那我就聽從持有者說的話。」

說起來就是輸了一次。即使不願也只能訂立契約。

魅影走近餐桌拿起面具,戴到臉的右側,嘗到剛才言談中提過「協調多了」的感覺。畢恭畢敬地對所有者鞠躬,背誦出歌劇的一段:「《猶太女》第二幕。『來,我們走吧。不論地上天上,同樣的命運正等待我們兩人』。」

「雖然你這段引用極好。」羅蘋一臉快笑出來的表情環顧藏身處。「但是不好意思艾瑞克,這裡是海上。」

第三章

怪盜與偵探

與亞森・羅蘋的意願相反，竟發生這等不可能的奇蹟，只能認為是自然規律逆轉，不合道理的異常事物獲得了勝利。

（莫理斯・盧布朗《羅蘋對福爾摩斯》）

1

一八九九年，英國——

蜿蜒大河的水面，呈現與天空相同的灰色。

為這兩道灰色所包夾，數不盡的建築物密集其中，築起煙囪和尖塔的森林。劇場、銀行、車站、店家、工廠、民宅、學校、教堂。鋪設完整的石板路與煤氣燈，通行的馬車與汽車，痛快響著的汽笛與皮鞋聲。籠罩城市的霧氣，真實身分是家家戶戶的壁爐或烹飪用的爐子排出的煤煙的集合體。四百五十萬人居住的這個城市，甚至連天候都能以人力製造。

城市名為倫敦。無須多言眾人皆知是大英帝國的首都。

吸血鬼或人魚之類，也就是人稱「怪物」之異形種的倖存者依然在大陸四處蠢動，不過在這個城市卻不見蹤影。這也難怪，因為作為將怪物淘汰起源的工業革命，就是一百四十年前從這裡開始的。本初子午線經過的這個城市，的的確確是「人類文明」的中心地。

一月十八日，早晨。這麼一座都市中的某棟宅第內，一名紳士起床了。

他離開附頂篷的床鋪，拉開窗簾靜止十秒鐘，讓冬季朝陽灑在身上。然後精準地走了七步到隔壁房間。沒有打哈欠也沒有抓背。

關上門的同時，拿著茶壺與郵件的管家從對向房間現身。

「福克老爺，早安。」

「早呀，帕斯巴德。」

名叫福克的主人就座，名叫帕斯巴德的管家泡咖啡。精準地在八點二十三分開始的早茶時間，已是幾十年沒變的習慣。福克先生的生活準確如時鐘，穩固如火車。

但，今天發生了一點脫軌意外。

他邊喝咖啡邊檢查郵件，但一看到第二封信，茶杯立刻從手裡滑落。咖啡四濺弄髒了地毯。由於主人還是第一次灑出飲料，管家不禁全身僵硬。

福克先生也全身僵硬，但還能保持冷靜。他花時間再度閱讀那令人震驚的信件。文章極為簡短，內容卻非常重要。是惡作劇嗎？不對，記得前幾天的確——他沉思般地碰觸鬍子末梢。

「福、福克老爺？」

管家傳出不知所措的聲音。福克先生將信放回信封，看了一眼打翻的咖啡。彷彿是不祥的徵兆，黑色的痕漬擴散到腳邊。

「帕斯巴德！」他命令管家。「找打掃的大嬸還有警察過來。」

2

所謂的都市必然如此，大都市倫敦也能大致上分為兩個地區。富裕的地區，以及貧窮的地區。

城市的西區，屬於前者。劇院密集區的皮卡迪利廣場，公司和報社排列的河岸街，矗立於河岸的大笨鐘和各種中央政府單位，白金漢宮等等引領政治與文化潮流的地方聚集於此，不勝枚舉。治安也好，路上行人中盛裝打扮的婦女和體型魁梧的紳士引人注目。

相對的在城市東側，東區則是貧民區。低薪資的勞工再加上中國或猶太移民集中居住，在零碎的街道中過著雜七雜八的生活。治安和景觀即使說客套話也稱不上良好，落得路旁有乞丐和醉漢在打呼，酒吧和妓院的面前有痲子臉的孩童們奔跑過去之類的下場。

即使如此，所謂的雜七雜八，反過來說就是有活力。往來於主要道路白教堂大道的人們，每個人皆有相應於貧窮的開朗。商店街買賣的聲音總是不絕於耳，也有許多隱藏名店。

專製作手杖的店家「阿爾伯特・鴻」也是那樣的老店當中的一間。

「有錢人還真辛苦呀。」

一月十八日，上午十一點。第三代店主霍夫曼・鴻正在裡面的廚房閱讀《泰晤士報》的號外。

標題是「亞森・羅蘋現身倫敦」。今天早上，轟動法國的怪盜好像送了預告信給大富翁菲萊斯・福克。「真辛苦呀」是對福克先生的諷刺。他確實是個偉大的男人，但名氣有點太大。就鴻的思考來說，謙虛才是生意興隆的祕訣。

「要是像我這店這麼小小一間，小偷應該也不會上門吧。」

才一咕噥完，門鈴立刻響起。

「您好。請原諒我打擾了。就算不原諒我也是要進去啦。」

「……？」

擅自闖入可讓人受不了。鴻趕緊走到外頭的店面。

門口，站著個獨具風格的男人。正以蓬亂的褐髮加上明顯尺碼過大的皮大衣這等裝扮，稀罕地望著陳列著手杖的店內。臉部左側，有一條形狀像是貫穿左眼的青線。單手提著個以蕾絲罩子覆蓋的鳥籠。

「請問您有什麼事嗎？」

「哎呀您好呀。這裡，是『阿爾伯特・鴻』嗎？」

「是的。」

「太好了終於找到了。哎呀本來以為店名叫做『愛德華』一直遍尋不著。哈哈哈。其實我在比利時聽到貴店的好評，說這裡有極為好吃的肉。」

「肉？」

「這裡是牛排店吧？」

「……這裡是手杖店。」

「哦難怪有這麼多手杖。不過牛肉和手杖都是類似的東西，不管哪個火一燒就會有味道。也就是說手杖用久用慣了就會被晒黑。」

「津輕。」

突然傳出少女的聲音。鴻嚇了一跳環顧店內。

「剛剛，是什麼……」

「請別在意。」男人將臉湊上來。「其實我是來買手杖的。哎呀，不是我要用的是我師父要用的。因為有點年紀，差不多得用了。」

鴻眨了眨眼。

總而言之，似乎是顧客。言行舉止不太對勁可能是因為不習慣英語吧。剛提到了比利時，且仔細一看五官也是東洋風格。

「這樣呀。」他親切地回應。「小店當然也有販賣適合送禮的手杖。讓我來幫您判斷何者合適吧。請問您的師父貴庚？」

「九百六十二。」

「咦？」該不會是自己聽錯了？「是六十二歲對吧。身高大概多少呢？」

「我沒有好好量過……」

「目測的也可以。」

「那就大概是三顆蘋果吧。」

「不好意思，您剛說什麼？」

「津、輕。」

又是少女的聲音。鴻嚇得跳起來。

「啊，你聽！你有聽到嗎？女孩子的聲音。」

「沒有呀完全沒聽到。」

男人蒙混般地拿起商品。

「對了，這手杖實在是時髦呢。特別是這個，金色的裝飾文字。」

「哦……那是小店獨有的服務。會在握把部分幫買手杖的客人刻上對方大名的縮寫字母。您會注意到真是有眼光。」

「常有人這麼說我呢說我姿態低但眼光高，這服務是什麼時候開始有的呢？」

「一開店的時候就有了。小店是傳承三代的老字號。」

「那麼，想必老主顧也很多吧？」

被吹捧後心情大好的鴻，回頭望向收有顧客名單的文件架。
「這個嘛，多到數不完。」
「那全部都是顧客名單嗎？真是驚人，整理應該很辛苦吧。」
「因為是照字母順序分類所以很簡單。對了請問先生您的大——」
在問完「您的大名？」之前，脖子感受到像是被手劈中的重擊。鴻和徹底刷洗過的自豪地板接吻，失去意識。

回神時坐在椅子上。
鴻抬起頭，神智不清地環顧店內。沒有半個人，也沒有任何異狀。時鐘指著十一點十分。到方才為止應當是和一個男人在說話的。
「是作夢嗎？」
一邊摸著隱隱作痛的脖子，他一邊看了看背後的文件架——忍不住站起來。
不是夢。
顧客名單的「M」的部分整個消失，取而代之的是貼著的便條紙。伴隨拿著手杖的可愛牛隻的圖畫，寫有不清不楚的訊息。
（借用一陣子）
「小……小……」

鴻直往後退，撞上椅子差點摔跤。

同時背後門鈴響起。回頭一看，兩位客人正走進店裡。人中留了鬍子的男人，和將亂翹的頭髮往後貼整的男人。

「這真的是名店嗎？看起來不像。」

「這家店無庸置疑是名店。我哥也是在這裡買手杖的……哎呀，怎麼了嗎？」

頭髮亂翹的男人察覺到鴻的異狀。店主再度發出卡在喉嚨的「小」的聲音之後，終於說出話來：

「小偷！我剛剛被偷走了顧客名單！請、請幫我報警！」

兩名男子有些吃驚地互看。

沉默地彼此點頭示意後，鬍子男回到門口。頭髮亂翹男則是扶著鴻的肩膀，要他先在椅子坐下。

「好了，請您先冷靜下來。深呼吸。不過偷顧客名單還真是奇怪呢。您有看見犯人的樣子嗎？」

「有，我看到了。是個感覺是東洋人的男人。拿著個像是鳥籠的東西，還有……」

「蓬亂的褐髮和皮大衣？」

鬍子男回到店哩，說道。雙手拿著褐色假髮和大件的外套。

「這些掉在旁邊的小巷子。」

「就是他改變過裝扮的意思囉。」亂翹頭髮男說。「一從這間店出去就脫掉丟棄走人了。」
「我的天呀！」鴻大叫。「沒救了，線索都沒了！」
「沒這回事，線索足夠了。」
頭髮亂翹男搜索著變裝工具，在大衣口袋找到一小塊布。他從上衣取出放大鏡觀察過那塊布後，再度面向鴻問道。
「冒昧請問一下，這間店附近有沒有一家由瑞典人夫婦大約在十年前開始經營、有二十間以上的房間，服務很好的旅館？」

*

「很順利呢。」
「你說話技巧太差。」
「師父竟然如此嚴厲！我明明就有好好打聽出消息。」
「一半以上都是多餘的交談吧。說起來我是長生不老，不會老到要用手杖。腰也是直挺挺且柔軟度極佳。」
「偏偏我不曾看過師父脖子以下的部分。高約三顆蘋果就形容得不錯吧？」

「那也是很難懂，有更準確的說法。」

「例如什麼？」

「身高和頭部一樣高之類的。」

「我學到了。」

一邊持續沒勁的交談，身穿滿是補丁的大衣的青髮年輕人——真打津輕，一邊走過距離大道有點遠的紐華克街。懷裡是「阿爾伯特・鴻」的顧客名單。右手提著覆蓋蕾絲罩子的鳥籠。裡頭是輪堂鴉夜。

「可是，也許很快就能讓你看看我脖子以下的部分了。」鴉夜滿足地說。「終於拿到那男人的線索了。得寄封感謝函給葛里警官。」

繼續旅行的偵探一行人來到倫敦，是約莫兩週前的事。去年年底，在比利時調查人造人的案子時，獲得正在追蹤的敵人其手杖似乎是倫敦店家的商品這樣的情報。於是伴隨新年來到英國，到處尋找倫敦東區內的手杖店。由於從警官那邊聽到的店名有點不同所以花了點時間，但今天終於抵達目標。

「我覺得你的做法有點粗暴過度了。」

「那種老店最重信用，不會輕易出賣顧客資訊的。這麼做是最快的。兩、三天之內還回去就好。」

津輕碰觸厚厚的名單。

「兩、三天內，就能在這裡頭找出引人注目的名字吧。」

「如果有記載身高或年紀應該就能將範圍縮小到某種程度。但也不能保證一定找得到。就算找到了也不保證那傢伙人在倫敦市內，就算在也不保證能碰頭，能碰頭也不保證能打贏，能打贏也不保證我們可以恢復成原本的身體。」

「別說了，心情都沉重起來了。」

「你會心情沉重的程度，就是剛好普通而已。」

「我要改名叫真打氣輕嗎？總之先回旅館休息一下吧。不快點回去又要挨靜句小姐罵了……」

打算穿越空地之時，津輕停下腳步。不得不停下來。

因為前方出現兩個男人，擋住去路。

一個是約莫四十五、六歲，體格壯碩的男人。頭戴象牙色帽子身穿雙排釦大衣。雖然人中留著鬍子的五官看上去敦厚，但往這邊瞪的視線彷彿飽經戰爭的士兵冷得徹底。

另一個，則是將亂翹的短髮往後梳攏的男人。年紀同樣是四十多歲。尖鼻子，高高瘦瘦的。眉目到臉頰一帶刻劃了一條線。描繪出宛如波紋的同心圓的水藍色眼睛，讓人感受到一種彷彿敏銳到接近瘋狂的卓越理智。服裝是有若凝結了倫敦景色、有點褪色成紅褐色的西裝。

「……有何貴幹？」

「不是什麼大不了的事情，可以請你歸還顧客名單嗎？」

頭髮亂翹男說道。津輕發出「奇怪？」的聲音，像是要確認有無遭人跟蹤看了看自己的背後。

「你怎麼知道的？」

「我從你丟掉的大衣口袋找到這個。」

頭髮亂翹男丟出布塊。上面以十字繡刺著「23」這個數字。

「這是在旅館寄放外衣時使用的管理號碼。你應該是從住宿地點掛大衣的地方偷走合適的衣服的吧。這是瑞典特有的瑞典刺繡法，而且布料是北歐產的麻。既然管理號碼超過二十三，意思就是房間數量也是相同或是更多，是一間頗具規模的旅館。從針腳綻線的程度看來可以得知號碼布大約使用了十年。大衣的灰塵雖然被刷得乾乾淨淨，但左邊有草的碎屑。是移動的時候風吹過來沾上的。也就是說你沒有搭乘馬車或地鐵。

那間手杖店徒步可至的範圍內，由瑞典人經營，古老有規模又服務佳的好旅館。我詢問店主，馬上得知是紐華克街的『利斯敦旅館』。因為沿著最短距離追很快就發現手持鳥籠的可疑男子，所以我們小心翼翼在不被發現的情況下迂迴跟蹤。順便說一下，在你丟棄的假髮內側有脫落的青色髮絲。」

「下次要偷東西的時候，應當留心髮色。」

鬍子男補上評語，頭髮亂翹男說著「還有其他問題嗎？」並瞪向津輕。兩人逐漸縮短彼此的距離，男人即將逼近到津輕眼前。
津輕也像是忘了逃跑，兩次眨了眨眼，謹慎地問：
「兩位是蘇格蘭場的人嗎？」
「不是。」頭髮亂翹男淺淺一笑。「他們可沒我這麼能幹。」
丟出這句話的同時，男人撲了過來。

*

真打津輕是半人半鬼。
連已經滅絕的世界最強種族不死都能殺死的鬼，其血液以頗高的濃度混在他體內。即使拿掉那部分，他也曾是「掃蕩離奇」的負責成員或是雜耍場的藝人之類以殺怪物維生的厲害戰士。不論是二對一，還是因為手持鳥籠只能單手應戰，都沒有輸給人類的道理。上次的案子也是花不到兩秒便讓兩名警員失去意識。
於是鴉夜決定在津輕提著的鳥籠中旁觀。被可疑之徒纏上了。討厭鳥籠晃動，希望津輕單手迅速解決。她一邊思考著這些事情。
但是還沒超過十秒，鳥籠便大幅晃動。
兩個男人同時展開攻勢。頭髮亂翹男是英國人風格的拳擊路線，鬍子男則是軍隊式的格鬥術。看起來，兩人都沒有強到能和怪物互爭高下。

但，兩人皆習慣戰鬥。

習慣兩人一起的戰鬥。

頭髮亂翹男藉著跳躍吸引注意力，鬍子男則從反方向打擊側腹部。津輕打算踢腳，鬍子男的腳卻壓制住津輕的起腳，頭髮亂翹的搭檔則連續擊出勾拳。一用胳臂擋下再回推那些勾拳，鬍子男又立刻從反方向攻來。明明彼此也沒出聲示意卻是完美無缺的默契。受到這樣交替的攻擊連反守為攻的空檔也沒有。

變成只能一味防禦的津輕，為了拉出距離打算往後退一步。就在那一瞬間，彷彿是早已等待著他，頭髮亂翹男突然改變姿勢，用腳纏住津輕當作重心的腳。連鳥籠中的鴉夜也大吃一驚。

「柔……」

柔道。

津輕畫出漂亮的弧線，重重撞上地面。撞擊使得鳥籠離手。打算逮住小偷，鬍子男衝了出來。

然而，津輕早一步跳起。一溜煙地逃開後利用牆壁增加力道，踢中鬍子男的腹部。男人被快活地打飛，撞破對向住家的木門。

可能是聽到吵鬧，空地入口處傳出女人的尖叫。

頭髮亂翹男雖然往搭檔消失的大洞瞥了一眼，但依然保持作戰姿勢。恢復成拳擊的樣子，讓人聯想到水面波紋的眼睛凝視津輕。

以彈跳步繞到旁邊，這次輪到津輕發動攻勢。

只是稍微掠過就能分出勝負的半人半鬼的一擊——但是，做不到。不論從死角出拳或是佯攻，男人全避開了。被閃過的拳頭打到牆壁，老舊的磚頭出現好幾個洞。男人別說是畏懼了甚至進一步加速。鑽過津輕突襲的胳臂，以沒有多餘的準確動作施展刺拳。

宛如不是看清攻擊，而是事前已預測到了。

「津輕。」鴉夜忍不住出聲。「你的動作被看穿了。」

「我知道啦！」

「那你在做什麼？」

大概是心想誰在講話，男人的視線自津輕移開，投向鳥籠。

撞擊地面的力道，掀起了蕾絲罩子。於是，頭髮亂翹男和鳥籠中的鴉夜打了照面。

看見了，原本隱藏著的那個身影。

充滿光澤的黑色長髮和散發光芒的紫色眼睛。

細緻潔白的肌膚和櫻粉色嘴唇。

嬌嫩的五官洋溢著不可思議的妖豔，非常美麗的少女的，頭顱。

男人全身僵硬是必然的，讓逮到這個破綻的津輕狠狠賞了一記右直拳也是必然的。

「啊唔。」

男人發出愚蠢怪聲，撞上背後的磚牆。已變得脆弱的牆壁和男人一同不盡興地倒塌。

做完一件費勁工作的津輕，拍掉雙手的灰塵對著這邊一笑。

「謝謝師父幫我加油。」

「太束手無策了，你這個生手。」依然是横倒狀態的鴉夜不快地說。「這兩個人是何方神聖？」

「天曉得，看來不像警察就是了。不過能在那麼短時間內就找到我們真是嚇死人了。搞不好——」

彎身打算拾起鳥籠的津輕，突然翻白眼，往旁邊倒下。

站在他後面的是鬍子男，單手反拿手槍。似乎是用槍托敲打津輕的後腦勺。

「晚安。」

對昏倒的津輕呻吟般地這麼說後，可能是尚未完全恢復，男人按著腹部跑到搭檔身邊。

「喂，你還好啊唔——」

就在試圖搖醒搭檔時，他也發出愚蠢怪聲。直接倒下，疊在搭檔身上。

從背後襲擊男人的，是圍裙底下可以窺見的耀眼美腿。

「您沒事吧，鴉夜小姐。」

身穿清純女僕服，揹著以布包裹的長型武器，表情冰冷的鮑伯頭女子——馳井靜句，以雙手捧起鳥籠。

「唷，靜句。得救了。」

「因為您遲遲未歸所以我前來迎接，發生什麼事了？」

「沒有啦，雖然在手杖店很順利，但後來被這兩個男人纏上，發生了一點小爭執。」

「應該有個優點就是只有強度還可以的男人與您同行的。」

「那個呀，現在被妳踩在腳下喔。」

靜句像是在說「我沒注意到」踩得更用力。津輕的嘴巴漏氣，發出「呼啾」的聲音。這也算是默契良好的雙人組。

「總之我們回旅館去吧。可以麻煩妳也帶津輕一起回去嗎？」

「雖非我本意，但既然是您的命令我就照辦。」

靜句揪起津輕大衣的領子，粗魯地拖著他走了幾步。然而——

「到此為止，不准動！」

又有出乎意料的干擾。

出聲大喊的是手持警棍的警察。不知什麼時候聚集的，空地入口和出口各有兩人擋住。背後看好戲的湊熱鬧人群也是為數眾多。

而且運氣不好的是，靜句還沒把鳥籠的蕾絲罩子蓋回去。

「啊——!」

目擊頭顱的人們喧嚷和尖叫聲，在紐華克街迴盪。

3

一面忍受著車輪的搖晃，沙德韋爾署的奈傑爾警員緊握警棍。

搭乘老舊的押解犯人馬車，將轄區內逮捕的犯罪者送去警署——這是他每天的例行公事。由於只是處理流氓或酒醉者的簡單工作，平常都是偷懶順便看看報紙什麼的，今天卻怎麼也靜不下來。因為上午的逮捕者裡頭夾雜著奇怪的傢伙。

他環顧骯髒的廂型馬車內部。左右各有一張四人座的長椅，包含自己在內總共八個人達到乘車人數上限。

奈傑爾固定坐在車門旁邊的監視席。左邊是以闖空門現行犯身分被逮捕的女人，她旁邊是常客「運送業」賓利兄弟。兩張一模一樣的愁眉苦臉排在一起，不斷徒勞地試圖解開手銬。

對面的座位，從最裡面開始依序是右臉紅腫的頭髮亂翹男，大衣留有鞋印的鬍子男。旁邊是個像受雇於貴族、出現在錯誤場合的女僕，維持著讓人掃興的表情一動也不動。再過來在奈傑爾的正對面，坐著個將鳥籠放在大腿上的青髮男子。鳥籠的蕾絲罩子被拿開，看得見內容物。警員靜不下來的主因正是那個鳥籠害的。

「警察先生，我是初犯呀。可以放我一馬嗎？」

闖空門女人頻送秋波。奈傑爾堅決拒絕「不可以」。

「奈傑爾先生，我們今天什麼也沒運送呀。」

「對呀，只是因為天氣好出門散步而已。」

話講得快的賓利兄弟申訴委屈。奈傑爾再次堅決拒絕「不可以」。

「找雷斯垂德過來。他是我朋友。」

頭髮亂翹男說道。奈傑爾果然還是以「不可以」拒絕，輕視地嘲笑。

「雷斯垂德警官的大名，就算不是朋友只要是倫敦市民任誰都曉得。抵達警署之前你給我老實點。」

頭髮亂翹男雖然想擺出「束手無策」的投降姿勢，但發覺被上了手銬只能罷休。坐在一旁的鬍子男嘆了一口氣。

「真是的，為什麼會變成這樣？」

「因為你說想買新的手杖。」

「決定去那家店的人是你吧……警察先生，我是被誤抓的。我什麼虧心事也沒做。」

「你說你沒做？」奈傑爾壞心眼地反問。「撞破木門甚至鬥毆到讓牆壁崩塌還有三個男人昏倒，再加上還帶著這種東西，你說這叫什麼虧心事也沒有？說什麼蠢話！」

向鳥籠亮出警棍。然後在黃銅柵欄的另一側——

「我聽說英國紳士對女性溫柔體貼，請我是『這種東西』實在失禮。」

頭顱少女展現諷刺的笑容。奈傑爾的聲音痙攣。

「閉、閉嘴怪物！……哇！」

女僕銳利地瞪過來，更令人忍不住膽怯。青髮男說「好了啦好了啦別這樣」安撫她。

明明所有人都上了手銬，就只有這個男人著實無憂無慮。

「頭顱竟然會說話。」鬍子男說。「是種怎樣的生物呢？」

「恐怕是『不死』吧。」頭髮亂翹男回答。「關於怪物，我在達特穆爾那案子時曾經大致調查過。只剩頭部也不會死的生物，就只有不死。」

「不死？」

「意思是不死之身。在日本也只有單一個體存在的長生不老怪物。只有同樣原產於日本的鬼有可能殺傷不死。她脖子以下不見了應該是因為這樣吧。」

「不死呀，我還是第一次看見。」

「賣到馬戲團的話也許能賣個好價錢。」

賓利兄弟一插嘴，女僕的目光立刻轉向他們。「好了啦好了啦別這樣」，青髮男安撫她。闖空門女人趁亂重複「我是初犯呀」。奈傑爾的頭愈來愈疼。

「你們給我安分點。要是再隨便多講廢話……」

「妳不是初犯。」

威脅的語句，被少女清爽的聲音吞沒。

奈傑爾說不出話來。闖空門女人睜大雙眼，看著鳥籠中的頭顱。

「妳說什麼？」

「我說妳不是初犯。妳看起來像是闖空門的慣犯。」

「什、什麼！為什麼這麼說？」

「妳的裙子下襬向右側傾斜，因為重量不平均。應該是內裡有口袋而妳把開鎖工具藏進去了吧。放在警察難以伸手進入的地方，真是高招。至於看到妳衣服雙肩磨損的地方，就知道妳常常進入普通人不會進入的狹窄小巷，為了不發出腳步聲，鞋底還黏了自己出錢買的軟木。初犯的闖空門犯人才不會準備得這麼周到。」

「……」

女人慌張地拉好裙子，以手遮住徹底磨損的肩膀部位。鬍子男對頭髮亂翹男說「那女生挺行的」，頭髮亂翹男只回了句「是這樣嗎」，聳了聳肩。

少女頭顱的眼睛轉向賓利兄弟。

「順便說一下那邊的雙胞胎，你們也是在說謊。雖然你們說什麼也沒運，但顯然直到被抓之前，你們手上拿著塞得滿滿的包包。」

「妳、妳憑什麼這麼說？」

「因為手指關節。你們兩個人的手指關節都發紅了。如果不是長時間手持沉重的包包是不會有那種痕跡的。是運送什麼呢?黃金?鴉片?還是……」

「是走私品。陶製的美術品。」

頭髮亂翹男說。少女的頭顱像是被澆冷水地撇嘴。

「你怎麼知道?」

「他們兩個指甲都有鋸屑的碎渣,應該是用來防碰撞的吧。這樣看來,包包裡裝的是易碎物品。」

「或許是玻璃做的。」

「如果是那麼脆弱的東西就不會用包包運送了。怎麼樣,你們兩個,我說的陶器是對的吧?」

「真厲害,猜中了。是中國的罈子。」

「不要洩漏呀笨蛋!」

賓利哥哥戳了戳弟弟。

奈傑爾感到莫名其妙。為什麼頭顱可以如此滔滔不絕?為什麼能夠極為輕易地識破遭到逮捕的這些傢伙的謊言?不對比這些更難以理解的是,青髮男和鬍子男看起來早已習慣這種超出常理的現象。他愈來愈想丟下警棍抱頭。

馬車突然晃動,前往沙德韋爾署的路還遠著呢。

「我懂了。」奈傑爾點點頭。「因為你們全都是犯罪者，所以彼此認識。想要脫罪就出賣同伴。就是這麼一回事。」

「真是令人吃驚的推理能力呀。」

頭髮亂翹男的語氣讓奈傑爾皺起眉頭。煩惱的結果，他用「不准私語」這隨處可見的句子搪塞過去。所有人不情願地遵守，押解犯人的馬車總算恢復原本的氣氛。

稍微放鬆的奈傑爾，將警棍放在一旁。拔出用皮帶夾著的報紙，跟平常一樣開始閱讀。《泰晤士報》的號外。頭版的大標題是「亞森・羅蘋，現身倫敦」。

「羅蘋？」對面的青髮男念出標題。「在法國的時候好像看過名字呢。」

「是那種耳朵長長軟軟的東西吧。用紅酒燉煮很好吃。」

「那是兔子。師父有時候也會說無聊話呢。」（註1）

「因為遭到逮捕覺得沒勁。」

「師父又沒被上手銬。」

「這是當然的呀我又沒有手。」

「哈哈哈哈哈。」

「呵呵呵呵呵。」

「我不是說不准私語嗎！」

1　兔子的法文為lapin，與羅蘋（Lupin）發音相似。

對著發出詭異笑聲的兩人，奈傑爾再次提醒。青髮男以一句「啊不好意思」道歉後，說：

「所以，羅蘋是誰呀？」

「你知道私語是什麼意思嗎？」

「是怪盜。」

頭髮亂翹男開口。奈傑爾死心了。

「而且，不是普通的盜賊。犯罪界的李奧納多・達文西。他正是個藝術家。憑藉卓越的偽裝技術和演技，潛入任何地方，以大膽的想法行竊。里昂信貸銀行的金庫遭破壞，巴比倫大道的繪畫消失，葛雷城的強盜等等，他在法國的經歷不可勝數。專門鎖定美術品或寶石。犯案前一定會以『怪盜紳士』的名義送出預告信，不偷窮人也絕對不殺人。你不認為真的很美嗎？」

「沒有我的太太美就是了。」

鬍子男以習慣的口吻應付地說。

「羅蘋的事情我們剛剛也聽到了。」

「聽說他送預告信給『鐵人』福克，真是不得了的傢伙呀。」

包打聽賓利兄弟加入對話。「福克？」青髮男問。

「在河岸街開博物館的超級有錢人，以『不論如何毫無破綻的男人』這個外號聞名。」

「聽說有好幾個想闖入他家被抓到的小偷。」

「他家就像是有護城河圍繞的城堡，跟倫敦塔同樣的等級。」

「這次他也是毫無破綻吧。好像已經跟警方合作加強警戒。」

「聽說他委託了兩位偵探。」

「第一位是夏洛克‧福爾摩斯。」

這名字出現的瞬間，各種各樣的反應籠罩了整輛馬車。青髮男和頭顱少女「喝」地吸了一口氣，賓利兄弟雖然是自己說出的消息還是發出痛苦呻吟。闖空門女人魂不附體，頭髮亂翹男和鬍子男彼此互看。

奈傑爾也忘了嚴禁私語的規定，綻放笑容說：「是福爾摩斯先生呀！」

「只要倫敦第一的偵探出面，羅蘋也是鐵定吞敗仗。他已經答應要接案了嗎？」

「沒有，應該還沒吧。」不知道為什麼似乎很是高興，鬍子男回答。「聽說福爾摩斯先生好像不在貝克街。」

「等他回來應該還要一段時間吧。」頭髮亂翹男滿不在乎地說了之後。「先等一下。委託了兩位？意思是還有另一位偵探？」

「另一位是名字叫做輪堂鴉夜的偵探。」

這次的反應也是形形色色。奈傑爾或是頭髮亂翹男他們不解地側著頭，鳥籠的少女露出奇怪的表情。青髮男和旁邊的女僕視線交會。

「沒聽說過呢。」頭髮亂翹男說。「誰呀？」

「我們也不清楚，不過聽說是專門處理普通人應付不了的案子。」

「聽說他有個奇怪的綽號。我記得……好像是『狗屋使者』還是什麼的。」

「啊哈哈哈哈。」

突然，青髮男笑出來。頭顱少女在他腿上露出不滿的表情。

「我認為應該有個比狗屋更時髦的外號。輪堂鴉夜是個能幹的偵探，活躍於歐洲各地。」

「嘿，那或許是個強敵呢。」賓利兄說。「但是羅蘋也不會輸的。有傳聞指出他找了『巴黎歌劇院的怪人』當夥伴。」

「不。」頭髮亂翹男說。「不管對手是誰，夏洛克・福爾摩斯都會贏。」

「不不不。」賓利弟說。「我們想要替羅蘋加油。」

「不不不不不。」頭顱少女說。「最後贏的會是輪堂鴉夜。」

就在意見漂亮地分歧之時，馬車停止了。

似乎是抵達沙德韋爾署了。奈傑爾折起報紙，犯罪者們發出失意的嘆息。

跟平常一樣，同事進入馬車，舔了舔鉛筆。

「現在要做筆錄。依序報上姓名和住址。」

「輪堂鴉夜。」頭顱少女說。「我住在鳥籠裡，不是狗屋。」

「夏洛克・福爾摩斯。」頭髮亂翹男說。「住址是貝克街兩百二十一號之B。」

數秒後。

包含自報姓名的本人在內，馬車上的所有人都發出「咦？」的聲音。

＊

一如某間手杖店所預測的，福克宅前面充滿狂歡氣氛。

做為被護城河圍繞的宅第唯一入口的橋梁旁邊，緊閉的正門前報社記者蜂擁而至，試圖從貫徹沉默的警衛口中問出意見。看熱鬧的男女老幼亂紛紛地圍繞在外，有的人騎別人的脖子上，有的人爬上煤氣燈想要窺視宅第內的情況。走失的小孩哭泣。人們吵架。關於羅蘋的議論你來我往，莊家立即開始收錢。被擠出人群的人差點掉進護城河，賣三明治的小販結隊遊行。

巴黎的《新時代報》的特派員阿妮・凱爾貝爾，也在這樣的喧鬧之中。

正在採訪英國和埃及共管蘇丹一事之時，冒出預告信的消息於是急忙趕來福克宅，但看來不論哪家報社想的都一樣。往前一步就撞到別人，往前兩步就被往回擠。對十四歲的少女記者而言連靠近橋都十分費勁。

難得收到「鳥籠使者」獲邀前來的情報，這樣子連採訪都無法好好進行。該對總公司的上司魯爾塔比伊說什麼藉口才好——

「讓開！讓開！」

正當阿妮差點垂頭喪氣之際。大概是老天爺聽到祈禱了，人群分成兩邊。

彷彿摩西橫越阿妮一群人前面的，是黑色塗裝的大廂型馬車。

「真奇怪。這是押解犯人的馬車。」

不知道是誰指出這一點，嘈雜的聲音擴散開來。骯髒的車體上寫著「沙德韋爾署」。只有小小的毛玻璃車窗，看不見裡頭的樣子。

馬車的車輪邊發出擠壓聲邊前進，然後停在橋前。

一開始下車的是惶恐至極的警員，他對橋的守衛說了些什麼。隨即正門開啟。

接著，四位人物，自馬車中現身。

就像是在表示自己對周圍視線一類的毫不在意，挺直腰桿子光明磊落地步行，亂翹的頭髮往後攏眼光銳利的男人——夏洛克・福爾摩斯。

一邊露出有些心情不好的眼神東張西望，一邊追上搭檔，人中的鬍子和頭上的帽子是註冊商標的男人——約翰・H・華生醫生。

拿著蕾絲罩子覆蓋的鳥籠，浮現不適宜的笑容悠然自得地前進，一頭青髮身穿滿是補丁大衣的男人——真打津輕，以及鳥籠中的輪堂鴉夜。

然後，冰冷得徹骨面無表情，踩著規律的步伐跟在他們後面，女僕模樣揹著長槍般行李的女子——馳井靜句。

習慣案件的記者們，閒逛看戲的市民們，一時之間全愣愣地望著這四個人。

他們過橋，筆直地往福克宅去。慢了一拍，為了捕捉他們的背影，攝影師的閃光燈接二連三亮起。

「為、為什麼是搭運送犯人用的馬車……」

阿妮無法理解。一旁的記者也回答「莫名其妙」。

「雖然莫名其妙，但這應該會是件大案子。」

完全同意。送出預告信的怪盜，搭乘犯人用馬車抵達的兩組偵探。阿妮不覺得會平凡地落幕。

伴隨著暴風雨將至的預感回頭望向群眾的阿妮，卻在人群非常後面的地方，發現一個情緒沒有起伏的人。那個人像是確認了什麼點點頭後，沒半點微笑地離開。

戴著帽子遮住右眼的，白髮男人。

4

走過橋的津輕等人進入刻有「福克私人博物館」的正面玄關。寬敞的玄關大廳中央擺設著巨大的地球儀。

「哎呀，沒想到您就是福爾摩斯先生呢。」

「我才沒想到頭顱是偵探。」

津輕獲得粗魯的回應。既然他是人稱「世界最厲害的偵探」的人物，那麼具備那宛如妖怪的觀察能力也就能接受了。聽說是個奇怪的人還以為有更奇特的打扮，不料外表倒是個正經人物。至少和自家的師父相比是如此。

「福、福爾摩斯先生，沒有發現是您真的非常抱歉。」臉色發白的奈傑爾警員說。「我還以為本尊一定是戴獵鹿帽穿無袖大衣……」

「那是插畫家的創作啦。」福爾摩斯面向搭檔。「所以我不是說過了嗎不要讓西德尼·帕格特來畫。託你的福害我總是碰到這種窘境。」

「講得好像是我的錯這樣我很傷腦筋。」

「本來就是你的錯呀，說起來是因為原稿就錯誤一大堆。我才不會在半夜拉小提琴也不會拿槍打牆壁。」

「可是你注射過古柯鹼。」

「以前的事了。」

名偵探像是要將話題岔開般地說。「好了好了。」津輕插嘴。

「不可以為了遭到誤抓這種小事情動怒，我們因為外表可疑常常被抓。」

「不，你們不是遭到誤抓，你們是真的有偷東西。」福爾摩斯說。「我絕對不能寬恕。現在立刻上馬車回警署去。」

「你真的注射過古柯鹼嗎？」

「好了，我們快點去見福克先生吧！」

獲得寬恕了。古柯鹼似乎是個不想讓人碰觸的話題。

碰巧，身穿像是英國御林軍紅衣服的男人現身。橋邊的守衛也是同樣裝扮。應該是這棟宅第警衛的制服吧。

警衛接替警員負責帶路，津輕等人往建物深處走去。

繞到右邊，來到寬敞的展覽室。擺放了日本和服和天狗面具，美國的雪橇，狼的標本，火車頭等等。

「真的是博物館呢。雖然沒有人參觀。」

「因為收到怪盜的預告信，所以今年臨時休館吧。」華生說。「平常倫敦市民可是讓這裡熱鬧得很。」

展覽室的牆上貼著描繪了宅第俯視圖的導覽板，透過旁邊的窗戶能夠看見中庭與四周圍繞的建築。藉由比較兩者，連外人津輕也能大致掌握福克宅的全景。

福克宅是有成排長型窗戶的新古典主義建築，從上方看是個大正方形。「□」的四邊是建築物，中間空白部分是中庭。建築外側由滿水的護城河圍繞。只有位於俯視圖上方的北館架了一座橋——就是剛才自己這群人渡過的橋——沒有其他出入口。一如運送業兄弟所說，是棟彷彿小規模城堡構造的建築。

北館與位於左右兩邊的西館和東館，大部分是博物館的展覽室。北館有放置地球儀的玄關大廳，東館似乎擺設了印度象標本與中國的船隻。剩下的南館則是福克先生的居住區，呈現從建物往外側突出的形式，聳立著一座塔令人印象深刻。

中庭鋪了草地，四處是繁茂的樹木，中央的廣場石柱排成圓形。自南館突出的二樓部分有類似植物園的日光室，東館挨著間小禮拜堂。旁邊還有一盞舊式弧光燈。果真夠格稱為豪宅。但有地方怎麼也想不通。

「為什麼那個人會開博物館呢？」

「雖然我不知道原因。」福爾摩斯說。「不過我想是因為他在海外也聲名遠播的緣故吧。菲萊斯・福克是名人呀。」

「比夏洛克・福爾摩斯還出名？」

「至少他不會在路上被誤抓。」

看來福爾摩斯是出乎意料會懷恨在心的那種人。津輕拿起鳥籠詢問鴉夜：

「師父，您知道福克先生的事情嗎？」

「如果只論他的故事我是知道。」

環顧展覽室，她回答。

「就是在八十天達成環遊世界壯舉的男人。」

約莫三十年前，一八七二年的事。當時四十歲的菲萊斯・福克和改良俱樂部的會員同伴打賭某件事。

「有可能在八十天內環遊世界嗎？」

從當時的交通技術來看，如果以完美的時機轉乘船舶或火車，理論上有可能在八十天內環遊世界。友人們以「紙上談兵，實際上不可能」付之一笑，唯有堅硬如鐵的理論家福克先生賭可能。他立刻打點好，只讓一位管家同行，便開始環遊世界。全英國皆關注這世紀大挑戰，報紙全都在追蹤他們的旅程。

旅程是一連串的麻煩。沒搭上火車，和同伴走散，蒙受不白之冤，被捲入暴風雨。據說也和原住民或狼群戰鬥過，其慌亂非筆墨所能形容。

可是，整整八十天後。

克服許多苦難，福克先生贏得賭注。回到改良俱樂部的他，開口第一句話是「各位，我回來了」。

不論成就偉業的菲萊斯・福克本人期望與否，財富與名聲源源不絕湧向他。獲得賭贏的金錢自不在話下，各地的企業搶著贊助他，遊記創下暢銷記錄，他變成總資產超過兩百萬英鎊的大富豪。雖然福克先生曾以那筆錢經營進口業，但不久就膩了，他想將自己的偉業用於更有意義的事情。一旦下定決心後便立刻行動。他帶著妻子和管家，從薩佛街搬到河岸街的大豪宅。

然後——

「於是集中和自己旅行相關的物品，以環遊世界為主題開設博物館。」

聽完鴉夜的解說後，津輕環顧左右的展示品。本來以為是東拼西湊挑出來的，原來是旅行的紀念品嗎。

「那麼，羅蘋的目的也是旅行的回憶嗎？」

「我想不是那麼羅曼蒂克的事。」鴉夜說。「我也聽說過福克先生因為在進口業有影響力所以持有各種各樣希奇的物品。羅蘋應當就是想要當中的什麼吧。總之，去了就知道。」

穿越展覽室，這次往左彎進入南館。爬上樓梯到四樓的書房。

門前，又有位不認識的人在等候。身穿便宜的大衣，黃鼠狼老大模樣的男人。頭髮亂翹的偵探一靠近，他便親切地舉起單手。

「兩位好，福爾摩斯先生，華生先生。」

「嗨，雷斯垂德老哥。」福爾摩斯說。「恭喜你結婚三十週年。」

「你聽誰說的？」

「懷錶的鍊子還有銀飾。因為你不是會配戴這種東西的人，所以是別人送你的。是頗為高級的東西因此是什麼紀念日，而且我知道那是以十年為單位的重要日子收到的禮物。你生日不是一月，刑警工作今年應該也不是重要的紀念年，那麼就是結婚紀念日。以年紀來說三十週年是合理的。福克先生在裡面嗎？」

雷斯垂德像是投降一般縮了縮脖子，回答「是的」。

「你的能力不可或缺。」

「是我和華生的能力。」

「那麼為什麼找我來？」

「為了妝點博物館？」

福爾摩斯回應壞心眼地插嘴進來的鴉夜。津輕也拿起鳥籠。

「師父，這樣得先談好要在玻璃罩上開通氣孔。」

「不用啦。我沒有空氣也不會死。」

「這次我可輸一分了。」

「呵呵呵呵。」

「哈哈哈哈哈。」

一邊對笑著的津輕投以懷疑的眼神，雷斯垂德一邊打開房門。

＊

有一名男子正走在西區伯靈頓拱廊街附近的飯店街上。

三十五、六歲，身材苗條，一頭白髮。像是要用呢帽遮住右半邊的臉，帽子壓得低低的。

他走進整排的高級飯店中的一間。櫃臺人員的笑臉立刻襲擊而來。

「歡迎您回來，阿瑪維瓦先生。」

「你好。」

「請問您要用餐嗎？與您同行的客人剛才享用過牛排腰子布丁了。」

「沒關係，我不用了。我在外頭吃過了。」

男子也回以笑容，但一轉身過去立刻恢復嚴肅表情。這個來自「塞爾維亞的理髮師」的假名，不管聽幾次都覺得不舒服。快步走上樓梯，打開頭等套房的門。

上半身赤裸的青年正從天花板垂吊下來。

「唷，艾瑞克。」

亞森・羅蘋滲汗的身體發亮，爽朗地舉起單手。不，因為是倒吊著的，所以應該是「放下」單手吧。腳掛在照明的裝飾部分，似乎是用於支撐身體。

「你在做什麼？」

「飯後運動。樓下的餐廳勸你不要吃比較好。難吃得恐怖。真是的，文化程度有夠低的區域。」

羅蘋以懸吊的姿勢開始做起鍛鍊腹部的動作。魅影脫下帽子在沙發坐下，重新戴上面具。因為覺得這模樣反而引人注意，所以外出時會拿下。

「你去外面，做什麼？」

「我去探查福克宅的情況。」

將視線從鍛鍊腹部的怪人移到牆上。倫敦地圖、剪報、手繪簡圖和大量便條紙，還有福克宅的照片與設計圖，全用大頭針固定在牆上。

「宅第從今天早上就不對外開放，除了相關人士之外沒人進得去。警備也比平常更加森嚴。警衛和傭人全部都是和福克一樣的難纏對手。他們獲得高薪聘請，想收買或脅迫都難。」

「那種東西，從一開始，就不是，我的目標。」配合鍛鍊動作的呼吸羅蘋回答。「福爾摩斯，情況如何？」

「一如預期他開始行動了。還有另一組叫做『鳥籠使者』的偵探。」

「鳥籠？」正在鍛鍊腹部的他停下動作。「沒聽過這名號。」

「我也不清楚，但據說是位女偵探，而且『專查怪物』。」

「女偵探嗎？那就更讓人期待與她會面了。是美女嗎？」

「我沒看到她長什麼樣子。人太多了。」

魅影打開買來的包裝紙，咬了一口三明治。確實難吃得恐怖。吞下去後他轉向羅蘋。

「對了，我可以問個問題嗎？警備變森嚴、福爾摩斯開始行動、人潮聚集了，這全都是預告信害的。為什麼要特意送那種東西過去？」

「要說為什麼呢。」

輕輕地翻轉一圈，羅蘋落到地面。幾乎沒有發出聲音。

一邊以毛巾擦汗，他理所當然地回答：

「因為這就是所謂的紳士。」

＊

津輕等人跟著福爾摩斯進入書房。整理得無微不至的寬敞房間，會客桌上已準備了紅茶。正面的辦公桌前坐了位老人，旁邊有位胖男人在待命。

「我是菲萊斯·福克。」

老人簡潔地自我介紹。白而捲的人中鬍子和臉頰邊的鬍子，宛如哲學家極為嚴謹的容貌。讓人感受不到年齡的俐落動作就像是附機關的人偶，確實「鐵人」這個別名也容易理解。

「這位是管家帕斯巴德。」

配合介紹，一旁的男人鞠躬示意。年齡大概六十歲吧。鴨嘴圓臉的長相比起主人更有人類的樣子。大塊頭與黑色長禮服非常搭配，看起來不論什麼事都很能幹的樣子。傳聞和福克先生一起環遊世界的管家應該就是這個男人吧。從那與主人並列的身影來看，得以窺見深厚的搭檔關係。

「非常抱歉突然找各位過來。你們是夏洛克・福爾摩斯先生與約翰・H・華生先生吧。還有『鳥籠使者』……」

「真打津輕。」

「還有輪堂鴉夜。」

津輕拿開蕾絲罩子，鴉夜妖豔地笑了。雷斯垂德全身僵硬，福克先生與管家同時揉眼。

「原來如此。」福克先生馬上冷靜下來。「確實很像是專查怪物的偵探。」

「是的。所以人類的盜賊不在我的專業之中，或許幫不上您什麼忙。」

「我們認為亞森・羅蘋是足以匹敵怪物的威脅。也有情報指出他與『巴黎歌劇院的怪人』同行。帕斯巴德是法國人，那邊的消息很快就傳過來。我不願有所鬆懈。」

「這是正確的判斷。」福爾摩斯說。「雖然雇用兩位偵探太多了。」

「一點都沒錯。我一個人就綽綽有餘了。」

「不曉得頭顱能否成為戰力就是了。」

「偏偏只要有腦袋就能擔任偵探。」

這邊的兩個人關係似乎不怎麼好。津輕回頭看像靜句，她也同意般地聳了聳肩。

「福爾摩斯，我們來聽案子的詳情吧。」

華生從中斡旋。福爾摩斯乾咳了幾聲，走近福克先生。

「聽說預告信今天早上送到了。看來您當時非常驚訝。是不是被咖啡燙傷了？」

「你知道得真詳盡。」

「從鞋子的汙漬就明顯看得出來。可以麻煩讓我看看那封信嗎？」

福克先生一喊「帕斯巴德」，管家便在桌上攤開折著的信件。非常簡短的內容。

菲萊斯・福克先生，敬啟者：

一月十九日下午十一點到十一點半之間，我要收下您所持有的寶石「倒數第二個夜晚」與保管該寶石的保險箱。

亞森・羅蘋敬上

「這是有教養的男人寫的字。」

福爾摩斯拿出放大鏡，迅速開始觀察信件。

「用的是新筆。雖然巧妙地模仿習慣英語的人的筆跡，但紙張是法國的克萊爾方丹公司製作的。看樣子——」

「我認為是真的。」

福克先生接著說道。帕斯巴德一邊倒紅茶一邊補充：

「應該是上個月受託改裝這棟房子的建築師遭小偷的影響吧。建築師說這房子的設計圖被偷走了。」

「意思是事先調查過房屋囉。華生，這是個勁敵呢。」不知為何，福爾摩斯似乎很開心。「十九號就是明天晚上了。時間所剩不多……」

「為什麼要用『之間』呢？」

另一位偵探說。所有人的視線從預告信移到鳥籠。

「『下午十一點到十一點半之間』這種預告虎頭蛇尾。是我的話就會寫十一點整。這樣帥多了。」

「這種地方，有那麼重要嗎？」

「沒有啦，帕斯巴德先生，我只是稍微想一下而已。因為上次的案子我接觸到以人類心理為基礎的搜查方式。對了，信上說的『倒數第二個夜晚』是什麼？」

「那是顆八十克拉的黑鑽。大概二十年前，福克大人的朋友讓給他的。由於是非常貴重的收藏所以沒有展示，一直保管於地下室……對了，輪堂小姐，請問您要喝茶嗎？」

「要。」

「您可以喝嗎？」

「如果弄髒地毯也無妨的話。」

「師父不可以。今天食物先擱置。」

鴉夜毫不掩飾地鼓起臉頰。津輕無視她，說道：

「我聽說黑鑽價值不高，是那麼貴重的東西嗎？」

「那顆石頭有點來歷……等一會兒會讓各位看看，兩位既然是『專查怪物』，可能會感興趣吧。」

以含蓄的說法說完後，帕斯巴德將紅茶發給鴉夜以外的客人。

福爾摩斯將信件還給福克先生，接著點燃黑色的陶製菸斗。

「那麼，保護那顆鑽石就是我們的任務了對吧。雷斯垂德，警備情況如何？」

「宅第內已經嚴禁相關人士以外的人員進入。這棟宅第平時配有二十名警衛，不過明天會從蘇格蘭場加入八十名精銳，合計一百人投入警備。我正在思考採取讓警察到各崗哨看守，警衛在各崗哨之間巡邏這樣的方式。本來這棟房子的構造就像是要塞，警備也好配置。出入口就只有正面的橋……」

「渠道呢？」

「咦？」

「護城河裡面有水吧。除了橋之外應該還有渠道。不是嗎？」
「南邊有一個點。」福克先生回答。「那邊地底下挖了深五英尺的渠道，經過維多利亞堤岸底下通到泰晤士河。」
「那麼，渠道的長度大概是二十碼吧。大約多寬？」
「寬度可容成年人通過。」
「也就是說羅蘋也可以通過囉。可以封鎖那裡嗎？」
「和河川的交界處有維護用的豎穴，可以開關水門。但是，我不認為有人能經由地下渠道入侵……」
「謹慎起見還是請先關起來。」
語氣雖有禮卻是不由分說。福爾摩斯再度面向警官。
「抱歉離題了。總歸來說，就是保護鑽石的有警衛二十人和蘇格蘭場的警員八十人，我和華生再加上『鳥籠使者』三人，以及你還有福克先生他們兩個人，總計一百零八人嗎？」
「這是煩惱之數字真不吉利。」津輕說。「要不要稍微增減一下？」
「我和你可以不算是『人』吧。」
「好吧。那人數就是一百零六雖然我一頭霧水不過就減掉二吧。」
雷斯垂德臉部緊繃。

「一頭霧水是我要說的……會再多幾個人的。我和法國取得聯繫，明天，巴黎警局的葛尼瑪探長會來。他是對付羅蘋的專家。」

「而且，另外還有兩位。」帕斯巴德說。據說「『勞合社』諮詢警備部會派代理人過來。」

「勞合社？」鴉夜有所反應。「您說的勞合社，是那個勞合社嗎？」

「是的。『倒數第二個夜晚』有保竊盜險。跟他們聯絡後，他們說會馬上派人來。派『五號』和『七號』兩位。」

鴉夜露出像是椿象飛進嘴裡的表情，發出長長的痛苦呻吟。福爾摩斯則只說了聲「哦」。津輕不明白字彙的意義，轉動脖子東張西望——

「勞合社，到底是什麼人？」

毫不在意地這麼一問。

「是誰在抽菸？」

新到的訪客立刻出聲。

＊

「警衛二十人，警員八十人，鐵人福克與隨侍在側的管家，福爾摩斯與華生再加上

『鳥籠使者』，雷斯垂德警官以及我的盟友葛尼瑪老哥。」

羅蘋一邊聽報告，一邊掐算敵人的布陣。

「沒問題，幾乎照著我的計畫走。這就是所有人了嗎？」

魅影搖頭，翻開手冊。

「還有，另外兩個人。聽說『保險公司勞合社』會派代理人來。」

「勞合社？」羅蘋的臉第一次扭曲。「那有點麻煩呀。」

「是嘛？應該只是普通的保險公司吧。」

「沒有比無知更幸福的事情了。」羅蘋誇張地搖頭。「沒辦法，我就說明給你這個不知世事的藺居族聽吧。關於勞合社，你有多少程度的認識？」

「……」

儘管這問法非常令人生氣，但魅影還是說出自己所知的知識。

保險公司勞合社。

雖然實際上不過是英國的一個法人，卻由於活動規模十分巨大導致人們稱其為「機構」。在世界上擁有眾多客戶，包辦所有種類的保險的大企業。就保險來說信賴度極大，據說美術品或不動產拍賣，只要打出「勞合社」的名號，投標件數就會大幅變動。成立於十七世紀，總公司位於西堤區，成員是菁英中的極少數菁英。

也就是活躍於舞臺的人，和自己這種見不得光的人八竿子打不著的存在。

「不是這樣嗎？」

「基本上沒錯。」羅蘋說。「但是，勞合社裡面有個叫做諮詢警備部的特別部門。」

「諮詢警備？」

「是大客戶專用的部門。客戶周圍有怪物出現或是災害發生或是政變爆發，投保的個人財產陷入危機的時候，他們會派出保鑣保護顧客的個人財產和性命。就是這麼樣的一個部門。」

只要個人財產能保護得住，勞合社那邊也就能在不支付保險金的情況下處理好一切，設立此部門的構想很合理。

「怪盜鎖定寶石，這也是符合那所謂個人財產危機的情況嗎？」

「這是當然的吧。不過那些本來就做很多見不得人的暗事的傢伙，可能也有警備之外的目的吧……算了，目前這樣就好。簡單來說，勞合社有代理人要來，就是保險公司的保鑣會擋在我們面前。而且還多達兩個。」

「……？」

魅影不解地側著頭。也就是說，只是警備人員增加兩個而已。不知道有哪裡「麻煩」了。

「諮詢警備部是些怎麼樣的人？」

「他們是少數精銳。成員有七個人，依照實力高低分配從一到七的號碼，年齡、性別和國籍都沒有一致性。我以前曾經被第六號追過，那傢伙是中國人。」

「那麼，他們沒有共通之處嗎？」

「有三個。第一個，所有人都是一身白。第二個，所有人都有個像是鬧著玩的暗號名。」

「還有一個呢？」

「所有人，都厲害得要命。」

*

訪客一踏入書房，靜句便向津輕使眼色。

津輕馬上知道她在說什麼。雖然沒有師父或福爾摩斯般的洞察力，但津輕具備一種從怪物表演的經驗法則所得到的直覺。那種直覺，給予他彷彿寒毛直豎的警告。

現身的男人——並不是非人類。是人類沒錯。外觀還是非常不可靠的模樣。

但是，通過身體軸線移動雙腳的方式，或是衣服底下讓人聯想的肌肉密度，還是經過訓練的冷淡眼神，即使和津輕在雜耍場遇見的怪物們相比也毫不遜色。

不僅如此，應該還具備非常不得了的實力。

是個與津輕年紀相仿，整體色素淡薄的青年。北歐型的秀麗五官。銀色頭髮像是被風吹過流向右側，眉毛因為神經質而皺著，探查周圍的雙眼是宛如將這世界的一切當作敵人懷疑的翡翠色。身穿帶肩章的軍服風格白大衣，腰部右邊有一把細軍刀。

大衣的左手部分，用羅馬數字標示了「V」。

男人一在房間中央停下來，立即以手帕摀住自己的鼻子。然後對銜著菸斗的福爾摩斯說：

「抱歉可以請你熄掉嗎？我不喜歡煙味。臭得我受不了。」

「……失敬了。」

「不好意思不好意思。打擾各位了。不好意思！」

像是追隨青年，有個女人一邊不停發出連奈傑爾警員都比不上的道歉，一邊跑進來。隨時要哭出來的表情，個子嬌小有若少女，一看就知道個性怯弱態度也謙虛。阿拉伯型的褐色肌膚加上鬆軟頭髮。身穿固定在肩上的厚斗篷——果然也是軍服風格，顏色純白——遮住雙手和身體。

斗篷的下襬寫著的數字，是羅馬數字「Ⅶ」。

白衣雙人組並肩走到福克先生面前。

「我是『勞合社』諮詢警備部第五號代理人雷諾・史汀哈德。」銀髮男子報上自己的名字。「握手就免了。手套會弄髒。」

「我、我是第七號代理人法蒂瑪・達布爾達茲。」褐色肌膚女人也怯生生地說。「不好意思。學長這麼沒禮貌真的很不好意思。我來握兩人分的手。」

從斗篷伸出手，以雙手和福克先生握手。叫做雷諾的男人透過手帕持續發牢騷。

「竟然有人紅茶喝到一半就放著不管。要是滋生細菌是打算怎麼辦？現在馬上給我收拾。還有又有什麼味道的樣子，快開窗……不對先不要開窗框生鏽了。真是棟有夠老舊讓人不舒服的房屋。說起來我無法理解所謂博物館這種地方。為什麼要專程把感覺骯髒的遺物擺放在顯眼之處，莫名其妙。實在不正常，根本不是正常人做的事。」

「雷諾先生這個房間非常乾淨請您冷靜下來。唉不好意思，真的很不好意思！」

名喚法蒂瑪的女人愈發差點哭出來。非常熱鬧的兩個人。

津輕將臉湊近鳥籠。

「勞合社是敲鑼打鼓的廣告宣傳還是什麼？」

「是保險公司啦。」鴉夜說。「諮詢警備部的立場有點特別。你呀，要是跟他們打起來贏得了嗎？」

「天曉得。我沒有和保險從業人員戰鬥的預定。」

「預定先擺一邊。我是說那一類的對手。」

鴉夜別有深意地說完後陷入沉默。雖然的確看來難纏，但並不是敵人吧？津輕以視線詢問靜句，她似乎也是不明白。

「看樣子我們對於衛生環境的見解也不同。」福克先生不為所動。「總而言之，請多關照。您應該會幫忙保護鑽石吧？」

「對，我就是為此而來的。您放心吧工作我會完美處理。說起來警察也好警衛也好都沒必要，我和法蒂瑪兩個人就夠了。」

「感覺我們很合得來呢。剛才我們也是同樣的看法。」

福爾摩斯說道。翡翠色的眼睛宛如游泳的鯊魚緩緩移動，雷諾再度捕捉他。

「你是夏洛克•福爾摩斯吧。『世界最厲害的偵探』。」

「你知道得真清楚呢，明明我沒戴帽子穿大衣。」開心回應的福爾摩斯。「我曾經因為『藍石榴石』和『綠玉冠』案子收過勞合社的感謝信。總之這次也請多指教。」

雷諾到底是沒握住福爾摩斯向他伸出的手。反倒是轉身朝向津輕它們。

「還有——妳是輪堂鴉夜。」

「你知道得真清楚呢，明明我脖子以下都沒了。」

鴉夜模仿福爾摩斯回答，不過聲音裡的警戒隱約顯現。

雷諾往前走一步，像是鑑定人員般地側著頭。游泳的鯊魚將津輕與靜句與頭顱少女湊在一起徹底打量。

「你們的事情我從以前開始就一直收到報告。你們也在諮詢警備部的名單上頭。不死和半人半鬼，融入人類社會的怪物。其實——」他嘴角上揚露出微笑。「其實，骯髒惹人厭。」

隨即，黑幕壟罩書房。

厚重到讓人如此覺得的殺氣，從眼前的代理人散發出來。包覆在手套裡的指尖像是要壓抑刺痛一般撫摸著軍刀的刀柄。在背後縮著肩膀的法蒂瑪眼神也變了。彷彿是瞳孔張大的野獸眼睛。

曾經好幾度沐浴在這種視線中。原來如此，所謂書房「又有什麼味道」的說法，或許就是對自己這群成員指桑罵槐。津輕一瞬間了解到對方的思想和立場。也領悟到師父警戒的真正意思。

這兩個人，是敵人。

「……你好像非常愛乾淨。」

「是天生的體質，我有潔癖。」指尖離開軍刀。「所以我希望盡可能不要弄髒手。你懂嗎？別像蒼蠅在眼前飛來飛去，想弄髒我們的手。」

「不好意思，請多多指教。」

背後的法蒂瑪補上一句。滑稽的彬彬有禮。

「我了解了。我會乖乖的。我最擅長乖乖的了。」

「看起來不像。」

雷諾終於移開視線。

「算了沒差。那麼，我們要保護的鑽石在哪裡？快點帶我們去看。」

「哦，好的……我來帶路，各位這邊請。」

帕斯巴德說，除了津輕一行人之外，所有人走出書房。

「鳥籠使者」三人依然站在窗邊暫時沒有行動。鴉夜浮現厭煩的笑容，透過黃銅柵欄仰望徒弟。

「你應該知道他們是哪一類的人了吧？」

「知道到極點了。看起來不是普通的保險從業人員呢。」

「一百年前他們本來是更乖的。諮詢警備部原本是為了保護客戶財產的單純部門。不過，和工業革命或是勞合社潔癖過度的思想混雜在一起慢慢地目的就變了。從『保護』轉變為『殺死』。對保險市場來說最大的妨礙者，就是像我們這種人類的道理行不通的生物。為了順利進行保險交易，非常態的東西應該事前排除。現在的諮詢警備部已經化為以此為目的的團體了。」

「簡單來說——」鴉夜瞇起眼睛。

「那些傢伙，就是狂熱的消滅怪物主義。」

5

離開書房的津輕等人，下到南館一樓追上其他人。福爾摩斯他們在有樓中樓的大起居室內。帕斯巴德正蹲在書架前面。似乎不是眾人圍繞壁爐放鬆休息的時光。

發出「喀恰」一聲後，書架往旁滑動。正如想像般，一座木製階梯往地底下延伸。

「……在這裡面嗎？」有潔癖的雷諾臉色發白。「我想起我還有急事，要回去了。」

「不、不可以不去啦。不好意思，請各位別在意。」

一個接一個，踏進隱藏通道。帕斯巴德在最前面，接著是福克先生、福爾摩斯和華生，雷斯垂德警官，不情願的雷諾和拉著他袖子的法蒂瑪，拿著鳥籠的津輕，以及靜句。

「這棟房子本來是屬於聖殿教會的建築。」帕斯巴德說。「雖然老爺買來的時候曾經到處改裝，唯獨地下室幾乎沒碰過。現在用來當鑽石的保管處，但要說原本的用途是什麼嘛……」

胖嘟嘟的他每下一階，木頭踏板變發出嘰咿嘰咿的聲音。提燈的虛幻光亮映照著的階梯，似乎沒有盡頭。

往下走了百階以上——將近七十英尺，階梯終於到了盡頭。

前方，超出預期的巨大空間延伸出去。應該可以放進整座網球場的石造房間。像是造船船塢一般向下將土挖成階梯狀，牆壁兩側以石柱支撐。以橫越此房間空中的形式，橋從階梯筆直地架出去。

「真寬敞。」福爾摩斯說。「全家一起來也很放心。」

「沒有煤氣也沒有電力。」帕斯巴德說。

「還有日照也差。」津輕說。

「這裡叫做『等候室』。」福克先生嚴肅地說。「位於正面的是『餘罪之間』……鑽石就在那個房間裡。」

橋的前端擴張開來，四名警衛正守著聳立於背後的鐵門。

從中間開啟的雙門，大小不遜於北館的正面玄關。門上有騎乘在馬匹上的雙騎士浮雕，門把旁邊縱向排列著三個鑰匙孔。左側的牆上也看得出像是傳聲筒通話口的構造。

福克先生拿出掛了三把鑰匙的一串鑰匙，一一插入鑰匙孔開鎖。接著警衛開門。看起來是得四個人一起使勁才能辛苦推開的重量。

「餘罪之間」也是圓柱形的大房間。直徑約十碼，到天花板的高度應該有四十英尺左右。與視線同高的燭臺在牆上圍繞一圈，接近天花板的地方刻有神殿風格的裝飾。中央，有一張大理石椅。

一如「餘罪」之名，或許以前是用來當監牢或懲戒室的。確實被綁在那張感覺很堅硬的椅子上，關在這沉悶的地下室裡的話，不論是誰都會想要求饒吧。

不過，現在椅子上沒有罪人坐著。

取而代之的，是擺放其上的銀色美麗保險箱。

高度大概一英尺，長方體的保險箱。門上刻有以榛樹和蕁麻的花紋，門把的位置設有四個轉盤。

福克先生在保險箱前跪下，一邊留心不讓津輕等人看見，一邊操作轉盤。發出「喀」的聲音，保險箱打開了。

保險箱內斜鋪著紅色的絲絨，只有凹陷處放著大如鵪鶉蛋的寶石。儘管從保險箱的大小看來是簡直不盡興的瑣碎小東西，但正因為如此，更能想像得到這寶石不可估量的價值。

福克先生用手帕覆蓋手指，拿起寶石。

「這就是『倒數第二個夜晚』。」

怪盜宣稱要取走的鑽石。

八十克拉。五十八面體的老式歐洲切工。讓人聯想到黎明之前的黑，吸收蠟燭的光亮後散發橙色光輝。一顆蘊藏著與其說是美麗不如說是神祕妖媚的寶石。

心想這果然是高級品，到底是羅蘋鎖定的目標。不懂裝懂的津輕誇張地感嘆。

「不過，這並非天然鑽石就是了。」

聽到福克先生的補充，津輕差點摔跤。

「這不是天然的嗎？」

「不是。這顆鑽石是製作極為精巧的人工石。」

「請、請等一下。」華生說。「人工石的話就沒價值了吧？為什麼羅蘋還要偷？」

「保險箱是純銀的吧。」

鴉夜的聲音加入。看樣子比起鑽石，她更著眼於容器。

「這是吸血鬼或狼人嫌惡的金屬。福克先生，可以請教您鑽石的來歷嗎？」

福克先生點頭，環顧地下室的人們。

「二十年前，德國朋友跟我說『找到非常希奇的東西』，把這個保險箱讓給我。是從十四世紀的遺跡挖掘出來的東西。」

「十四世紀？」福爾摩斯反問。「怎麼可能！」

「沒錯。當時，應該不存在製作這種數字鎖的加工技術才對。即使是現在應該也是非常難做的。這是充滿謎團的遺物。保險箱是上鎖的，當時不知道裡面是什麼東西。朋友說反正大概是空的吧。但是我很在意內容物。於是我花了大約三年查密碼，靠自己成功打開保險箱。」

「自己查？怎麼查？」

「每天十個，試過所有的組合。」

實在是充滿毅力的方法。不愧為「鐵人」福克先生。

「出現在我眼前的就是這顆石頭。我請專家鑑定，得知是非常特殊的人造鑽石。據說除了碳之外，含有微量銪之類的稀土元素。再加上這些文字。」

福克先生改變寶石的角度。

鑽石的下側——圍繞突起的部分，四周刻有小小的德文。

黎明如血赤
日落如屍紫
請不要看我
夜月映照的醜陋的我
因為我的體內存在狼

「詩的意思我仍然不懂。」

暫且不管一臉思索的眾人，福克先生繼續說道：

「我唯一能說的只有一件事，就是即使是現代，以人工創造出如此精緻的鑽石，再加上在這裡刻入這麼小的文字這樣的技術，都是不成立的。包含保險箱的製造，明顯是非人類所為。我曾經和帕斯巴德一起調查過這顆石頭的來路。」

「追到最後就是『倒數第二個夜晚』。」管家接著說。「這是流傳於德國南部的傳說。曾經興盛的矮人族，遭到某狼人族消滅了。被逼到絕境的矮人們發誓要報仇，為了將敵人的藏身處流傳給後世，以獨自的精煉技術製造出兩項物品：絕對不會碎裂的寶石，以及敵人害怕的純銀保險箱。然後將暗號刻進石頭，藏在保險箱內。」

「的確以他們的技術能力來說，這種程度的加工輕而易舉。」

鴉夜以輕率的口吻說道。帕斯巴德皺起眉頭。

「您這說法好像親眼見過他們。」

「我們是一起喝酒的朋友。」

「……矮人族十四世紀末時已經滅亡了。」

「哦，難怪最近都沒找我去喝酒。」

是認真還是開玩笑呢。

不論如何確實是適合「鳥籠使者」處理的緣由。津輕撫摸下顎。

「也許真的跟傳說一樣，詩句裡面也有『狼』。那麼，解開暗號應該就能找到狼人吧。我雖然看過形形色色的怪物，可是對狼人還很陌生。」

「他們甚至有『不可視』的外號。」鴉夜說。「善於隱藏之外，和吸血鬼不一樣的是，他們幾乎不會在外頭露面。我也不曾和他們好好地面對面過。聽說即使是獵人拚命尋找的現代，歐洲各地還是潛在著狼人村。」

「正因為是狼所以才抓不到尾巴。」

「你用不著每句話都講得這麼巧妙。」鴉夜輕率地帶過去後，說：「福克先生，羅蘋想要這寶石的理由我已經非常了解了。寶石和保險箱，都具備隨處可見的鑽石不能相提並論的價值。我會盡全力保護的。」

「麻煩您了。」

福克先生將鑽石放回保險箱，「餘罪之間」恢復成原本的冷冰冰房間。接著催促管家「跟他們說明警備的事」。

「鑽石通常放進保險箱保管在這個房間裡。知道保險箱密碼的人，有房間鑰匙的人，都只有福克老爺一個人。

就像剛才經過的那樣，通往地底下的階梯只有那一座。也就是說要進入這個房間，必須從南館起居室的祕密通道走下階梯，經過『等候室』打開鐵門。鐵門厚度約一英尺，四個人一起推才能勉強推開的厚度。門上裝了特別向安達公司訂做的感測鎖三個，各自的鑰匙也不同。不管從裡面還是外面，只要沒用那鑰匙就開不了門。旁邊的牆壁有傳聲筒，能在不開門的情況下和『等候室』取得聯絡。我想明天只要徹底關緊門，我們看守內部的話，就是完美的防禦了。」

「是呀，應該幾乎完美吧。」

福爾摩斯說。帕斯巴德再度眉毛扭曲。

「您是說……幾乎，嗎？」

「假如我是羅蘋，我會尋找所有的方法和入侵路徑。首先讓我們徹底變成他來思考吧。」

偵探一臉有所圖謀的表情，踏實地繞著房間走了一圈。三百六十度毫無疏忽地環顧後，手叉著腰。

「例如挖地道呢？我以前曾經抓過使用相同手法的竊盜集團。」

「五、六英尺的話也就罷了，要在沒有任何人發現的情況下挖到這種深度是不可能的。」

管家立刻回應。福爾摩斯也像是早就料想到這個答案一般地點頭。「那麼。」他指著天花板。

稍微離開中央一點的地方，有個嵌了鐵網的小洞。

「那是什麼？」

「通風口。因為這裡是地底下七十英尺的地方，如果沒那個我們就會窒息了。那通到南館的塔，一樓的半地下部分有另一端的孔洞。」

「塔的一樓嗎？有可能從那裡入侵嗎？」

「從三個理由看來是不可能的。第一，通風口是小孩勉強能通過的大小。第二，為了防止入侵者中間部分是蜿蜒曲折的。連讓繩子進入通過都辦不到。第三，如各位所見，每個孔洞都用鐵網擋住了。」

「那麼就派不上用場了。這樣一來……」

「偽裝呢？」

華生插嘴。

「羅蘋是偽裝的高手吧？我們沒經過什麼不得了的查驗就到這裡來了，萬一羅蘋混在我們裡面的話──」他用下巴指了指保險箱。「馬上就能都偷走了。」

大概是對老是提出古怪意見的兩個人厭煩了，管家忍不住聳肩。

「兩位請放心。」雷斯垂德說。「我會命令明天正面玄關的警察徹底檢查出入的人員。這樣如何福爾摩斯先生？您滿意了嗎？」

「幾乎啦。」和剛才沒兩樣的回答。「那麼，今天就先這樣吧。我們走吧，華生。啊對了，回程得繞去手杖店一趟。本來就是因為那樣才外出的。」

以「世界最厲害」聞名的偵探，出乎意料不過癮地結束了行動。

津輕等人依序離開「餘罪之間」。福克先生再度拿出鑰匙，謹慎地鎖上鐵門。

似乎是從恐懼解脫，愛乾淨的雷諾呼了一口氣。馬蒂瑪撫摸著學長的背部。說起來這兩個人很是安靜。明明在書房時還說「快點去鑽石那邊」之類的。

津輕思考著這麼些事之時，半人半鬼的耳朵聽到了隱約的對話。

「是真品嗎？」

「無庸置疑。」

「那麼任務就……」

「照預定進行。別鬆懈了。」

忍不住回頭。代理人們就跟威脅津輕的時候一樣，以充滿瘋狂的眼神回頭看著「餘罪之間」。

「咦？」

距離他們有點距離的地方，福克先生發出驚呼。似乎是聽了福爾摩斯說了什麼悄悄話。面對一副不似該有模樣驚訝的「鐵人」，名偵探以裝模作樣的表情回應「那就麻煩您到明天傍晚了」。

雖不知目的何在，但看來「勞合社」也好福爾摩斯也好，皆已在進行各自的計畫。

「師父有什麼羅蘋對策嗎？」

一邊返回階梯，津輕一邊問鴉夜。她得意洋洋地說：

「我想到一個了。不過，因為太無聊所以不曉得能否順利進行。」

「哦，怎樣的計畫？」

「我想想喔。提示是——石川五右衛門。」

紫色雙眼，宛如「倒數第二個夜晚」妖媚地散發光輝。

＊

「所以，跟預期的一樣，鑽石位在地下的『餘罪之間』。我認為明天福爾摩斯他們也會進入房間。」

「嗯。」

「渠道恐怕是堵起來了，入侵路徑實質上除了正面突破之外都沒了。」

「是呀。」

「……你有在聽我說話嗎？」

羅蘋躺在沙發上回應「有呀」。似乎不像他所宣稱的那般。

在廣場上抓住福克宅的傭人詢問，或是向報社記者攀談才收集到的貴重情報……魅影有種想把三明治朝羅蘋扔過去的衝動。為什麼硬被帶來這裡的自己還對犯罪比較積極？

「二十年沒有離開巴黎歌劇院的我來說這話是有點怪，但你不再多到處奔走一點好嗎？」

「到處奔走是部下的工作。我的工作——」羅蘋拍了拍額角。「是用這裡。」

「那麼，可以請那偉大的頭腦告訴我嗎？」

對過於傲慢的主人心生厭惡的魅影，一邊指著設計圖的各處一邊歸納：

「為了接近鑽石，要渡過唯一的入侵路徑正面橋梁，從北館移動到南館，從隱藏的門走下沒有岔路的階梯深入地下七十英尺，撬開有三個牢固鎖頭厚度一英尺大得嚇人的鐵門。除此之外別無他法。而且所有的過程都必須面對有百人規模的警備，假如順利突破這所有的關卡入侵『餘罪之間』，房間裡也有福爾摩斯和葛尼瑪和『勞合社』的代理人在等著。」

一股勁地喋喋不休說完後，他回頭看著沙發，挑戰般地問：

「你想怎麼偷？」

像是在說「你可終於命中紅心啦」。羅蘋緩緩起身，對魅影回以優雅的笑容。

＊

距離倫敦中心稍遠的沃爾沃思大道的一個角落，有戶帶著廢墟感的小房子。

窗戶總是緊閉，門上面是「上帝之眼」與「生命之樹」的可疑符號。附近居民流傳這裡是不是惡名昭彰的「黃金黎明協會」的分部。那是以魔法信仰和偏激儀式出名的祕密結社。居民們只能堅決無視。因為和狂熱的宗教團體起糾紛將會面對怎樣的麻煩事可想而知。

就在這樣的宗教團體的地下室——

「停水了啦！」

今天也迴盪著女人的叫聲。

她一打開浴室的門，便毫不猶豫地走到外頭。年輕美麗的千金大小姐。在她身上只有細小的水滴。仙女見了也會內心動搖的美貌因為心情不快而扭曲，深褐色的髮絲貼在描繪出性感曲線的裸體上。

她橫越從幾個月前開始居住的祕密住家——以構造來看應該是改裝自工作室，沒有隔間的大房間各處擺放了家具——在烤爐面前停住。下巴留鬍子的年輕人，正在取出剛烤好的蘋果派。

「水停了，沒水了。」

「我聽到了啦，卡蜜拉小姐。」

一邊在意烘烤的程度和在眼前搖晃的胸部，阿萊斯特・克勞利回答。

「幫我修好。」

「跟我說也沒用。」

「你明明是魔術師卻連修個東西也不會？」

「我不是魔術師是魔法師。啊，請不要太靠近，水要滴到派了。」

「是從我身上滴下去的水呀應該就覺得高興吧！」

「來，這是卡蜜拉小姐的。」阿萊斯特切下弄濕的部分。「說起來卡蜜拉小姐才是呢，既然活了三百年之久，修理東西這等小事應該做得來吧。」

「吸血鬼不會做這種雜事，那是奴僕的工作。」

「我又不是奴僕。」

「穿著圍裙你是有哪張嘴敢這麼說！說起來這個祕密基地是你找到的吧，拜託你要負責修好。」

「這樣太沒道理了……傑克先生，你認為呢？」

向書架前的夥伴求救。紅色捲髮伸展到眼角邊的男人，視線依然停在打開的書本上，說出一句話：

「也是有那種想法。」

「別只有那種想法呀！」

「阿萊斯特，你去看一下自來水。」沙啞的聲音下令。「卡蜜拉，請妳拿毛巾還是什麼裹一下身體。」

開口說話的是凹陷眼眶深處蘊藏著銳利理智的老人——教授。他正坐在沙發上保養手杖。

卡蜜拉裸著身體靠近沙發。

「教授，我已經受夠這麼煩躁的地方了。可以去找更好的房子嗎？」

「說得容易，移動研究設備和樣本可是很辛苦的。」

「那把那個樣本給我。就是那個無頭的女生。」

「我不是說過很多次不可以嗎？而且，我很中意這棟房子。偽裝成狂熱的宗教團體是個巧妙的辦法。沒有人來干擾，能夠過理想的生活。」

「除了自來水停水之外。」

「也是有『久居則安』這種想法的。」傑克說。「不喜歡的話可以離開，對組織沒有妨礙。」

「你是怎樣啦傑克？意思是說我沒用嗎？」

卡蜜拉揚起頭，彷彿要射穿對手一般地微笑。

「要是太得意忘形，我就讓你全身都變成跟那頭紅髮一樣的顏色喔。」

「最好不要和我起爭執。」

傑克闔上書，回以充滿壓迫感的笑。

「這種想法並不好，『希望自殺』的念頭。」

房間充滿假如有貓和鼠，兩隻會一起搭著肩膀逃出去，令人毛骨悚然的邪氣。阿萊斯特儘管臉色發白還是繼續蘋果派的裝盤。

「好香喔。」

傳來開門聲，渾身肌肉的壯漢走下階梯。他將裝滿食品的紙袋放到廚房桌上，看了看一觸即發的現場。

「又吵架了？為了什麼？」

「浴室的水龍頭。」阿萊斯特說。「是說，維克多先生，你出門去了呀？」

「我去了一趟商店街……沒有引人注目。」

儘管像是找藉口一般地補充，但恐怕是十分引人注目吧。

從比利時挖角到這個人造人後將近一個月。時間雖短但長出頭髮，因為教授的手術，手腳的外觀也協調了，比一開始變得像人類許多。話雖如此，滿是縫線傷口的臉部和幾乎要擦碰到天花板的龐大身軀並沒有變。不過帶有怪物感覺的樣貌較符合阿萊斯特的喜好就是了。

「傑克，別鬧了。」教授出面排解爭執。「卡蜜拉也給我退下，還有去拿毛巾包起身體。」

傑克乖乖地回去讀書，卡蜜拉也不情不願地坐到沙發上。雖然還是無意拿毛巾裹身體。

「維克多，你有報紙的話可以給我看嗎？街上情況如何？」

「羅蘋的事情鬧得沸沸揚揚的。」人造人將《泰晤士報》的晚報送到教授面前。「聽說他想要福克家的黑鑽。」

「『倒數第二個夜晚』嗎？真是的，那個怪盜小夥子常常跟我們鎖定一樣的東西。」

「怎麼樣？」卡蜜拉說。

教授邊看報邊沉思。用指尖在桌子邊緣輕輕敲打。這是老紳士固有的習慣。

阿萊斯特準備好茶點時，教授的手指停住了。

「阿萊斯特，你替維克多縫製一套晚禮服。在明天晚上之前做好。」

魔法師仰望人造人的龐大身軀，苦笑。真是的，這個那個都在出難題。

「您想去參加宴會嗎？」

「對。我們全部一起去。『倒數第二個夜晚』是找出狼人的鑰匙，讓羅蘋拿走我們就太不利了。而且……」

教授的視線落在報紙上醒目地寫著的偵探名字。

「我也想向老友打聲招呼。」

6

「『你說老夫的工作是什麼？你是說想知道老夫在做什麼嗎？哦，很好那就給老夫聽清楚。真是令人欽佩的年輕人呀。一定要好好聽老夫生計的事。』

『天呀，被怪人纏上了。我明明只是攀談幾句話……老爺爺，拜託不要長篇大論。我只是來吃中餐的，能奉陪的就只有吃這碗蕎麥麵的時間而已。』

『不不不一點都不長。總之你聽一下吧。老夫是個不幸到極點的男人，沒有過什麼天生就哪方面好運，特別糟糕的是小偷運。家裡要是沒人就遭人闖空門，出門去就被扒走錢包，還落得晚上睡覺強盜闖進家中的下場。被偷走的錢只有十啦二十啦沒什麼價值。別人跟老夫說「就是有你在小偷才跑來」，把老夫趕出大雜院，這種經驗數都數不清，得到「御徒町的瘟神」這個外號。』

『一開頭就讓飯難吃起來的故事呀。算了沒差啦，然後呢？』

『有一天老夫想到了。這麼常遭小偷根本就不尋常。毫無疑問老夫具備吸引小偷接近的某種特質。那就用這個力量來做個生意吧。』

『生意？到底是什麼？』

『布包店。』

『哦布包店呀……布包？』

『就是賣布包。古今東西，所謂的小偷沒有布拿來包偷到手的東西就做不了事。既然如此，能吸引小偷的老夫來開布包店的話，全國的盜賊都會來買鐵定是生意興隆。就是這樣的道理。』

『原來如此。老爺爺，你的想法太愚蠢了。』

『才不愚蠢。實際上一開業就大獲好評。相貌兇惡的客人絡繹不絕，營業額也不斷成長。老夫也注重商品的品質做得拿來包重物也牢固。店裡最受歡迎的是適合黑夜的江戶紫。現在春天，正在製作賞花活動用的櫻花圖案布。』

『這樣搞不清楚誰才是犯罪者了啦。不過好像挺有意思的。我也可以去那間店瞧瞧嗎？』

『可以呀，老夫現在正要回店裡去，你就跟著來吧。這裡的費用就由老夫出吧。』

『您的度量真大呀，不愧是生意興隆。老闆，結帳……那麼，請您馬上帶我去吧……

不過呀您真是令人欽佩呀老爺爺。所謂雁過拔毛說的就是您吧。』

『呵呵呵，不能只是哀嘆倒楣呀。靠自己的力量克服得勝這才是人生……好了到了，就是這裡。「淺松屋布包」。怎麼樣，看板也很氣派吧。裡面更是……咦？門沒鎖。真是奇怪了……啊！不、不見了！布包都不見了——慘了，遭小偷了。』」

「……」

「……」

「……也就是說，這個故事告訴我們預防犯罪的重要。」

「給我用普通的方式說這道理啦！」

蕾絲的另一邊爆出師父的斥責。

一月十九日下午，倫敦好幾個皇家公園之一的海德公園。陽光自薄薄的雲朵之間灑落的天空底下，津輕、靜句和鴉夜三人組正在長椅上休息。

成片草地的廣場上，彷彿在說「寒冷算什麼」的孩子們正在嬉鬧玩耍。公園中央設有露天劇場，正在演出什麼戲劇。旁邊的長椅，有個正在向籠子裡的鸚鵡餵食飼料的老人。倫敦的悠閒午後，卻也有種稍微悠閒過度的感覺。

「不，這個故事很正經的。我們可以不待在福克先生那邊擬定對策嗎？羅蘋今晚就要來了喔。」

「反過來說就是今晚之前他還不會來。先悠哉觀光再來面對，時間應該充裕吧。從以前我就想去杜莎夫人蠟像館這個地方看看。聽說裡頭有很多蠟像。」

「像是假人的人我已經看膩了。」

「要我展示我不是假人的證據嗎?」

靜句右手的骨頭發出喀喀的聲音。冷汗沿著津輕的臉頰滑落。

「住手住手,對小孩會有不良影響。」鴉夜說。「靜句,妳可以幫忙去那邊打聽一下蠟像館在哪裡嗎?」

「遵命,鴉夜小姐。」靜句立刻回應,離開長椅。

一邊發著「待遇差真多」之類的牢騷,津輕一邊咬著放在大腿上的炸白肉魚。剛才跟小販買的,有個「炸魚薯條」這沒啥講究的名稱。

「好吃嗎?」鴉夜說。

「是還可以吃得下去,不過油膩膩的,感覺會消化不良。」

「我沒有胃不必擔心這問題。給我吃一口。」

「既然沒有胃應該就不能進食吧。」

鳥籠傳來「唔」聽著像是鬧彆扭的聲音。明明是頭顱卻貪嘴,令人頭疼。為了轉移鴉夜對食物的注意力,津輕攤開報紙。

「上面有寫福克宅的事情喔。寫著『名偵探登場 與羅蘋對決』。」

「我們有上報嗎?」

「我看一下喔……報導和照片都是福爾摩斯先生。」

「哼。」

沒用，心情愈來愈糟。

津輕邊向白肉魚的油奮戰，邊望著廣場。餵食鸚鵡的老人離開長椅，正在和賣馬鈴薯片的小販說話。不知道是誰丟得太用力，孩子們的球滾到人行道這邊來。津輕隨意地從長椅起身，輕輕將球踢回去。

「聽說蠟像館在馬里波恩大道。」靜句從廣場的另一邊呼喊。「今天好像開到四點。」

「那得快點去才行，師父我們走吧。」

津輕回到長椅邊抓住鳥籠，急急忙忙往靜句的方向走。

「讓您久等了。」

「我並沒有在等你。」

「太冷淡了！拜託不要這樣本來就已經夠冷了。」

「冷也是你害的吧？」

「什麼意思？」

「就是字面上的意思。」

「真是意外呀，靜句小姐沒有覺得剛剛的布包店故事有點奇怪嗎？」

「我同意是個悲傷的故事。」

「是同情的範圍？不對吧這種一定是哈哈大笑的呀，對吧師父……師父您說說話呀！」

「鴉夜小姐？怎麼了嗎？」

「因為我說不給師父魚吃，所以正在鬧脾氣。靜句小姐要來一塊嗎？」

「我不要。」

東拉西扯著，津輕等人往公園出口去。

可能是出現著名臺詞吧，露天劇場歡聲雷動。

＊

約翰．H．華生醫生爬上走習慣的階梯，打開貝克街221B的門。

擁有寬敞起居室的寄宿地點，雜亂程度與他開始居住於此的十年前一樣，讓人無法想像是個聲名遠播的名偵探住處。寫字桌上文件疊放，壁爐上方排列著顱骨標本，以及趁工作時收集到的許多紀念品。牆邊架子上則是實驗器具和可疑藥品。透過兩扇大窗戶可以清楚看見底下的大馬路。

夏洛克．福爾摩斯沉坐在沙發椅中，像是想睡覺般地瞇起眼睛，正在埋首閱讀像是調查書的某個東西。踏入案件現場時宛如獵犬的活力消失了，內向的思考家一面浮現出來。深深了解過去的華生的雙眼，可以窺見歲月的痕跡。

「唷，華生。」福爾摩斯抬起臉。「歡迎光臨。」

「你正在忙嗎？」

「我忙得發慌。對了你鋼筆的墨水用光了吧，你可以用我的。」

福爾摩斯手往桌子伸出，指著墨水瓶。華生正要在對向的椅子坐下，只能轉頭往旁邊看。

「為什麼提鋼筆的事？」

「你右手中指紅腫。那是剛形成的筆繭。但是一看到你鞋子髒髒的，就知道上午你應該是因為巡診在到處跑，我不覺得你花了長時間在寫東西。那麼，得到筆的墨水出水不順，所以需要花比平常更大的力氣寫病歷這樣的結論，不是極為自然的嗎？」

「漂亮。」

「這是初級的推理啦。要喝什麼？咖啡好嗎？」

福爾摩斯去樓下找哈德森太太的時候，華生稍微看了一下放在椅子上的調查書。是〈萊斯特廣場的畫家謀殺案〉。

「已經解決了。」福爾摩斯回到椅子上。「並不是值得加進你備忘錄的有趣案子。」

「你還真從容呀，可以不先擬今晚的戰術嗎？」

「要說戰術我已經擬好了，無須擔心。而且進攻的是對方，我們是守方。同伴也有一百人以上，職責是我們這邊容易得多。」

「昨天你不是對警備充滿懷疑嗎？」

「那是昨天。現在不一樣。」

福爾摩斯露出作夢般的表情游移著視線。

「華生，我現在的心情就像是挑戰西洋棋的國際比賽。夏洛克・福爾摩斯是英國代表，亞森・羅蘋是法國代表。雖是第一次和對方下棋，但能拿棋譜當基礎推理棋子的走法……對，比賽在對峙之前就已經決定了。互相解讀彼此的戰略，能夠凌駕的人就贏了。這就是兩顆偉大頭腦的互相衝撞。唉，他也是可憐。大概沒料到我方準備齊全周密……」

「我想我應該讓你想起『諾伯里』。」

福爾摩斯的壞習慣自信過度冒出來了，於是華生若無其事地這麼說。福爾摩斯反問了一聲「咦？」後，問道：

「諾伯里怎麼了嗎？那不重要來抽菸吧。」

接著，從椅子起身。華生有些意外。諾伯里，是以前福爾摩斯出醜過的「黃面人」案子的地區。從那以後，當他過度相信自己的能力時，華生向他說「諾伯里」。這成了兩人之間的默契。

福爾摩斯雖將愛用的黑色陶製菸斗拿在手裡，卻像是忘了菸絲放在哪裡的樣子，在桌上翻找了一會兒。華生說「平常不是都放在那裡面嗎？」指著波斯製的室內鞋，福爾摩斯似乎才總算想起來，迅速點燃了菸斗。

華生無意拿出菸斗，以身為醫生的眼睛望著福爾摩斯。總覺得友人有輕微的錯亂狀態。以前，他也曾經陷入這種症狀——因為攝取過多古柯鹼。

「福爾摩斯，難道你——」

敲門聲，打斷華生的話語。

腹部凸出的六十歲左右的紳士進入房間。大臉，看不出感情的厚唇。眼睛和弟弟一樣，有著令人想起水面波紋的深沉思維。身為英國政府的監查人員，名偵探的親生哥哥，麥考夫・福爾摩斯。

「唷，老哥。」福爾摩斯說。「無奇不有，你竟然會徒步來找我。」

「我有點事情想傳達。」麥考夫看了一眼弟弟的身影。「對了，你是哪位？」

「咦？」

發出怪聲的是華生。福爾摩斯的態度沒有變化，安靜地吸著菸斗。

「別說奇怪的話了老哥。你忘了弟弟的長相嗎？」

「確實十分相像，但我一看就知道你是另一個人。」

「為何？兄弟的牽絆嗎？」

「指甲。」麥考夫輕描淡寫。「我三天前才因為米爾沃頓凶殺案和夏洛克見過面，那個時候舍弟的指甲剪得短短的。但是你的指甲，長到差不多該修剪的程度。短短三天指甲長得那麼長，這種事情就生物學來說是不可能的，你懂吧。所以你不是夏洛克‧福爾摩斯。」

遭到點出是另一人的男人，透過光線看了看自己的指甲。

「原來如此，觀察能力不愧比弟弟更優秀呀。但這始終都是主觀的推論，還沒有完美的證明……」

「那我可以當證明嗎？」

看到麥考夫背後走上樓梯的男人，華生這次真的說不出話來了。

彷彿是眼前的夏洛克‧福爾摩斯映照在鏡子上的人，就在那裡。往後抿的亂翹頭髮，消瘦如鷲的容貌，晒得褪色成紅褐色的上衣全是一個樣。連衣服下襬沾到菸斗菸灰的地方都如出一轍。

較晚出現的那位福爾摩斯，雙手拿著沾滿血的小刀和小的紙包。他將那些收進「證物用」的箱子後，移動到沙發邊，和鏡子裡的自己對峙。

遭到點出是另一人的那位，穩重地說：

「幸會，夏洛克‧福爾摩斯。能見到你是我的榮幸。」

「我才該說幸會。」另一個福爾摩斯回以微笑。「你是亞森‧羅蘋對吧。」

＊

「去看莎士比亞和拿破崙的蠟像感覺沒什麼意思呀。沒有別的精彩之處了嗎？」

「有個叫做『恐懼房』的特別展，聽說擺放了殘酷的人偶。」

「哦，這個聽起來好多了。殘酷的人偶舉例來說是怎樣的？」

「頭顱之類的吧？」

「還是別看了吧，那種我也看膩了……呃，現在要往左？還是往右？」

「這問我我也不曉得。」

站在十字路口的津輕與靜句，視線看著庫克公司製作的倫敦地圖。

目前所在的地方好像是叫格洛斯特廣場。往右彎過去就是貝克街，目的地杜莎夫人蠟像館就在再過去的地方。

「說到貝克街，福爾摩斯先生的家就在那一帶呢。怎麼樣，師父，要不要繞過去看看？」

「……」

「師父呀。您要鬧彆扭鬧到什麼時候真是的。」

「呼啊，恭喜，恭喜。」

「沒什麼好恭喜的，請您不要發出奇怪的聲音。」

「北北西，沒有異常。呼啊。」

「……奇怪？」

津輕察覺到不祥之事。

右手提著的鳥籠，是與平常相同的黃銅製吊鐘狀。蕾絲罩子也好好地蓋著。可是，那蕾絲的花紋似乎怪怪的。明明原本應該是常春藤刺繡的，不知道什麼時候變成了牽牛花。

「……」

不快的預感如積雨雲擴散。靜句也發現不對勁，皺起眉頭。津輕的手戰戰兢兢地伸向鳥籠，輕輕地掀起罩子。

色彩斑斕的鸚鵡，一邊振翅一邊叫著「哈囉，哈囉」。

剛才在旁邊長椅上，老人餵食的鳥。

「……」

津輕原本笑咪咪的臉部僵住，和靜句四目交接。她也無法保持冷靜，整張臉發白。

「咦，和鳥搞錯了，這真的是拿錯了。」

說著話的同時，靜句的拳頭已經招呼過來。

*

「剛才看的那起畫家凶殺案，我想凶手是鄰居太太吧。牆壁的抓傷應該是偽裝，真正的凶器在閣樓裡面。」

「我知道。剛才我正要去確認。老哥你要幾匙砂糖？華生是喝黑咖啡吧！」

「嗯，是呀。」

以愛麗絲夢遊仙境裡也不會有的心情，華生接過杯子。

貝克街221B的寄宿地點，正要開始進行開業以來成員最古怪的茶會。自己和夏洛克・福爾摩斯，他的哥哥麥考夫。還有，解開偽裝的金髮美男子——亞森・羅蘋。

直到方才都在說話的壯年偵探，和這朝氣蓬勃的青年竟是同一人，令人難以置信。出乎意料的是，他並沒有大規模偽裝。只是戴上假髮裝上假鼻化妝，模仿服裝而已。儘管如此，從整體的氣質、言行、音質，到展現推理時的細微態度——雖然還是有美中不足的地方——但剛才的他完全是福爾摩斯本人。眼睛的顏色藉著低垂雙眼隱藏，年齡的差距靠表情的力度彌補，身高的差異則以姿勢和走路方式巧妙地隱蔽。

與其說是偽裝的天才，不如說是——

表演的天才。

華生還認識另一個擁有類似才能的人。那就是福爾摩斯。他曾經化身為病人、馬車車夫，甚至是老太婆。然而羅蘋的技術又如何呢？是不是遠遠勝過福爾摩斯？

一邊喝著苦咖啡，一邊觀察對峙的雙雄。兩人皆態度自在，隔著放茶點的茶几而坐，朋友般地彼此微笑。華生覺得那茶几像是白熱化的西洋棋棋盤。眼睛看不見的緊繃，與咖啡香味一同瀰漫。

他們一定在笑容的背後，互相解讀對方的棋子走法。

「所以呢？亞森老弟。」福爾摩斯起了個頭。「專程化身成我潛入這裡，是為了什麼？」

「並沒有什麼深刻的理由。我只是，想跟你打聲招呼。」

「不是來偵察嗎？」

麥考夫立刻說道。

「你本來是打算等到夏洛克出門後潛入，搜尋房間找出對手的策略。不料運氣不好碰到華生醫生和我來訪，夏洛克本人也比預期的早回家，所以無計可施只好在這裡喝茶。就我看來是這樣。」

「哎呀哎呀……策略什麼的，用不著找呀。」

羅蘋開心地搖頭，將茶杯置於茶几。彷彿是讓棋子前進一步。

福爾摩斯用漩渦狀的眼睛觀察著他。

「這推論是正確的。」

馬上回以一步棋。

「你的確是個強敵，但我無意採取特別的策略。說起來從人數和警備來看，我方優勢是壓倒性的，白白地提升難度也沒意思。我會和鑽石一起待在『餘罪之間』，等候你大駕光臨。我要做的事情就只有如此。能偷走鑽石就是你贏，不能的話就是我贏。簡單的比賽。」

羅蘋將手撐在茶几上托腮。金色的眼眸閃閃發亮。

「現階段，偵探方的獲勝機率多少？」

「接近百分之百。因為不論你再怎麼厲害，那個房間的門都不可能被破壞。」

「……」

羅蘋從椅子起身。態度隨意地靠近壁爐，拿起紀念品當中的一個。刻有白百合花飾的徽章，帶鎖頭的珠寶盒。

「好東西。」

「貴國政府送我的。大概十年前，我幫忙善後的謝禮。你喜歡的話可以帶回去。」

羅蘋沒有回答，以散步般的腳步在房間裡走動。

「夏洛克，你認為所謂的『鎖』這種工具擁有的最大特徵是什麼？換成本質也可以。所有的鎖，本質層面共同的機能是什麼？」

「關住某個東西？」

「是能被打開。」

繞了房間一圈後，他將珠寶盒放在茶几上。盒子碰到茶几，就像是下巴脫臼的狗一樣打開了。

鎖頭，解開了。

華生回頭看著羅蘋。不知道什麼時候，羅蘋單手已拿著小小的像是鐵絲的東西。該不會是用那個開鎖的吧？就在這短短幾秒之間？

怪盜回到茶几前，咬下一枚餅乾。

「迎擊我的時候，每個人都想得一樣。『只要房間上了鎖就能放心。小偷不可能進得來』……大錯特錯。就跟你是菸灰的專家一樣呀，夏洛克。這個世界沒有其他人像我這麼精通鎖。只要那裡有鎖，不論多麼嚴密的門，我都能輕鬆攻破。」

「那個盒狀保險箱也一樣嗎？」

對挑釁置若罔聞，福爾摩斯問。羅蘋苦笑，說：

「就只有那個是非人類世界的技術，沒辦法瞬間開鎖。不過呀，只要有兩、三個小時就足夠了吧。」

「福克先生說他花了三年時間才打開。」

「所以我才要花三個小時之久——謝謝招待。請替我向樓下的夫人道謝。我差不多到該告辭的時間了。」

羅蘋一口喝光剩下的咖啡，背對茶几。華生立刻擋在門前，動也不動地瞪著對方。

「我送你到大門口？」

「不必了，這種事情沒必要。」

羅蘋似乎是覺得無趣地揮了揮手，打開面向馬路的窗戶。以有如跨越積水的輕鬆態度跳到煤氣燈上，轉身面向房間。

「那麼福爾摩斯先生還有華生醫生，我們今晚再見吧！」

誇張地道別後，羅蘋仰著向後倒。華生大叫一聲「啊！」衝到窗邊。怪盜的身體在通過正下方的馬車車篷上反彈，在空中翻了一圈，以完美的時機落到急速駛來的汽車座位上。司機是個帽子壓得很低的白髮男子。

汽車沒有減速，直接消失在貝克街的遠方。

「……」

華生以愣住的表情目送汽車遠去，然後回頭看房內。福爾摩斯兄弟若無其事地繼續喝茶。

「他、他跑掉了。」

「看起來是這樣。」福爾摩斯說。「一如傳聞是個愛排場的人。」

「跟你年輕時挺像的呢。」

麥考夫感慨地說。

7

「你總是用那種像是傻子的方法逃走嗎？」
「只限於有信得過的部下來接我的時候。」
魅影駕駛的標緻汽車穿過貝克街，在貝克街與柏靈頓街的十字路口左轉。羅蘋正在旁邊的座位翹腳，如觀光客眺望著街景。聽到魅影問他假髮呢，他回答「這麼一說我忘了帶走」。好個敷衍了事的男人。
「那麼，你和福爾摩斯說到話了嗎？」
「何止說到話還喝了茶呢。進行得很順利。兩顆『種子』撒下去了，對方的策略也大概有個底了。是我們這邊領先一步。」
「我覺得對方也在說跟這一樣的話。」
「也許是吧。總之不必改變計畫繼續下去。火車的時間呢？」
「五點二十五分抵達滑鐵盧站。」
「還有時間呀，我去那邊玩好了。」
「如果你從車上被踢下去也沒差的話就去吧。」
「哎呀這附近有間杜莎夫人蠟像館的樣子。在非主流領域很受歡迎……小心！」
羅蘋大叫，魅影也迅速拉起煞車。因為有名女子從轉角衝出來。標緻的四個輪子發出尖銳聲，車體在距離女子三英寸的位置停住。

不知道是哪裡的女僕。黑眼加上黑髮，樣貌看來似乎是東洋人。穿著圍裙，揹著被布包裹著像是竹竿的物體。

「您受傷了嗎？」

羅蘋下車。女子一副慌張的樣子鞠躬說「對不起」。

「請問，您有在這附近看到鳥籠嗎？」

「鳥籠？」

「大概這麼大，罩著蕾絲的鳥籠。」

「沒有耶……艾瑞克，你有看到嗎？」

「沒看到。」

女僕非常失望地回答「這樣呀」。再度鞠躬行禮，打算就這樣跑走。

「請等一下這位小姐。」羅蘋喊住她。「您在找鳥籠嗎？」

「是的。那是極為重要的東西。就算要拿我的命來換也得找出來。」

「真讓人同情……您只有一個人在找嗎？」

「我和另一個人分頭找，但那個男人簡直沒用，實質上就是我一個人在找。」

「我明白了。」羅蘋灑灑地將手放在車上。「我們一起找吧。請上車。這樣比到處跑快得多。」

「喂，先等一下。」

魅影責備羅蘋。眼前的情況是不知福爾摩斯何時會追上來，原本的計畫是直接回飯店。

「現在沒空管這種事。」

「腦筋不要這麼死板嘛，美……小姐正在煩惱呀，不幫忙的話就丟紳士的臉了。」

「可以讓我上車嗎？」

「當然可以，請。」

「我該如何表達謝意才好……謝謝。」

「我不過是做該做的事。」

深深感謝的女僕與爽朗微笑的羅蘋。對其難以對付的個性感到無言的魅影。不對。紳士之類的鐵定不一樣。這只是單純追求女人的藉口。剛才就差點脫口說出「美女」。

女僕坐進汽車，坐在兩個男人之間。車子是雙人座所以有點擠。近在身邊的她像是肥皂散發出素雅的香味。可能太過專注在尋找的目標，嘴脣嚴肅地抿著專心凝視前方的側臉，讓人聯想到純淨的冰。

難以向對方開口說「妳給我下車」。

「那麼小姐，要先去哪邊？」羅蘋說。

「那就，麻煩到牛津街。」

女僕告知目的地後，將美貌面向司機魅影說著「麻煩您了」。

「……『相信女人就是永遠的瘋狂』！」

取代口出惡言的是引用自「費加洛的婚禮」的句子。魅影加快了水平對臥二缸引擎的運轉。

*

距離那裡有點距離的蒙塔古廣場的角落。

「呃，從西摩路這樣過來那邊是北方……嗯，布萊恩斯頓？不對這裡是蒙塔古吧。呃那貝克街是再過去三條街嗎？奇怪？兩條？」

頭戴獵帽臉有雀斑的少女──《新時代報》的特派員阿妮・凱爾貝爾，正一邊耐著北風一邊和倫敦的地圖奮鬥。

由於福克宅的事，出門想採訪夏洛克・福爾摩斯，但在人生地不熟的市內走來走去的同時完全迷路了。明明拉起厚厚的圍巾幾乎遮住了半張臉，但長時間待在戶外導致冷得徹骨。這樣下去就是回不去旅館凍死在倫敦正中央的危機。

「怎麼辦？問誰好呢？」

就在她以病急亂投醫的心情張望馬路時。

「不好意思，請問一下您有沒有在這附近看到鳥籠？大概這麼大罩著蕾絲裡面有女孩子的頭顱。是假人啦假的頭顱。」

「沒有，我沒看到……老兄，你沒事吧？你的頭在流血喔。」

「我被同伴揍了五次左右，請您不用擔心我已經習慣了。」

「真打先生？」

一出聲，男人便回頭。青髮加上左眼的一條線，滿是補丁的大衣和灰色手套。眼熟的真打津輕。

「妳好呀阿妮小姐，妳到倫敦來了呀。」津輕迅速打招呼。「對了妳有看到師父嗎？」

「沒看到……咦！輪堂小姐怎麼了嗎？」

「她稍微走失了。」

「該不會，津輕先生弄丟她了？」

「不，師父不是物品這種說法很沒禮貌，只是稍微走失而已。」

「弄丟她了對吧？」

「對。」

津輕尷尬地承認。阿妮手按著額頭望天。福爾摩斯的採訪不去了，眼前有更重要的事。

「剛才，我在公園的長椅拿錯拿到老爺爺帶著的鸚鵡。我馬上察覺有異回到公園，但是已經沒看到老爺爺了。現在我和靜句小姐分頭尋找師父。」

「有你們兩位跟著為什麼還會出這種事……」

「我也嚇了一大跳。」

「現在沒空多談了這根本是緊急情況吧！」

「可是呀，師父不會死。雖然要是被丟到河裡沖走可就不得了了。」

「泰晤士河就在附近呀！」

「……」

「快點去找吧，我也來幫忙。」

「太好了。」津輕擦拭額頭上的血。「對了阿妮小姐，那條圍巾是買的嗎？好可愛喔。」

「不重要啦快點去找輪堂小姐！」

寒冷和工作都忘得一乾二淨的阿妮，一邊拍打毫無緊張感的偵探助手的背部，一邊在西區奔跑。

*

在貝克街221B，華生像是在喝悶酒一般地大口喝著咖啡。茶壺差不多快空了。

「駕駛汽車的是個遮住右半邊臉的男人。那個人一定是魅影。」

「就是所謂的『巴黎歌劇院的怪人』吧！」麥考夫說。「在古老的劇場那種傢伙還滿常見的。」

「哲瑞・雷恩劇場也有鬼魂之說呢。哎呀，老哥你看，羅蘋那小子忘了帶走假髮和假鼻了。華生，我是鼻子這麼尖的人嗎？」

「隨便啦！」這兩兄弟實在悠哉。「重要的是，羅蘋為什麼會待在這個房間裡吧。他絕對不是真的來打招呼的吧？」

「就算是來打招呼也不用大驚小怪。至少我很慶幸能和他交談。」

福爾摩斯看了看羅蘋逃走的窗戶。

「唯一確定的就是，我和羅蘋都受到棘手的個人堅持控制。他有著所謂『紳士』的堅持。我們對於自己怎麼該怎麼走絕無虛假，應該是說無法有虛假。因為自尊不容許。遵照此一規則，我從羅蘋身上確認了某件事情。他雖然也從我身上確認了某件事情，但應該沒有發現那是個陷阱。是我們這邊領先一步。」

「總覺得……羅蘋也在說跟這一樣的話。」

「你的洞察力也培養得愈來愈好了呢。」

福爾摩斯半開玩笑地說。華生無意回以笑容。某件事情到底是什麼？友人的思考總是難以理解，但這次比平常更嚴重看不出內容。

「不可以輕敵，夏洛克。」

麥考夫放下茶杯，用手帕擦拭厚唇。溫和的感覺從藍眼眸消失。

「敵人不只有羅蘋和魅影。」

「你特地來找我就是為了這個吧。其他還有怎樣的敵人？」
「保險公司。」
「『勞合社』的代理人嗎？」福爾摩斯側著頭。「雖然性格是有缺點啦，但那兩個人是這一邊的。是保護鑽石的夥伴。」
「你根本不懂。諮詢警備部的職務不是只有保護客戶的財產。他們的目標是撲滅怪物。就工作性質來說，我的耳朵聽到很多關於他們踰越分際的活動的傳聞。在驅除業者之間，他們甚至以最強的組織而出名。」
「那又如何？」
「傳說『倒數第二個夜晚』是尋找狼人的關鍵。」
這一瞬間，福爾摩斯那即使在面對羅蘋時也絕無畏懼的表情，薄薄地籠罩了一層陰霾。
「你仔細想想，夏洛克。勞合社為什麼突然要插手？只有七個成員的代理人，一次就派了兩個過來是為什麼？為了打倒怪盜保護鑽石嗎？才不是這樣。是為了搶走鑽石。他們一定是盯上了菲萊斯・福克的人造鑽石了。為了找出活下來的狼人，加以消滅。羅蘋的行動對他們來說是大好機會。」
「意思是，勞合社那兩個人將會搶走鑽石嗎？」
華生一問，麥考夫立刻嚴肅點頭。

「他們恐怕無意攔阻羅蘋吧。鑽石一被偷走他們就會行動。暗中追捕羅蘋，殺死他再藏起屍體，最後搶走鑽石。竊盜罪全部推給羅蘋。」

「這怎麼……」

無法肯定地說出「這怎麼可能呢」。想起了好幾件事。

兩個代理人對輪堂鴉夜他們有異常的執著；他們說過「警備我們兩個人就夠了」；看過鑽石後的樣子似乎也點怪怪的……

「假如真的變成那樣。」福爾摩斯說。「我一定會把鑽石搶回來。」

「這沒有說得這麼容易。他們很厲害。」

「我也有王牌。」

「你說『巴流術』嗎？夏洛克，你也不年輕了吧。」

同情地拍了拍弟弟的肩膀，麥考夫起身。再度叮嚀「你要小心」後，晃著肥胖的身軀走出房間。

關上的房門的四周，揚起薄薄的塵埃。

福爾摩斯依然坐在沙發上，凝視著壁爐彷彿在吟味兄長的忠告。

「華生，我可以抽你的菸絲嗎？」

「可以呀。不過我的是世外桃源配方，你應該是手捲菸菸絲派的吧。」

「我現在的心情想抽香氣濃郁的。」

「在大衣左邊的口袋裡，請隨意。」

福爾摩斯從華生掛在牆上的大衣，拿出小菸絲盒。背對華生，在桌前吸著菸斗吞雲吐霧。右手像是消遣般地在「證物箱」中攪動。

華生仰望天花板，嘆氣。

「羅蘋有魅影跟著，再加上勞合社那兩個人不是同伴，唉。」

「我突然，覺得周圍充滿敵人。我想起了和莫里亞蒂及其黨羽戰鬥的那段時光。你應該也記得吧。」

「當然記得。」

將近八年前的事。和宿敵對決的福爾摩斯在萊辛巴赫瀑布沒了消息，三年下落不明。追蹤莫里亞蒂的友人那令人毛骨悚然的模樣；認定他一定是掉進瀑布凶多吉少時的失落感；和依然活著的福爾摩斯重逢時的震撼，每件事情華生都不可能忘記。

「『鳥籠使者』怎麼樣呢？」突然想起他們，華生問道。「他們能信嗎？」

「不曉得。不過，他們也是怪物所以可能也會遭『勞合社』鎖定。昨天好像就遭威脅什麼了，也有可能被趁亂殺掉……不對。」

福爾摩斯關上菸絲盒，彷彿是觀賞笑劇般地嗤嗤笑了起來。

「聽說她不會死。」

＊

同一時間，天下無敵不會死的怪物——輪堂鴉夜的頭顱，正在距離約一英里外的格羅夫納街以一臉掃興至極的表情倒翻著。

在海德公園和鸚鵡鳥籠被搞錯約莫是三十分鐘前的事。儘管鴉夜立即出聲喊「喂！津輕！」但被露天劇場的歡呼蓋過，沒能讓逐漸遠去的兩人聽見。

那個時候她還輕鬆地心想他們應該會馬上發覺拿錯了回頭來找的。然而先回到長椅的，是餵鸚鵡的老人。他一拿起鴉夜的鳥籠便吹著口哨邁出腳步，似乎完全認定鳥籠裡面就是鸚鵡。鴉夜也不可能開口說「不好意思老爺爺您搞錯鳥籠了」，只能被帶著走。

走出公園之後產生了危機感。這樣下去就無法和津輕他們會合了。雖然因為閱歷深，鴉夜早已習慣大部分的麻煩事，但處在脖子以下部位不存在的狀態被留在倫敦中心到底是相當困擾。

思考著該怎麼處理時，老人在轉角停下腳步。似乎是湊巧碰上朋友。

「嗨，克林先生。」

「您好，馬修爺爺。和鸚鵡去散步呀？」

「剛剛我在公園餵牠吃飼料。對了對了，昨天牠學會新字句了。你想要聽聽看嗎？」

「聽是沒關係啦，反正又是簡短的單字吧？」

「不不不，這次是出色的文章喔。一定連你也會嚇一大跳的。」

鴉夜「住手住手住手」的念頭並沒有傳遞出去。

馬修爺爺的手伸向鳥籠，掀開蕾絲罩子——鴉夜和窺視鳥籠的兩個人正面相對。

「……兩位好。」

她發出的雖是簡短的單字，但一如馬修爺爺的預告克林先生極為吃驚。他立即發出「啊！」的尖叫，一溜煙跑走。馬修爺爺也大叫「天呀！」，丟下鳥籠逃了。

更倒楣的是，津輕忘了把門鎖好。撞上地面的力道使得鴉夜從鳥籠裡飛出去，翻倒在鋪路石板上。那個笨蛋，如果能平安回去絕對讓靜句好好教訓他。鴉夜在心裡發誓。

除了眼睛嘴巴，現在的鴉夜能動的只有頸椎的關節。歪頭、轉頭、仰望之類的還做得到，不過當然無法自行移動。

縱使心想愈來愈不妙，卻是動彈不得。背後傳來小孩的嬉鬧聲。

「快過來，傑西！」，「等一下啦！」，「哈哈哈。」，「喂你看，好像有什麼東西掉了。」，「是什麼呀？」，「黑黑圓圓的。」，「是球嗎？」。

「我才不是球咧」的念頭並沒有傳遞出去。

腳步聲接近，有人拿起鴉夜。轉了一圈改變方向後，孩子們嘴巴張得大大的臉龐跳入視野。看樣子並不是因為美麗而看得入迷。

「嗨，你們好。我不是可疑人物請不要害怕。我有點事想拜託——」

在說完之前就被用力丟出去了。

孩子們一邊發出「哦哇！」、「哦咿！」，「啊啪啪！」之類個性豐富的怪聲後四散奔逃。鴉夜只能祈禱這經驗不會變成他們的心靈創傷。遭到火災之類危急情況激發出來的蠻力拋出的鴉夜，飛到馬路對面的小巷子，頭部先著地——因為只有頭顱這也是當然的。額頭雖然破皮，但血沒滲多久便止住。除了鬼造成的傷口，所有的肉體損傷皆能立刻再生——這是不死的基本特性。

小巷子沒有半個人，風刮成一處的廚餘和紙屑凝固成一團。心想為何落得這步田地忍耐著的時候，這次聽到「哈、哈、哈」的呼吸聲。來到面前的是隻野狗。

「……你好，請你幫忙應該也沒用吧。」

「汪汪、汪！」

「我能說四十國語言但我實在不懂你的語言。」

一說完就被咬住了。

遭到用力亂甩，或是被前腳推動。大致玩過一遍後，狗咬住鴉夜的耳垂開始往某處去。要是被埋進洞裡情況可就愈來愈麻煩。

等得不耐煩的鴉夜深深吸了一口氣。

「嚇！」

出聲威嚇。連狗也大吃一驚，發出沒出息的「嗚咿」聲音，丟下鴉夜跑走。所以現在才在這裡。

儘管脫離困境，鴉夜卻後悔自己搞錯了喊叫的時機。被丟下的地方是車道正中間。幸好馬路沒人，但應該在更靠近公園的地方和狗道別才對。那樣的話也許津輕他們也比較容易找到人。應該是說，那些人現在應該是在哪裡閒逛吧。

雖然希望「快點來找我呀」，但鴉夜到底是無法行動。仰望著天空想著就順其自然吧

——這次是引擎聲逼近。

隨即，黑色的德國車前輪輾爛鴉夜。

汽車的軌道，正好從鼻子上方橫越。

皮膚被絞進胎紋，碎裂的面部表情肌和毛細血管緊隨在後，上顎骨發出「喀哩」的聲音。像是投擲裝水的氣球，血液明顯地往四方迸發。輪胎卡到頸椎反彈，被壓爛的頭部也一同跳起，鴉夜美麗的臉龐斷裂成上下兩部分。連著舌頭的下顎轉呀轉得飛出去，單側的眼球從上半部黏糊糊地掉出來。碎裂的頭髮隨風飛舞，無數的紅色肉片飛散。

但——

剛接觸地面之際，所有的肉片立刻變得如塵埃細微。和她的眼睛十分相似的紫色塵埃。四散的血與體液也化為同色的霧。塵與霧像是被看不見的線牽引爬過地面，飛得太遠的則乘風般飛過空中，逐漸被吸入斷裂的頭顱上半部。牙齒的一塊碎片，黏附在輪胎

的一根頭髮，無一例外。

剛被頭部吸收，塵埃就開始奇異的活動。首先重製破碎的顎骨，像蟲子到處爬一般，肌肉、神經與血管歸位，皮膚層一片片地重疊不久後形成光滑的潔白肌膚。由於腦部無傷，所以鴉夜本人也能感受這些。再生時的感覺，十分類似將手指插入汽水。彷彿遭一顆顆的氣泡糾纏，又痛又癢。

汽車停下，兩名男子下車。鴉夜的頭部已經完全恢復原狀。不對脖子以下依然不存在，該說是不完全嗎。

「不必什麼都要確認啦，應該是貓吧。別管了啦得快點把行李送到。」

「可是哥……奇怪？這傢伙……」

視線向下看著鴉夜的，是眼熟的雙胞胎臉孔。昨天，一起搭乘押解犯人的馬車那對運送業兄弟。

「這不是昨天的頭顱嗎？」弟弟說。「妳在這裡幹什麼？」

「你們才是怎麼沒被抓？」

「因為證據不充足就放人啦，真是對不起呀。」哥哥說。「跟妳同行的那些男人呢？」

「其實我們走散了。不過，碰到你們正好。我自己動不了而且又常嚇到別人正在傷腦筋。可以請你們送我到公園嗎？」

鴉夜開開心心地說道，但雙胞胎像是要商量什麼彼此互看。

「哥，這傢伙，看來是獨自一人。」

「就是呀，看樣子是動不了。」

「是呀。所以我才要拜託你們送我一程。當然不是免費的，晚點我會給你們什麼謝禮……」

這時，突然想起昨天的對話。

不死呀，我還是第一次看見。賣到馬戲團的話也許能賣個好價錢。

「……」

鴉夜伴隨著不祥的預感仰望兄弟的臉。一模一樣的兩張臉，浮現著一模一樣的惡毒笑容。

哥哥往這邊伸出手。

「喂……喂，等等。等一下等一下啦。」

*

「找不到呀。是不是不在這一帶？」

「別說喪氣話，再多點幹勁好好找！」

怪人與怪盜與女僕搭乘的黃色標緻，在海德公園周邊繞行。

目標是蕾絲罩著的鳥籠。雖然尚且沒有目擊情報，但女僕完全不死心，視線往四周尋找著。看來是格外重要的失物，一開始勉強答應的魅影也漸漸心生同情。

「可以麻煩再回去大道那邊嗎？」

「好的，小姐。」

回答得宛如計程馬車的車夫，魅影打算在盡頭的T字路轉彎。但——

「哇——！」

就在那時，從行駛方向冒出另一輛汽車差點相撞。對方的車掠過眼前，毫無減速疾駛而去。是兩人座的黑色德國車，上面是兩個臉長得一樣的男人。不知為何在會車的時候，似乎聽到含糊不清的少女聲音在喊：「靜句——」

「有夠危險呀，真是的……唔哇！」

魅影連續大叫。因為女僕擠過來，硬是扭動方向盤。標緻突然轉換方向，差點被撞飛的路人發出尖叫。

「妳在幹什麼！妳瘋了嗎？」

「找到了！」

「咦？」

「我要找的就在那輛車上！」

「真的嗎？總、總之換我開。這樣太危險了。」

搶回方向盤，魅影開始追前方的車輛。對方是賓士公司的量產標準款。最快速度應該是這輛標緻勝出。

大概因為附近有市集正在營業，狹窄的道路人車很多。一邊蛇行閃過障礙物，一邊慢慢地加速。以險些碰撞的距離超越計程馬車，壓上鋪路石板差點把羅蘋甩出去。羅蘋「啊哈哈哈哈哈」地大笑。為什麼那麼開心？

賓士的駕駛回頭往這邊看，一看到女僕立刻臉色發白。看樣子是做了什麼虧心事。對方突然提升速度，左轉試圖逃跑。後輪撞飛騎自行車的小販的簍子，西洋梨飛散到周圍。我方也在未減速的情況下硬是轉彎。羅蘋一邊說著「抱歉！」一邊將硬幣丟給愣住的小販。

彎過去之後前方是牛津街的大馬路。魅影進一步加速，在德國車的右側與其並行。確實看得到座位之間有個用布包著，鳥籠大小的物品。

「小姐，請包在我身上。我會跳過去讓那輛車停下來……唔啊——！」

羅蘋瀟灑地站起來的同時，女僕從旁扭轉方向盤讓標緻撞上對方的車。輪胎之間火花飛散，彼此的車子都大幅度跳動。差點被壓死的羅蘋這下子也沒閒功夫顧及紳士風度。

「妳想殺人嗎？」

「我就是想殺人！」

她眼裡已經只看得見對方的車子。殺機似乎要傳給了對方。喊著「咿——」的司機大幅度轉動方向盤，車子再度急彎進前方的巷子。魅影慢了一步拉起剎車，車體差點傾倒。

「快追！」

「我知道啦！」

回答女僕後，打算衝入巷子之時。

對向傳來有如玩具箱翻倒的盛大聲響。

＊

「找不到呢。或許已經不在這附近了。」

「不要沒完沒了地發牢騷請鼓起勁來找！」

阿妮喝斥津輕。儘管都走到了熱鬧的牛津街，依然不知鴉夜的下落。

「到底是跑哪裡去了……外面的東西找到是找到了。」

津輕拿起空的鳥籠。剛才在西摩廣場的角落撿到，蕾絲有眼熟的常春藤刺繡，毫無疑問是輪堂鴉夜的鳥籠，但問題是到處都不見本人的身影。她應當無法自行移動，所以是有人帶走她。

可是，是誰？還有，帶去哪裡？

「如、如果一直找不到的話怎麼辦？我死都不想寫〈助手在公園和鸚鵡搞錯所以偵探死亡了〉這樣的報導。讀者投書一定蜂擁而至。」

「我就說了師父不會死的。我們到處閒晃說不定就意料之外突然……」

就在津輕環顧馬路時，前方騎自行車的小販動作誇張地摔倒。因為轉彎的車輛鉤到小販的籃子。商品西洋梨滾到路上，車子碾壓其上離開。黑色德國車，上頭是兩個長相一樣的男人。車子經過面前時，聽見少女呼喊「津輕」的聲音。

隨之出現一輛黃色標緻。金髮男子說了聲「抱歉！」投擲硬幣給小販，車子正以高速追著德國車。座位上是兩個男人，以及一名女僕模樣的女子。

馳井靜句。

「剛剛那是……」

阿妮轉向側邊，津輕已開始拔腿狂奔。

大衣下襬翻飛，邊撞飛路人邊追汽車。一看馬路上人潮洶湧，立刻從咖啡廳的露臺屋頂跑上外推窗戶，開始在並排的建築物之間移動。好、好快。

「不好意思，借我一下！」

阿妮也無法靜止不動。扶起小販的自行車，也不管小販阻止的聲音便踩起踏板。

前方是跑過屋頂的津輕，再前面是在展開追逐的兩輛車。

靜句搭乘的標緻猛撞賓士。車體大幅度跳起，傳出男人的慘叫。賓士突然轉進旁邊的小巷，靜句他們的反應慢了。斜眼看了看差點翻倒的標緻，靈活轉身的阿妮跑進小巷。

賓士已經駛過巷子，即將進入對向的後街。完了，要讓他們跑了——在阿妮這麼想的時候。

以宛如精確瞄準和隕石般的力道，一個人從天而降到車頂上。

前半部被踩穿的賓士如翹翹板狠狠彈起，車上的男人們往前方飛出去。車體轉了半圈後猛撞上地面，發出有如玩具箱翻倒的巨響同時滑過道路。輪胎骨架和引擎零件四散，揚起的灰塵籠罩小巷。

「……」

嘴巴張得大大的，阿妮從自行車下來。

原本在車上的雙胞胎感情要好地昏迷了。從後方的揚塵中，有個人影飄逸現身。是拂去大衣灰塵的真打津輕。手上提著的鳥籠之中，是被救出的輪堂鴉夜。

「我來接您了，師父。」

「太慢來接了。晚點處罰你。」

「不好意思，因為我在跟鸚鵡玩。您有受傷嗎？」

「除了脖子以下不見了其他都沒事。」

「哈哈哈哈哈。」

「呵呵呵呵呵。」

老樣子彼此互笑，津輕將蕾絲罩子覆蓋鳥籠。阿妮一跑過來，他便把鳥籠地給阿妮。因為終於安心而緊緊抱住。

「輪堂小姐！幸好妳沒事！」

「什麼嘛是淘氣記者呀！妳也到倫敦來了呀。」

「鴉夜小姐！」

接著是靜句跑過來。平常冷若冰霜的她，確認主人平安無事後彷彿卸下肩上重擔吐了一口氣。

「您沒事勝過一切。真的非常對不起，有我跟著還發生這樣的事。」

「沒關係啦。是一趟愉快的散步呢。對了妳好像是搭車追上來的……」

「您找到要找的東西了嗎？太好了太好了。」

從靜句背後出現了雙人組。金髮年輕人與帽子斜戴的白髮男人。阿妮內心疑惑地想著，白髮男人昨天好像在福克宅面前見過。

「靜句，這兩位先生是？」

「我請他們幫忙搜尋。這麼說起來，還沒請教兩位的大名。」

「沒什麼沒什麼，我的名字不值得一提。」態度謙遜的金髮男子，這時輕輕挑起單邊的眉毛。「……等等。鳥籠，女性，鴉夜小姐？」

像是想到了什麼環顧阿妮等人。接著馬上一副得到確認的樣子，發出「哦」的聲音。

他拋棄紳士的舉止，以試探的態度往前一步。

「難道你們就是『鳥籠使者』嗎？」

「這麼問的你裝扮還真是奇怪呢。」鴉夜說。「跟夏洛克・福爾摩斯先生完全相同的服裝。上衣褪色的方式，縫補扣子的線的顏色，甚至連下襬沾著菸灰的地方都一樣。而且耳邊有化妝品殘留。看起來呢，就像是在偽裝完畢之後要回家的路上。」

青年用手摸了摸耳朵和臉的交界處，佩服地笑了。

「挺能幹的，那麼為什麼假設我是偽裝完畢？」

「有必要徹底假裝成福爾摩斯先生，而且可以做到精密偽裝的人，現在的倫敦市內只有一個候補。」

淡淡地分析後，鴉夜說出結論。

「靜句，妳應該是搭到了亞森・羅蘋先生的車了。」

8

阿妮吃驚過度連聲音也發不出來。

亞森・羅蘋。比起報紙插圖所描繪的更瀟灑許多，也沒有戴大禮帽和單片眼鏡。但是，既然是輪堂鴉夜所言那毫無疑問就是本人吧。竟然在小巷子裡偶遇名聲享譽全法國的怪盜。

羅蘋新奇地撫著下顎，一個個玩味著眼前的阿妮等人，最後看向靜句。靜句對他的認識已經從「恩人」切換成「敵人」。

「和福爾摩斯打過招呼後，回程幫助了正在煩惱的小姐，結果連另一位偵探都見到了。真是有趣的一天。」

「應該是你誤解了災難日吧。」白髮男子說。「所以我才說別管閒事。」

「這不是很好嗎？我正好在想也去和『鳥籠使者』打聲招呼好了……幸會，輪堂鴉夜，誠如所言我正是亞森・羅蘋。這位是我的部下艾瑞克。」

「別叫我本名。」

「啊抱歉。訂正，這位是我的部下魅影。」

「不要連那個也講出來！」

第二次的震撼襲擊阿妮。「巴黎歌劇院的怪人」？連他也和報紙那宛如骸骨的想像圖大相逕庭。確實是消瘦蒼白，卻是雕像一般敏銳而無破綻的長相。

「我才是幸會了，羅蘋老弟。」鴉夜的聲音回答。「抱歉我這樣遮著臉。今天我已經聽膩人們的慘叫聲了。」

「沒關係沒關係，我喜歡充滿神祕感的女性。對了，其他兩位是助手嗎？」

「是徒弟和女僕。」津輕說。

「好奇怪的組合呀。和福爾摩斯他們差別挺大的。算了無所謂，你們今晚也會保護福克宅吧？我要拜託你們一件事。」

羅蘋親暱地說，但鴉夜一直保持沉默。似乎在蕾絲的另一側更迭迅速地思考著什麼，阿妮覺得那認真思考的熱氣從鳥籠傳到指尖。

「花筏。」

一會兒後，她說出奇妙的單字。應該是日語吧，津輕與靜句只以眼睛反應。羅蘋雖然也像是要詢問其意準備開口，但鴉夜搶在他之前說道：

「魅影老弟是對的。」

「什麼意思？」

「對你來說今天一整天呢，就是一如魅影老弟說的看樣子是災難日。對我們來說則是幸運日。因為能在案件發生之前就先碰到那個犯人。」

「……」

小巷裡原本在尋找方向徘徊不定的空氣，瞬間緊繃。

仔細一想——不，根本沒必要想，這一點都沒錯。現在在阿妮面前的，是國際通緝犯。如果在這裡打倒他，也就沒有必要特地守著福克宅了。

但是怪盜像是聽到無聊笑話一般搖頭。

「妳真是不識趣呀，輪堂鴉夜。福爾摩斯就沒想過這回事。」

「很不湊巧我們和福爾摩斯他們天差地遠。」鴉夜強悍地回應。「津輕，把這男人綑綁起來帶去給警方。」

「小事一樁。」

津輕站到阿妮他們面前。炯炯有神的青色眼睛，讓人搞不清楚誰才是怪人的滿臉笑容。

「真是沒辦法呀。」

羅蘋大大地吐了一口氣，將外衣丟給魅影。

「為免遭受打擾，注意大馬路的情況。還有，去車上拿我裝小東西的袋子過來。」

「情況不妙的話我就逃走囉。」

「不會情況不妙，因為我會贏。」

「那可真令人放心呀。」諷刺地這麼說後，魅影回頭往牛津街去。阿妮也在靜句的催促下，和鳥籠一起往撞壞的汽車那邊退。

羅蘋捲起襯衫袖子到手肘處，與津輕對峙。從貴族風格的青年到經驗豐富的怪盜，不知不覺中全身散發的氣質正在變化。金色的眼神愈發強烈。

「你叫什麼名字？」

「我是令人怕得發抖的恐怖『殺鬼者』真打津輕。今後請多多關照。」

「殺鬼者？」

「在日語裡面就是比亞森・羅蘋更厲害的意思。」

「你果然是個怪胎。」

大馬路那邊飛來開口綁住的小袋子。羅蘋也沒回頭便接住，然後從裡面拿出什麼。七彩發亮的玻璃球。那是——

彈珠？

「我說呀津輕，不好意思我想為今晚的工作做準備好好保存體力。所以我不會認真戰鬥。雖然如此……」

將袋子傾倒。發出嘩啦啦的聲音，總計約五十顆的彈珠散亂在兩人之間。

羅蘋踩在腳邊的彈珠上。

「我還是會陪你玩玩。」

一瞬間潛入津輕的防守範圍。

並非蹬地後就移動，而是滑行。以彈珠代替輪子。

出乎意料的津輕稍微慢一點才反應過來。津輕即使揮拳羅蘋也在響起「嘩啦」的聲音後消失不見，下一秒立刻出現在他的側邊。宛如月光的青色眼眸，與彷彿太陽的金色眼眸交錯。

同樣以腳蹬轉身的津輕。甚至是讓空氣中的灰塵描繪出弧線的一次攻擊。

嘩啦。

羅蘋彎身輕鬆閃過。利用體重移動的力道再次滑行，橫掃津輕用來當重心的那隻腳。津輕單手撐在地面上，以浮在空中的雙腳瞄準羅蘋。

嘩啦。

目標往正後方遠去。沒有踏地，完完全全的滑動。

津輕起身開始追擊——踏出第一步，立即遭到彈珠牽制腳步。

「你瞧，我灑了。」

嘩啦。

加速的鞋尖，重擊津輕的胸口。

「……」

阿妮以正在看馬戲團走鋼索表演的心情，視線無法移開這奇妙的勝負。

嘩啦，嘩啦，嘩啦。羅蘋操控彈珠，身體巧妙地往左往右。津輕則是相反，處理不了彈珠。無法稱心如意行動，也捕捉不到對手。他臉上的笑消失了，取而代之的是浮現出來的汗水。

滿是彈珠的踏腳處光看就覺得不安穩。只要踏錯一步，羅蘋也會像剛才的津輕那樣漂亮地滑倒，那應該就是致命的破綻。

儘管如此，哪怕是一步他也沒踏錯。

連差點踏錯的樣子都沒有。

從靜止開始驟然加速。滑冰般的轉身與踏步。重複無法預測的動作，玩弄「殺鬼者」於股掌之間。還以為好不容易將他逼到絕境了，他卻藉著牆壁兩段跳躍飛到對向，再藉助其力道更加提升速度。互相出拳，巧妙應付膝蓋的攻擊，退得更遠。不耐煩的津輕大幅度地踢腿攻擊，羅蘋如絨毛輕輕跳起──用腳尖，站在津輕伸直的腿上。

阿妮知道怪盜之所以為怪盜的理由。

即使報紙大書特書寫得多麼恐怖，這個男人只不過是個人類。並不具備以前「鳥籠使者」遇過的吸血鬼或人造人那般怪物等級的戰鬥力。

但，這個男人。可以徹底變成任何人，可以潛入任何地方，可以偷走任何物品的這個怪盜，具備了足以彌補人類弱點的，遠遠凌駕那些怪物們的──

「太靈巧了。」

輕輕地，鴉夜出聲。

「該說是不愧為融入黑暗的盜賊嗎。即使失業應該也可以靠街頭表演混口飯吃吧！讓我想起了伊賀的那些忍者呢。」

在她言行從容之時，徒弟依然持續苦戰。這樣下去可能讓羅蘋跑了。是不是靜句也出手援助比較好？

「妳無須擔心津輕。」像是看穿阿妮的想法，鴉夜說道。「更重要的是，阿妮，妳就繼續這樣靜止不動。不管發生什麼事都不要吵鬧。」

「……？」

奇怪的請託。阿妮看向靜句，靜句也不知道為什麼，像是要禁止阿妮說話般手指貼著嘴脣。

「怎麼啦挺弱的嘛，『殺鬼者』。」

羅蘋挑釁地說。半人半鬼雖從死角瑣碎地不停攻擊，但到現在還是受到彈珠海的擺弄。

津輕抓了抓頭髮抬起單腳。

「謎題是亞森・羅蘋，謎底是半夜算錢。」

「啥？」羅蘋一邊到處移動一邊問。「你說什麼？」

「嘩啦嘩啦吵死人的意思！」

津輕用日語喊了什麼後，腳跟對著正下方猛力一擊。

鋪路石板碎開，周圍直徑約一公尺的地方出現裂痕。羅蘋正好繞到津輕背後，但鞋底的彈珠卡進路面裂縫，終於狼狽地摔了一跤。

慌張起身的羅蘋，胸口遭到「殺鬼者」堅硬的手肘重擊。

「唔！」

細瘦的身體浮在空中。羅蘋被打飛到大道附近，趴在地上痛苦地扭動身體。為了追擊，津輕開始奔跑。他腳邊已經沒有令人心煩意亂的彈珠了。津輕致勝的機會——

「你瞧，我又灑了。」

羅蘋的左手，輕輕動了動。下一秒，逼近到只剩兩步距離的津輕，感覺到有什麼橫過腳邊。

三顆彈珠。

津輕往前方傾倒，變成在臉突出到敵人面前的樣子。等著他的，是在下方準備好的右拳。

「右手才是我的真功夫。」

就像是施展上擊拳，羅蘋徹底揮動胳臂。

直接命中。下顎被打穿的津輕就像剛才自己壓爛的汽車那樣轉了半圈，仰著倒下。巷子裡鴉雀無聲。青髮男人甭說是站起來了，手腳連動都沒動。

羅蘋視線向下看著昏迷的對手，鬆開右拳。四個彈珠七零八落墜地。

阿妮吞了吞口水。

應該，是在跌倒的瞬間。手貼到地面之時，羅蘋用雙手握住了彈珠。左手的彈珠用來讓津輕摔倒，右手的彈珠用於最後一擊。握住石頭或硬幣再出拳能夠提升威力，這道理連小孩都知道。

不過，這個男人究竟是從何時開始有這計畫？應該是跌倒之際一瞬間想到的吧。難道，是一開始就這麼打算？為了確實打倒津輕，才先灑出也能當作武器使用的彈珠？

「津、津輕。」

鴉夜低語。那顫抖的聲音中，並沒有平常那種以徒弟出差錯為樂的輕鬆。靜句沒有動作，專注地瞪著對手。

「結束了嗎？」

魅影從大道的方向回來。

「結束了。輕取。」

「說謊，我看到你被打飛出去。」

「那是演技。是配合攻擊的撤退，沒什麼大傷。」

羅蘋再度滑過彈珠之上，來到阿妮等人的面前。金色的眼睛充滿對輸家的憐憫。

「抱歉呀輪堂鴉夜——老實說，沒意思。我本來以為你們會是更有趣的傢伙，結果也只是半吊子。當我的對手你們還太弱，也沒有像福爾摩斯他們帶勁。讓你們這樣的傢伙插手，講明一點，非常掃興。」

「……」

「快從這案子抽身吧。」

彷彿最後通牒一般地宣告後，他徹底對偵探失去興趣。轉過身去，對魅影說「我們走吧」。

幾秒鐘後，傳來汽車開走的聲音。

德國車的殘骸與昏倒的雙胞胎，碎裂的鋪路石板與四散的彈珠，茫然站著的阿妮等人，再加上起不來的青髮男子。隆冬的風吹過宛若暴風雨過後的巷子。

「真、真打先生！」

不久後回神過來，阿妮跑到津輕身邊。靜句也跟上。

本想搖醒津輕的——倒也沒必要，因為津輕突然起身。接著說了一句「早安」的洩氣話。看樣子沒受什麼傷。

「我輸了。」

「我看到了。」鴉夜說。「好了，接下來怎麼辦呢。」

「蠟像館的閉館時間快到了。」靜句說。

「不，參觀蠟像館的計畫就算了。我們先回旅館洗個澡，再去福克宅吧。」

儘管輸了競爭，讓怪盜跑了，還被宣布為礙事者。

她的聲音，卻不知為何，比平常更為激昂。

「這是笑劇的事前準備。」

9

華生與福爾摩斯在貝克街待到傍晚，然後結伴搭乘計程馬車。路上，在羅素廣場的餐廳吃晚餐，大笨鐘宣告下午八點到來的同時在河岸街下車。

菲萊斯‧福克宅第相較於昨天已完全變了個樣。看熱鬧的人遭到驅離，戴著頭盔式帽子，身穿七顆金色扣子制服，粗腰帶還有半長靴的警員，規律地配置在橋、陽臺和屋頂上。紅衣警衛們也支援警方正在巡邏。

在橋前接受形式上的檢查身體。讓警員們查看身體後，兩人拿出口袋裡的東西再收好。手槍和懷錶，菸斗和菸絲盒。

「你有好好地幫我帶菸絲來呀。」福爾摩斯說。「這才是最重要的。」

「我想在地下室應該會閒得發慌吧。你還想用我的菸絲嗎？」

「興致來的話。對了，備用的子彈帶來了嗎？」

「帶了大概十發。」

「感謝。晚點可以給我六發嗎？我的彈匣預定在三小時之內清空。」

「……你打算用槍？」

「始終是打算罷了，別放在心上。已經檢查好了嗎？好，那我們走吧，華生。」

「我也可以過橋嗎？」

就在兩人打算過橋時，背後有人向他們攀談。

是個額頭有深深皺紋的男人。夾雜白髮的頭髮，人中留著像是可蒙犬充滿特色的鬍子。矮小且健壯的體型，和福克宅的管家帕斯巴德非常相似。雖然服裝或舉止都像不起眼的員工，但精實相貌很有男子氣概。
福爾摩斯整個身體轉過去，緩緩地觀察對方。
「大衣領子有立起來過的痕跡，先前應該是待在風強的地方。您一整天都在搭船吧。」
「是的，我才剛到倫敦。」
「只聽發音的話您是法國人。」
「一點也沒錯。」
「鞋子還很新，但鞋底已經磨損。您從事的是需要頻繁到處走動的工作。」
「我是刑警，巴黎市警方。」
「您是——」福爾摩斯微笑。「葛尼瑪先生對吧？」
「也有可能是亞森．羅蘋喔。」
維持嚴肅的態度，男人這麼說。華生雖有所畏怯，但福爾摩斯似乎是愈來愈開心，臉上綻放笑容。
「那我可以確認一下嗎？」
「請。」
福爾摩斯伸出右手，用力拉男人的鬍子。周圍的警員騷動起來，但男人一副習慣的模樣文風不動。當然，鬍子拔不掉。
福爾摩斯快活地笑了，這次終於與男人握手。

「幸會，葛尼瑪警官。看樣子一如傳聞，您就是羅蘋專家。」

「我想我是最了解他的人。也比您更了解他喔，福爾摩斯先生。」

關於這一點連自尊心強的福爾摩斯也沒否定。

雷斯垂德預告過「明天會到」的第一百一十一位夥伴——巴黎市警的泰斗，老葛尼瑪。在羅蘋上報鬧得沸沸揚揚之前就在追蹤他，和他對決過無數次，當中好幾次差點逮到羅蘋，和他關係匪淺的男人。對警方來說是十分可靠的自己人。褐色眼眸深處那宛若訴求著「打倒怪盜」的執著正在燃燒。

「我們進去吧，時間寶貴。」

福爾摩斯說。三人進入福克宅。

就在快過完橋之時，華生突然一陣發冷，回過頭去。

有人在對向的建築物陰影處，正在監視著我方——他有這種感覺。

由警員帶路，華生三人逐漸深入地下。

階梯十分安靜，華生覺得應該是土牆吸盡了聲音。每走下一階，耳朵內側就奇妙地冒汗。心想著「現在開始就緊張要怎麼辦」，華生回頭了好幾次。

進入寬敞的「等候室」，橋上有許多警員。深處的鐵門是開啟的。一面點頭回應敬禮一面過橋，踏入即將成為勝負舞臺的「餘罪之間」。

房間內部與昨天差別不大。周圍有蠟燭，中央的椅子放著矮人族珍寶——銀色的保險箱。一旁也搬了六張木椅進來。聚集圍著保險箱的是菲萊斯・福克先生與管家帕斯巴德，警方的雷斯垂德，白天時引人注意的「勞合社」可疑分子雷諾・史汀哈德和法蒂瑪・達布爾達茲。

首先福爾摩斯介紹了葛尼瑪，福克先生和雷斯垂德輪流打招呼。老警官看來比起歡迎的話語更在意宅第的警備，不斷對雷斯垂德提出「警員有多少人？」、「天花板的通風口安全嗎？」之類名偵探亦相形見絀的問題。

這其間，福爾摩斯環顧室內的成員們。

「『鳥籠使者』還沒到嗎？」

「他們剛才已經到了……和福克老爺先到地下去一趟後，又馬上回去了。說要轉交這個給您。」

帕斯巴德遞出一枚信封。福爾摩斯撕開信封，出聲念出信件內容。眉頭微微皺起。

「『我們負責不打擾您的地面警備，地底下就麻煩您了』？昨天還那樣跟我較量今天就變成這樣，真是鬆懈呀。」

「他們打算守地面上的什麼地方呢。」

「他們說是『塔的上面』。」帕斯巴德回答華生。「說『那裡視野最好』。我告訴他們到最頂樓的方法後，他們兩位——不對，鳥籠也算進去的話是三位。總之他們都上去了。」

「……？」

莫名其妙。雖然，那裡視野確實是好。

「算了，他們也有屬於自己的做法吧。」

福爾摩斯摺好信紙，收進上衣的暗袋。

另一方面，和雷斯垂德說完話的葛尼瑪用力點頭，說道：

「我明白了，警備情況應該是看起來幾乎完美吧。」

「幾乎……嗎？」

「防備羅蘋的完美方法是不存在的。」

與昨天相同的對話。雷斯垂德傷腦筋地點頭了兩、三次。

「那麼，就先當作是幾乎完美吧……來確認崗位吧。今晚總共有一百一十一人守著宅第，但我想留在『餘罪之間』的人還是要經過嚴格挑選比較好。雖然我不是很願意這麼想，但找來大量警員後偽裝的羅蘋也有可能混進來。」

「我贊成。」福克先生說。「用不著特別準備樹木能藏身的森林。」

「那麼，最後的要塞就由少數精銳前往吧。首先是宅第的負責人福克先生與帕斯巴德先生。然後是警方代表我和葛尼瑪先生。福爾摩斯先生他們——」

「當然要去。我們就是為此而來的。」

「如果在地底下有人受傷，我可以診療。」

福爾摩斯點頭，華生也半開玩笑地說。

「我和法蒂瑪去守地上的樓層。」

接著，雷諾說出令人意外的話語。

「這種充滿灰塵的地方那怕是一秒我也待不下去。我決定在南館的書房待命。」

「不好意思，既然學長那麼說那我也……」

「因為在那邊比較容易圍攻偷完鑽石的羅蘋嗎？」

法蒂瑪的肩膀抖了一下。雷諾依然以手帕按著嘴角，以宛如鯊魚的視線射向福爾摩斯。

「有人灌輸你這種想法呀。不愧是名偵探，很懂派不上用場的事。」

「除了地動說之外我都知之甚詳。」

「去學學哥白尼比較好吧。我們的工作是保護菲萊斯·福克先生的財產，除此之外沒有別的。」

「我信不過你們。」

「那麼，我們不在這裡不是更好嗎？地底下的警備就交給你了，名偵探。走吧，法蒂瑪，別磨蹭了。」

雷諾轉身轉階梯走。法蒂瑪也一面拚命向眾人說著「那、那麼不好意思」道歉一面追了上去。

華生的疑心轉為確信。果然，勞合社的背後應該有什麼目的。

「呃，福爾摩斯先生。」雷斯垂德說。「剛剛那些話究竟是什麼意思……」

「用不著在意。就是我們只要逮到羅蘋就好了的意思。」

「這、這樣呀。」

警官以和方才同樣的困擾表情點頭。接著似乎重振了心情，說道：

「那麼，這個房間只會剩下我們六個人。距離預告的時間還有將近三個小時……」

「早點上鎖得好。」葛尼瑪淡淡地說。「請關門。」

「好的。各位也同意吧？福克先生，鑽石情況如何？」

「各位來之前我已經確認過了。目前，還沒被偷。」

「一起祈禱三個小時後也不會被偷吧。那就關門了。」

完成最後的確認，雷斯垂德對外面的部下們點頭。

發出沉重的擠壓聲，兩扇鐵門動了——緊密地關上。

福克先生拿出一串鑰匙，和昨天一樣靠近三個鑰匙孔，由上往下依序仔細地上鎖。

喀恰，喀恰，喀恰。

第三次的上鎖聲變成餘音縈繞房間，「餘罪之間」封閉了。

下次這門打開，應當就是擊退怪盜的自己這群人走出去的時候。

或是——

＊

沒有比這樣更難爬梯子的了。因為右手提著個鳥籠，津輕只能以嘴銜住梯子往上爬。幸好，鴉夜並未迸出斥責。

跟在靜句後面從上推門爬出後，環顧塔的最高樓層。一如期待並非是個有趣的地方。本以為可能會造個瞭望臺或崗哨，卻只是閣樓模樣的小房間。

北側與南側有大窗戶，靜句正在檢查北側的窗戶。

「看樣子屋頂外推的部分可以站人。」

「那麼，也可以去當日式的裝飾瓦片鬼瓦囉？」

實際上，自己就是個鬼。

津輕他們輕輕地跳到窗外，沿著橫向建造的外推部分走動。

距離地面大概是一百二十英尺吧。從屋頂可以眺望夜晚的西區。正在加深的深藍色天空上，浮現出大笨鐘、維多利亞塔、特拉法加廣場的紀念塔剪影。往腳邊看則是正方形的福克宅。雖然有些冷，但視野好通風佳。可以看得清楚，聽得清楚。重要的是這兩點。

靜句採取直立不動的姿勢，津輕坐在外推部分，鳥籠放在一旁。與其說是裝飾瓦片不如說彷彿是成了某處教堂的滴水嘴獸。實際上，自己就是個怪物。

一陣風吹過，宛如宣布開戰。

偵探的徒弟，對覆蓋著蕾絲罩子的鳥籠笑了。

「好了師父——不肖暖場助演真打津輕，要來學『鍋子小偷』了。」

10

踩著宛如從阿富汗回來的傷兵的腳步，時間慢吞吞地過去。

封閉的「餘罪之間」，氣氛變得像是車站候車室。六個人皆將椅子置於合自己意思的地方，一邊打哈欠或換腳翹腳，一邊盯著中央的保險箱。雷斯垂德偶爾接近傳聲筒，和外頭的警員們彼此聯繫。目前，報告是全部「無異狀」。

「信上說『十一點到十一點半之間』。」

在過了大概兩個小時之際，福爾摩斯自言自語般地背誦犯案預告。

「到了這個時間，我才逐漸在意起昨天輪堂鴉夜說的話。十一點到十一點半之間——為什麼要用『之間』？為什麼要有三十分鐘的時間？以預告信而言算是不清不楚。即使我是怪盜，應當也是寫十一點整。」

「有那麼奇怪嗎？」華生說。「我要回覆巡診的詢問時，也是說兩點到三點之間過去打擾之類，沒把時間說得清清楚楚。」

「羅蘋不是醫生。他是藝術家。」

「是小偷吧。」

「總之就是有什麼卡卡的。葛尼瑪警官，您怎麼看？」

福爾摩斯一出聲，老警官便轉身過來。

「我就告訴你我從經驗學到的，對付羅蘋最有效果的策略吧——那就是別思考。」

「別思考？」

「羅蘋是個謀士。這極有可能是拿出預告信當中的一句話也能擺布我們的計謀。一旦對手拘泥於一個念頭上，羅蘋就能加以利用將計就計。所以最好的方式就是什麼都別想，加強物理層面的布陣。清除死角，消滅入侵路徑，投入人力，將門上鎖。然後以少數精銳直接保護他鎖定的目標。就像我們現在正在做的。」

葛尼瑪環顧「餘罪之間」後，視線回到保險箱。

「原來如此。」福爾摩斯苦笑。「傷腦筋呀華生，我最不擅長的就是不思考。」

「你放心，我擅長得很。」

諷刺般地回答後，華生一臉嚴肅抱著胳臂。吩咐「別多想」反而就會多想，乃是人的天性。

十一點到十一點半之間。三十分鐘的時間是為了什麼？不對，說起來根本的問題是羅蘋想要如何從這種狀況偷走鑽石？
「下午十點。」
菲萊斯・福克先生機械般地說。
「離預告時間還有一小時。」

＊

「好冷喔。」
「是呀，真的很冷。」
沙德韋爾署的奈傑爾警員，縮了縮領子裡的脖子。
昨天押解犯人馬車的忙亂之中，他被選為福克宅的警備組，負責的崗位是這裡——北館二樓的小陽臺。搭檔是年長五歲的小隊長。兩人持續監視著正面的橋和河岸街的林蔭道，但現在這任務很是無聊。
從懷特霍爾宮的方位傳來大笨鐘響起的十次聲音。下午十點。
「還有一個小時。這樣子，在羅蘋來之前我們就要凍僵了。」
小隊長呼出白色氣息的同時——
嘩啦。
正下方的護城河傳來水聲。

「怎麼了？」

奈傑爾從陽臺伸出提燈。

看到黑暗的水面有漂浮的人影。雖然朝人影大喊，對方卻沒有動。似乎是昏迷了。

「快、快來人呀！」小隊長大叫。「有人落水了！」

「落水了？哪個單位的？橋的警備組的嗎？」

「我不知道。水面太黑了……」

「總之，先去拿繩子和鉤子過來，把人拉上來！」

警員們聚集過來，狹窄的陽臺一時之間鬧哄哄的。不久後從欄杆垂下繩子，奈傑爾等人拉起落水者。

將無力的身體平躺在陽臺地板上。提燈照出落水者的身影，他們立刻一臉疑惑地彼此互看。

拉上來的，不是人而是人偶。眼神空洞的小丑假人。戴著附毛球裝飾的帽子，穿著圓點圖案的寬鬆衣服。肚子綁著塊薄木板，上頭用油漆如此寫著：

CURTAIN RISING。

「這是『開演』的意思吧？」一名警員皺起眉頭。「惡作劇？」

「或者是盜賊的犯案聲明之類的。」

「無論如何真是讓人不舒服。」

「是不是……假動作？」

奈傑爾輕聲這麼一說，在場所有人大吃一驚般地左顧右盼。

「所有人馬上回崗位去！馬上回去！」

小隊長下令，聚集的警員們慌亂返回。陽臺只剩奈傑爾和小隊長，與五分鐘前一樣。

雖然豎起耳朵仔細聽來自各崗位的報告，但並未出現異狀。果然和羅蘋無關嗎？兩人一邊壓抑著加速的心跳，一邊從欄杆探出身子，視線掃過煤氣燈照著的林蔭道。

聽到微弱的布料摩擦聲，奈傑爾回頭。

眼前是小丑的笑臉。

「——唔。」

在發出聲音之前，喉嚨已經受到什麼東西壓迫。繩子。一瞬間兩人的脖子被套上繩子，小丑正在用力拉緊。儘管奈傑爾他們手忙腳亂掙扎，但幾十秒內就缺氧，全身失去力量。連喊聲也沒能喊一聲。

遠去的意識中，奈傑爾模糊地仰望入侵者。小丑拿下帽子與假髮，剝除蠟製的臉部。底下現身的，是個右臉以面具遮住的白髮男人。

「我同意你說的，這麼做確實讓人不舒服。」

丟棄小丑的面具，怪人脫下奈傑爾的衣服。

＊

「什麼？到底是怎麼回事……所以，抓到了嗎？……咦？好，我明白了。那麼，吩咐各組點名。還有，警員一定要兩人一組行動。」

雷斯垂德結束傳聲筒的通話後，一臉沉重的表情回頭。

「聽說有人從北館的陽臺入侵。警員的制服被搶走一套，應該是混進負責看守的人員裡了。」

「餘罪之間」內，流竄著今晚第一次出現的不安。帕斯巴德像是裝了彈簧從椅子起身，華生使勁地搓人中冒汗的鬍子。葛尼瑪只是低聲說了句「來了嗎」，接著打開自己的懷錶。

「不過，比預期的還早呀。距離十二點還有快五十分鐘。」

「羅蘋的時鐘比較快吧。」

「現在沒空說笑了。」葛尼瑪瞪著帕斯巴德。「總之要加強警戒。各位，請再靠近保險箱一點。這麼做也好過什麼都不做。」

福克先生他們拿起椅子，更往房間的中央去。華生也站起來想這麼做，但一旁的福爾摩斯沒有動作。他翹著腳，雙手在大腿上交握，閉著眼睛像在集中精神。

該不會……睡著了吧？

「福爾摩斯。」華生搖晃他的肩膀。「剛才說的你聽到了嗎?有人入侵北館。」

「我聽到了。」福爾摩斯半睜眼睛。「然後我就在思考。看樣子將想法付諸行動的時間終於到了。」

福爾摩斯站起來,單手依然插在口袋裡,就那麼慢悠悠地走近房間的出入口。

「請退後一點。」他對福克先生說,然後正對鐵門。

從口袋裡拔出槍,擊發。

鏘!鏘!鏘!鏘!鏘!鏘!子彈和金屬互相撞擊的聲音,連續的六發子彈。意即,左輪手槍的彈筒一圈。華生等人連摀住耳朵的時間都沒有,只能愣愣地望著眼前的光景。

因為福爾摩斯各用兩發子彈,射入鐵門的三個鑰匙孔。

「你、你在做什麼!」

回音沉靜下來時,帕斯巴德大叫。彷彿是要撞開福爾摩斯衝到門前。

「你在想什麼?為什麼突然這麼做……天呀。天呀,沒救了。壞了。」

「壞了?」福克先生說。「帕斯巴德,什麼東西壞了?」

「鑰匙孔!三個都內部扭曲變形了。這樣一來,怎麼也沒辦法轉動鑰匙了!」

雷斯垂德臉色發白。

「也、也就是說……」

「也就是說，這扇門已經打不開了。不論是由內側還是外側都打不開。我們也無法離開這房間，被關起來了！」

「並不是永遠出不去。」

態度與無助大喊的管家完全相反，夏洛克・福爾摩斯說道。

「還能用傳聲筒呼救。只要一大早就找厲害的鎖匠來，五、六個小時就能打開了吧。」

「你說從早上開始要花五、六個小時？」雷斯垂德說。「那麼，我們不就明天中午之前都出不去了？」

「就數學來說結論就是那樣。福爾摩斯攤開雙手。「各位，這應該沒關係吧？半天左右不吃東西也不會死，要上廁所的話去角落解決就好。幸好這房間很大。最重要的事實是，不論是多麼會開鎖的專家來，要在下午十一點到十一點半之間進入這個房間，現在已經變成不可能的事。」

華生嚇了一跳，詢問福爾摩斯：

「該不會，你破壞鎖頭的理由就是……」

「當然，是為了阻擋羅蘋入侵。他曾經清楚地說過『怎樣的鎖都能被打開』。實際上應該也是那樣吧。既然他是個連房屋設計圖都事前偷到手的男人，關於這扇鐵門的鎖鐵定也是徹底調查過，做好能夠破壞的準備。可是，假如打從一開始就不存在能破壞的鎖，那麼任憑羅蘋怎麼厲害應當也開不了門。福克先生，恭喜您。這樣子保險箱就安全了。」

「……」

華生看向穩重地如此宣布的福爾摩斯，盯著那宛如描繪出同心圓波紋的水藍色眼睛。

進入福克宅之時，他曾說過「我的彈匣預定在三小時之內清空」。自從在貝克街與羅蘋交談的時間點開始他就一直是這麼打算的。既然怎樣的鎖都能被打開，那麼只要讓鎖消失就好。這道理很好懂。只要忍耐半天就能到外面去這一點也能理解。

但是，這是不擇手段的偵探的思考。以前那雙只追求合理性，有漩渦的眼睛所洋溢的理智——看在華生眼裡，不過是單純的瘋狂。

菲萊斯・福克不發一語。帕斯巴德和雷斯垂德也像是失去言語能力僵在原地。

只有一個人，持續追蹤羅蘋的老警官讚揚名偵探。

棕色眼眸帶著與福爾摩斯相同的瘋狂，他露出滿意的微笑。

「如此一來警備就完美了。」

＊

「三樓，沒有異狀！」

「二樓相同，包含日光室在內沒有異狀！」

「到底在哪裡……」

「是不是還沒到南館？」

「不要大意！入侵者已經偽裝混入我們之中了。如果有單獨行動的人要特別注意。」

一面緊繃地交談著一面眼睛充血尋找自己的警員們旁邊，魅影光明正大地走了過去。別說是遭到懷疑，甚至沒被攔下來。

他穿的不是警察制服，而是類似皇家御林軍的紅制服。儘管一百個看守人當中八十人是警員，但剩下的二十人卻是福克宅雇用的警衛。這是那些警衛的制服。右臉和白髮則用假髮遮掩。

他在小丑裝扮底下一開始便穿好這身衣服。昏倒的警員制服，被他脫下來後扔進一旁的掃除用具櫃。各單位收到「入侵者化身警察」這種先入為主的情報，打扮成警衛的魅影，便可能在不受到任何人盤問的情況下於宅第內四處走動。

包含入侵屋內的方法，全是羅蘋的主意。虧他能源源不絕想出蠢事，魅影實在驚訝。如今他能在南館一樓走動，也是因為某個愚蠢的詭計。

不過，不知能否順利進行……

在那之後經過好幾個警員，魅影抵達目的地。打開由中間往左右兩側開的門，走了進去。

點亮提燈，照出寬敞的半圓形房間。這是位於突出於南館的塔的一樓儲藏室。門左側的地面鋪了木板，放有沒在使用的家具。右側則是半地下狀態的泥土地，零星擺放著收有工具或繩索的木箱。磚牆無窗，出入口只有自己剛才使用過的房門。一切就跟事前調查過的一樣。

魅影首先將繩子纏繞在門左右的把手上，牢牢地綁住。再把家具拉過來堆在門的前面。

完全擋好門，已是十點四十分。得稍微加快動作。

他從懷中取出小小的紙包，小心翼翼地放在地板上。走下通往半地下狀態的泥土地的階梯，從工具箱拿出長的拔釘器。

然後，往位於泥土地角落的小洞動手。

*

「十點五十分。」

福克先生念出時間。

「餘罪之間」的人們從門鎖遭破壞的打擊重新站起，反倒是下定決心圍繞著保險箱。還有十分鐘就是羅蘋預告的時間。氣氛愈發緊張。

華生想讓心情冷靜，往左邊口袋的菸絲伸手。

「贏了之後再抽吧，那時抽起來比較香。」

福爾摩斯拉住華生的手阻止。華生緩緩地靠向椅子，望著牆邊的蠟燭。

「……真的贏得了吧。」

「至少，已經採取就我能想得到的最有力策略了。」

「這一點呢，我是同意的。」

華生試著再度思考地下室的狀況。

正面的鐵門原本就是牢不可破，再加上福爾摩斯破壞了門鎖。天花板的通風口成年人無法通過，而且內部曲折，無益於竊盜。地下七十英尺的深度，不可能在不被人發現的情況下挖隧道。要不被警員們盤查走下唯一的一座階梯也是不可能的。

沒問題——想是這麼想的。

「我懂你的疑慮。」福爾摩斯說。「嚴格來說，遭到羅蘋利用的可能並不是零。我在針對問題提出答案之前，總是確信自己的結論是正確解答。因為消去不可能之後，最後留下來的東西就是真相。但是羅蘋——他總是能將不可能化為可能。和我的思考合不來。」

「你也是將不可能化為可能的男人吧。」華生鼓勵般地回應。「你從萊辛巴赫瀑布復活了。」

身經百戰的偵探回頭看向華生，淺淺微笑。看樣子因為那麼一句話緊繃得以舒緩。華生本身也因為看見友人這樣的表情，得以找回平常的自我。

「十點五十五分。還有五分鐘。」

福克先生冷靜的聲音。

葛尼瑪拔槍，緩緩地拉起擊錘。

「一定要小心再小心。請各位也拿起武器。福爾摩斯先生，華生先生，請用手按住保險箱，不論發生什麼事情都絕對別移開。」

「好。」

華生與福爾摩斯面對面，手觸保險箱。

實際上碰觸著應該保護的東西，心中萌生出更多安心感。肯定葛尼瑪所說的「物理層面的警備才是效果最大」是有道理的。

沒問題。不論羅蘋想從哪裡用什麼手段偷取，只要自己這群人在這裡便無須擔心。即使房間突然變得一片漆黑，只要和福爾摩斯兩人一組挽臂抱起保險箱，那麼這個世界上任何人都無法插手。

搭檔似乎也正在思考同樣的事情。華生與福爾摩斯交換視線，對彼此點頭。

「十點五十七分。」福克先生說。

只有蠟燭的火焰搖曳的聲音，以及六個人呼吸的聲音聽來格外響亮。華生將懷錶放在保險箱上，邊看秒針度過最後三分鐘。

十點五十八分──帕斯巴德擦拭額頭的汗水。

五十九分──雷斯垂德改以雙手持槍。

五十九分四十秒──五十秒──五十七、五十八、五十九──

時鐘的針，指著十一點。

秒針繼續前進。十一點零分三秒，五秒，十秒。

「……什麼事也沒有。」

正當華生左右張望時。

遠遠的某處，傳來「頓嗡」的聲音。

彷彿是用力敲擊大鼓，低沉的，帶重量的聲音。

「怎麼了？什麼聲音？」

帕斯巴德說道。其他人也為了尋找聲音的真相，凝神細看周圍。

幾秒鐘後。這次是「碰碰碰碰碰……」聽來像是地盤震動的聲響從頭上傳來。所有人抬起脖子向上看。天花板怪異地搖晃，零星地落下沙塵。

「碰碰碰碰碰……」，聲音愈來愈大。似乎有什麼正在逼近。

「碰碰碰碰碰……」，華生覺得聽過與此相似的聲音。就在方才曾出現於對話之中的什麼。對，這個，這聲音就像——

*

「你要怎麼偷？」

飯店的頭等套房內，魅影口氣充滿挑戰地詢問。彷彿是在說「你可終於命中紅心了呀」，羅蘋回以優雅的微笑。
「我的想法是相反的喔，艾瑞克。」
「相反？」
「你認為，竊盜計畫中最應該重視的問題是什麼？」
「重視什麼……應該是『如何接近獵物』吧。思考突破警備的方法，或是打開保管庫鑰匙的方法。」
「錯了錯了錯了，那種地方船到橋頭自然直。」
羅蘋揮了揮手像是在消除魅影的意見，接著一躍到魅影旁邊，面對貼著設計圖的牆壁。
然後指尖游移，再敲打南館的塔的一樓。
「聽好了。最重要的問題並不是我們要如何接近，而是——如何支開敵人。」

＊

啪咻！
伴隨潰決般的聲響，從天花板的通風口，有什麼東西以猛烈的力道噴出。帕斯巴德一屁股跌坐在地上，福爾摩斯反射性地看向華生。
雷斯垂德大叫：

「水！」

11

彈起有如瀑布的飛沫，水不斷地沖下來。混濁的灰色冷水。完全沒有停止的跡象，自天花板落下的水開始在圓形的地面擴散。

華生完全無法理解發生何事。

「喂，到底是怎麼搞的……什麼？你說什麼？」

以傳聲筒聽聞消息的雷斯垂德，發出走調的怪聲。

「福、福爾摩斯先生！聽說塔的底部的外牆被炸藥炸開了。雖然警員馬上趕過去，但房間的門被堵住了……」

「被擺一道了。」

用不著聽雷斯垂德的話，福爾摩斯看來也推測到內情了。他的手離開保險箱，一臉絕望的表情仰望灰色瀑布。

「是護城河的水。華生，沖下來的是護城河的水。我完全中了那傢伙的計謀……沒錯，液體就能通過通風口。而為了達成此目的的水，打從一開始便大量存在於宅第四周。」

「怎、怎麼回事？」

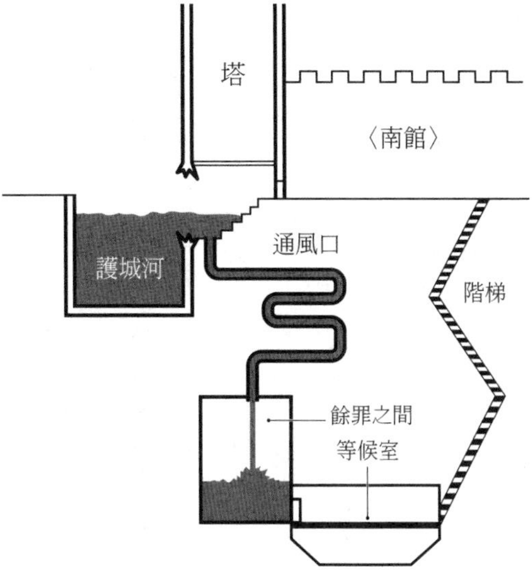

「非常簡單。一如昨天聽說的，通風口連接到南館的塔，另一端位於塔的一樓的半地下部分。如果從那裡入侵炸開牆壁，護城河的水就會由外流入。水被通風口吸入，像軟管沿著曲折的通道流入此處。然後會逐漸積滿整個房間。」

華生在腦海中描繪想像圖。水往低處流。從護城河往塔的半地下部分去，再從那裡的通風口流到這個房間。道理懂是懂了，但不解的是——

「為什麼要引水過來？水流進來要偷保險箱就……」

「一點都沒錯。不過，我們無法在水裡護住保險箱。」

華生也明白羅蘋的目的了。

假如這樣持續下去過了一段時間，水增加到五英尺、十英尺的話會怎麼樣？自己這群人必須頻繁浮出水面換氣。

然而，金庫浮不起來。

背後響起宛如敲打金屬盆的聲音。因為嵌在天花板通風口的鐵網因為水壓連框架整個遭到破壞，落到地面上。排除障礙的水流速度變得更快，房間眼睜睜逐漸泡在水裡。水位短短兩、三分鐘就達到他們的膝蓋。

「真糟糕。照樣子不到二十分鐘房間就……到時候所有人都要窒息了。」

「不，羅蘋應當不會殺人。」

葛尼瑪讓驚慌失措的雷斯垂德冷靜下來。

「福克先生。」福爾摩斯說。「塔的半地下部分有多低？」

「大概低地面六英尺。」

「護城河的水面離地面多遠？」

「約莫四英尺。」

「那麼就是兩者相減的兩英尺分量的水會流入這裡了。護城河的全長目測是兩百碼，這個房間的高度為……」

快速心算後，福爾摩斯點了點頭。

「我認為即使是最糟的情況，水也會在快到天花板的時候停住。到那個高度的話身體可以依靠牆上的裝飾，如果滿不到那麼高也可以把椅子當游泳圈使用。沒問題的。」

「問題大得很！」帕斯巴德發出滿是怒氣的聲音。「福克老爺年事已高，長時間泡在這麼冷的水裡太危險了。快點把門打開吧。讓水流到『等候室』的話，多少……」

但，他話還沒說完，嘴巴就變成只能無聲地開開合合的狀態。

華生他們也想起了那件事，望著「餘罪之間」的出口。厚度一英尺的堅固門扉——門鎖被破壞，已經變成不可能開關的鐵門。

「我不是說了嗎，我中了羅蘋的計謀。」

福爾摩斯低聲說道。

「當他宣稱『怎樣的鎖都能被打開』時，我就已經堅定要採用破壞鎖這個戰術了。仔細一想，他的計畫應當從那個時間點就開始了吧。他用若無其事的一句話操控我的思考，故意讓門變得無法開關。為了讓水無處可流。」

白天的茶會，羅蘋過度緊咬鎖的話題，甚至還實際開鎖讓人看。一切可能都是為了這個計謀。反向發揮福爾摩斯的構思能力，印上「破壞鎖」這個想法，再加以利用——

華生覺得彷彿聽見羅蘋的笑聲。

冰冷從銀的表面竄上雙手。水滿到華生肚臍附近，逼近保險箱遭到淹沒的高度。雖然出於本能想要拿起保險箱，但——

「別拿了，這是無用的掙扎。」

聽到福爾摩斯這麼說，華生領悟到這舉動的空虛。純銀製的保險箱比想像得更重，在人體隨水浮起的情況下實在是拿不起來。高舉過頭或是拿著站到椅子上，水大概也是立刻淹上來，只能爭取短短幾十秒的時間。

「可惡！」破口大罵，華生將保險箱放回椅子。灰色的水，轉眼之間吞沒了保險箱。

「你有什麼打算福爾摩斯！就這樣束手無策下去嗎？」

「……」

福爾摩斯半游半走往傳聲筒去，對外頭的警員下指示。

「聽得到嗎？用什麼方法都沒關係快破壞門左側的牆壁。沒錯從你們的位置看來的左側，這個傳聲筒所在的地方。牆壁只要有一點點異狀，你們就要預防潰決退到階梯那邊去。拜託你們了。」

「你要破壞牆壁？」葛尼瑪說。「牆壁可是大理石呀。」

「相較於鐵門牆壁還有破壞的可能。房間的水壓應該會逐漸升高，傳聲筒也會漏水。那時只要巧妙地施加力量或許就能破壞。就跟堤防因為小洞而潰堤一樣。」

「這樣容許羅蘋入侵會怎樣？」

「這一點就只能……相信警備隊了！誰快去護住光亮！」

福爾摩斯突然大叫，所有人嚇了一跳環顧房間。水正來到燭臺的高度。

儘管華生想搶救蠟燭往牆邊去，卻因為水絆住了腳而摔倒。葛尼瑪扶著一邊咳嗽一邊起身的華生。雷斯垂德與帕斯巴德雖然也死命划水，但滿到下顎前端的水位令人陷入苦戰，沒能來得及。

宛如惡魔吹氣，原本照得室內通亮的火同時熄滅。

下午十一點零六分，夜晚到訪「餘罪之間」。

＊

津輕站在塔的屋頂上，決定徹底坐山觀虎鬥。

放眼望去一片煙霧瀰漫。就在剛剛，塔的一樓部分的外牆被炸開了。與十一點幾乎同時襲擊宅第內的爆炸，就是過度鋪張的羅蘋抵達通知。雖是敵人但這俏皮倒是讓人開心。

津輕在屋頂的外推部分轉身後邁出腳步，回到靜句旁邊。中庭裡看來和小指指尖一樣的警員和守衛來來去去，大聲地彼此告知現狀。看樣子預告的犯案時間到了，情況正在巨大變化。

可是，「鳥籠使者」依然沒有行動。

他們安靜地等候。站在能望盡一切的塔的屋頂上，準備面臨不久後應當會到來的那一瞬間。不知戰術是否能夠順利施行。是吉是凶？現身的是鬼還是蛇？

要說現身，那應該是鬼吧。

＊

「原來如此，是這種招數呀。」

南館四樓的書房。聽完報告的雷諾‧史汀哈德在心中替羅蘋鼓掌。真的幸好沒待在地下室。如果要碰護城河的水之類的那自己鐵定昏倒。

「所以呢？」他再度面向負責報告的警員。「他們希望我們做什麼？」

「福爾摩斯先生傳話說希望能破壞地下室的牆壁。能夠麻煩兩位協助嗎？」

態度誠懇至極的警員，懇求兩位代理人。

「雷諾先生，要怎麼做？」

「閉嘴，我正在考慮。」

「不、不好意思。」

法蒂瑪縮了縮肩膀。第五代理人抱著胳臂，將兩件事情放上天平。

破壞牆壁，幫助快要溺水的福爾摩斯等人——雖是等於兒戲的工作，但也有可能妨礙羅蘋動手。但要是拒絕，諮詢警備部本身的信用將會動搖。今晚本來的計畫就是要讓羅蘋逃走。

雷諾看了看時鐘。十一點十五分。現在是應當妥協的時候嗎？

「好的。法蒂瑪，去幫警察的忙吧。」

「啊，要幫忙嗎？」
「當然要呀。」
「這、這樣呀不好意思……所以，是我去嗎？」
「妳以為我想去地下室嗎？」
「說、說的也是不好意思！那我走了！」
第七代理人挺直腰桿子，和警員一起走。實際上，如果是破壞內部積滿水的房間牆壁，她的飛行武器應該更有效。
「不要浪費箭。」雷諾對法蒂瑪的背影說道。「因為今天看來會是長夜漫漫。」
沒錯。任務的重頭戲，在羅蘋犯案結束後才會登場。
雷諾的手指爬過軍刀握把，臉上浮現嗜虐的笑。

＊

華生想起九年前的「紅髮會」的案子。
那個時候他和福爾摩斯一同躲藏在城郊銀行的地下室，屏息等待盜賊集團出現。那是第一次經歷完全的黑暗，這次是第二次。看樣子這次似乎比第一次更容易變成心靈創傷的記憶。
「華生，你還活著嗎？」

「我還活著，雖然有點發冷。福克先生和帕斯巴德先生呢？」
「我在這裡！福克老爺……」
「我在這。對了，現在幾點了？」
「你太冷靜了吧！可惡，真的開始發冷了。這樣下去我們所有人都會……」
「沒事的雷斯垂德先生。羅蘋不會殺人，至少就我所知是這樣。」
有種像被怪物吞下肚的感覺。
黑暗之中，一直聽到水墜落下來所發出的巨大沨沨聲。水位時時刻刻地上升，感受得到自己的身體也隨之往上。六個人用椅子當游泳圈浮在水面上，以喊叫的聲量彼此呼喚。
水量雖難纏，但最大的問題是水帶來的冰冷。引自一月的泰晤士河河水完完全全低溫如冰，濕衣服的重量確實地奪走他們的體力。
這種狀態還能撐多久？水會繼續增加嗎？還沒破壞牆壁嗎？離天花板多遠？真的能不溺死平安脫困嗎？其他五個人平安嗎？還有寶石情況如何？
腦海中漩渦狀地轉個不停。混沌的恐懼侵蝕「餘罪之間」。
「這是給福克先生的回答。」像是要驅散這種恐懼，福爾摩斯出聲。「我想從水開始流入大概過了二十分鐘多一點。現在應該是十一點二十分左右。」
「才短短二十分鐘？」

華生反問。「紅髮會」案件時曾有過彷彿在地下室埋伏了一日一夜的感覺，但實際上那只是將近一個小時。黑暗中對時間的感覺會變得不清楚。

「應該說『已經二十分鐘』了。」葛尼瑪的聲音道。「緊抓椅子也開始覺得累了。水位大概多高？」

「差不多到裝飾部分的高度了吧……啊，摸到了！」

從牆邊傳來帕斯巴德的喊叫。

「我碰到裝飾部分了！福克老爺，請您抓住這裡。請各位也往牆邊移動！手能有個支撐的話，會比現在輕鬆很多。」

「得救了……終於到供水站了。」

「你比喻得有夠差的，雷斯垂德老弟。我們一直都被供水喔。」

一面聽著福爾摩斯的輕鬆玩笑話，華生一面開始往前方游。馬上就碰到牆壁，清楚感受到裝飾的凹凸。摸索出正好的地方將身體靠上去，隔了二十分鐘總算能夠好好喘口氣。

用恢復的理智思考。牆壁的裝飾從大概三十英尺高的地方開始。那麼，現在的水位也是三十英尺。已有相當的水量流入房間。福爾摩斯本來預測的是水在這個時候將會停止——

「等等，聲音變小了！」

雷斯垂德說。華生立刻側耳。

確實——正在變小。本來颯颯地低吼著的水勢，稍微減弱了些。

偶爾會聽到像是混入空氣的「喀波喀波」的聲音。讓人聯想到即將乾涸的井的聲音。

本來如瀑布奔流的強烈水聲變成了平穩的河川，再變成司空見慣的水龍頭，然後——

「停了。」

以福爾摩斯的聲音為最後的句點，大約隔了二十分鐘的寂靜籠罩「餘罪之間」。

已經沒有水聲。得救了！

雖是盼望的瞬間，但另一種的緊張隨即襲來。倖免於溺死，然而自己這群人這樣下去將如何？牆壁何時才有人破壞？沉在水中的保險箱平安無事嗎？華生明知是徒勞掙扎依然東張西望。

——鏘。

突然，天花板傳來像是什麼互相碰撞的聲音。

「怎、怎麼了？」

帕斯巴德說。隨後，再度響起「鏘！」的聲音。

鏘、鏘、鏘……斷斷續續地響著的同時，怪聲逐漸往某處遠去。

「……？」

彷彿斷氣的沉默。似乎連福爾摩斯或葛尼瑪都不曉得剛才的怪聲代表什麼，正在不知所措。

就這樣又過了五、六分鐘。

這次是水面劇烈晃動。

羅蘋用更厲害的魔法引發了地震——不可能有這回事。看樣子是牆壁受到破壞了。水底的方向看得見光亮。儘管只是勉強能看見的光，但對於忍受黑暗的眼睛來說卻耀眼如太陽。

伴隨水流聲，水位慢慢地下降。

華生從裝飾鬆手，張望室內。其他五人也挨著圓形牆壁的各處：帕斯巴德肥胖的身體喘著氣起伏，福克先生的臉色有點差。雷斯垂德和自己一樣慌張地動東張西望，福爾摩斯與葛尼瑪則是目不轉睛凝視水底。

不久，牆壁的洞從水面露出臉來。位於鐵門旁出現縱向裂開的洞，是成年人勉強能通過的大小。應該是有人以傳聲筒為中心擴大龜裂，接著依靠水壓從中裂開的形式開通的吧。

腳碰到地面，接著胸、腰、膝逃出了水的控制。最後留下短短數英寸的水位後，水全流到房間外頭去了。

「各位都沒事吧？」

警員的聲音。華生從洞探出臉，回答了警員。水積在「等候室」向下挖成階梯狀的部分。警員們退到橋的另一側，大約在橋中間則是勞合社第七代理人的嬌小身影。視線看向洞的周圍，插著好幾支金屬製的箭。」

「是妳打出破洞的嗎？」

「是的，抱歉救援慢了點。」

法蒂瑪老樣子地道歉。沒想到竟然為她所救。

華生濕透的鞋子發出「啾——」的聲音，打算離開「餘罪之間」。但——

「不見了。」

福爾摩斯的聲音讓他回頭。

水退去的房間裡散亂著各色各樣的物品：用來代替游泳圈的木椅，熄滅的蠟燭，壞掉的鐵網，石造的椅子。

但是，裝著八十克拉黑鑽「倒數第二個夜晚」的保險箱，已經無影無蹤。椅子後方，房間角落，遍尋不著。也沒有任何人偷藏起來的跡象。

徹底，從房間裡消失了。

「福克先生。」福爾摩斯說。「如果您的手錶沒壞，能麻煩您告訴我現在幾點嗎？」

「……十一點三十分。」

忽然，察覺到了。

預告信上寫著的模糊犯罪時刻，不自然的三十分鐘。

或許那封信，是將水積滿房間的時間，還有破壞牆壁的時間全算進去的——

「一月十九日下午十一點到十一點半之間，我要收下您所持有的寶石『倒數第二個夜晚』與保管該寶石的保險箱。」

亞森・羅蘋實現了他的預告。

12

華生等人以感傷的心情一個個從破洞出來。衣服浸濕的不快感不知消失至何方。警員們也是一動也不動地不發一語，只有泙泙水聲空虛地在迴盪在地底下。

「是不是被沖走了？」

雷斯垂德像是要說服自己一般地說道。

「保險箱被水從這個洞沖出來了。只要在水裡面找一找應當就找得到。對吧？」

「不是的……」警員中的一人搖頭。「我們小心地看過了，但沒看到任何像是保險箱那麼大的東西……」

「而且，底座幾乎沒有移動。我不認為重量差不多的保險箱會被水沖走。」

葛尼瑪補充後，再度詢問警員。

「有人靠近這破洞嗎？」

「沒有，法蒂瑪小姐也是從橋中央狙擊的……」

老警官回頭看向「餘罪之間」。頑強的鐵門依然緊閉。上面浮雕的兩位騎士，彷彿嘲笑他們似地高舉著旗子。

「不過，究竟是怎麼辦到的？」帕斯巴德說。「這不是很怪嗎？無法進出房間，保險箱又沉在水底。倒是說說要怎麼偷呀。」

沒有人答得出來。

華生一邊擰大衣的下襬，一邊觀察福爾摩斯的樣子。他正以手抵住下顎，沉浸在思考的世界中。水滴自亂翹頭髮的前端滴滴答答地滴著。

「雷斯垂德警官！」

另一個警員走下階梯。

「報告，我們成功破壞了塔一樓的門。」

「好！有抓到人嗎？」

「這個，我們進去的時候裡面沒有半個人……應該是用繩索還是什麼，從外牆的破洞逃到其他窗戶去了。目前正在搜索房屋內部。」

「……」

無力地垂頭喪氣，雷斯垂德靠著牆壁。葛尼瑪也不耐煩地低聲說著「第十一敗」。這話意味著他更新了連敗記錄。

宅第的警衛總動員，聚集蘇格蘭場的精銳，找來專家與名偵探，以鐵門封鎖地下室。沒有比這更牢固的防守了。但這壓倒性的有利布陣，卻讓區區只有兩人的怪盜與怪人打破。在一百一十一對二的勝負中吞敗，金庫消失，敵人逃脫——

「他們還沒完全逃走。」

法蒂瑪說。

「只要正面的橋還封住，怪盜就無法從宅第內出去。我和雷諾先生會抓到他們的。」

她的臉上不見軟弱，浮現宛如等到出場時間的演員一般的自信笑容。像是保險業者，隱藏真正想法的笑容。搶在華生開口之前，她沿著階梯往上跑。看來怪盜也好「勞合社」也好，都是阻止不了的。

華生嘆了一口氣，接著想起冷透的身體。這樣下去所有人可能都將罹患肺炎。

「總之我們也先到地面上去吧，得用壁爐暖暖身子。」

變成落湯雞的六個人零零星星同意，往階梯走去。

福克先生依舊是鋼鐵般的表情；雷斯垂德憔悴至極；福爾摩斯沉默不語；葛尼瑪不痛快地皺著眉頭。只有走在前頭的帕斯巴德踩出木踏板的喀咿喀咿擠壓聲聽來格外得響亮。

抵達南館的起居室，壁爐的火焰迎接六人。也有一名年輕女僕，照人數準備好毛巾。華生等人脫下濕透的大衣，各自拿了毛巾坐到暖爐周圍的椅子上。以往不曾對火焰有過如此感激的心情。樓中樓的二樓傳來警員們交談聲。搜索持續進行著。

「葛尼瑪先生，如果您有手槍的話可以借給我嗎？」

突然，福爾摩斯說道。

離開「餘罪之間」後，這是他開口說的第一句話。葛尼瑪依然皺著眉頭遞出手槍說了聲「請用」。福爾摩斯接過那手槍——

接著，突然將葛尼瑪的胳臂往上扭。

老警官的身體被拉倒在地毯上。手銬上銬的聲音。下一秒，他的右手已經和壁爐臺的柵欄連在一起了。華生他們連喊出「啊」的時間也沒有，福爾摩斯便抓住葛尼瑪的頭，拔掉夾雜白髮的頭髮。

底下出現的是，年輕美麗的金髮。

「各位，讓我介紹亞森・羅蘋先生給你們吧！」

福爾摩斯的聲音洪亮地迴盪著。

「喂喂喂等一下等一下應該不會這樣吧。」

被上手銬的人嘆息般地呻吟。臉部雖是老警官的樣子，聲音卻已經恢復成青年的——曾經聽過有印象的亞森・羅蘋的聲音。

華生驚訝過度差點昏倒。這麼出乎意料還是在「空屋」一案和福爾摩斯重逢後的第一次。

「福爾摩斯，這到底是怎麼回事……」

「抱歉華生，我也是剛剛才發現的。各位聽我說，不要那麼吃驚好好暖身子吧。對了，請妳去地下室找幾個警員上來。」

對女僕下令後，福爾摩斯在皮沙發坐下。其他人一副自己在作夢般的表情彼此互看。在地毯上盤腿而坐的羅蘋，雖然沒有抵抗卻看來十分不滿。

「你怎麼識破的？應該很完美才對。」

「不，你有一個失誤。不過那晚點再說……照順序來說吧。首先從保險箱之謎開始。」

偵探單手拿著黑色的陶製菸斗，娓娓道來。

「『餘罪之間』水退去，得知保險箱不見的那個時候，我就已經立刻開始分析了。保險箱不在房裡的任何地方，也不是哪裡都藏得住的大小。但是鐵門完全封閉，急忙打穿的破洞也在眾人圍觀之下。這麼一來，有什麼方法能將保險箱帶出房間呢？只有一個，除了天花板的通風口之外沒別的方法。」

「咦？」管家驚呼。「從通風口偷走的嗎？這樣的事……」

「是的，帕斯巴德先生，昨天您已經告訴大家有三個理由讓這樣的事不可能發生。可以請您再度重複那三個理由嗎？」

「首先，通風口嵌了鐵網……」

「水的力量已經破壞了鐵網。」

「就、就算是這樣，那裡太狹窄成年人不能過。」

「對，寬度是小孩勉強能過。但只要改變看法，就知道保險箱過得去。讓繩子進入通風口內，把保險箱綁上繩子，就能輕鬆拉起來收回。」

「不可能呀。因為通風口內部是曲折的。要讓繩子通過實在是……」

「有可能。」

福爾摩斯摩擦了好幾次受潮的火柴，替菸斗點火。

「我們試著來重現羅蘋擬定的計畫吧。從北館陽臺入侵的同夥——應該是魅影吧。他先到塔的一樓，使用工具移開通風口地上那側的鐵網。接著用炸藥炸開塔的外牆，讓大量的水流入地下。我們因為淹水而被迫離開保險箱，水壓破壞了地下那側的鐵網。而且水還熄滅了蠟燭的火焰，導致室內一片漆黑。

然後，魅影做了什麼呢？他在塔的一樓等了約莫二十分鐘。接著，看準地下室的水位到達三十英尺的時機，瞄準通風口丟進去。丟進長繩子的前端。」

「……啊。」

經過這麼一揭露，才明白是非常簡單的方法。

由於通風口的內部曲折，平常的情況繩子過不去。可是，假如讓繩子和大量的水一同流動呢？繩子可以順著水流通過蜿蜒的通風口，抵達地下室。

意即，那些水並不是單純用於阻礙。讓自己這群人離開保險箱，熄滅房間的照明，破壞鐵網，而且將繩子送達地下室──兼具四個任務。

「於是，地上和地下就用一根繩子連在一起了。好了，看好時機，潛入地下室的同伴開始行動了。他收到繩子前端，潛進水裡綁住保險箱，再拉繩子兩、三次送出信號。只要事前牢記通風口和保險箱的位置，這麼點事情就算只以雙手摸索應該也辦得到吧。完全不必擔心遭其他五個人懷疑，因為那個時候我們正靠在牆上。」

水位達到三十英尺的時候，華生他們移動到牆邊，手抓住裝飾部分喘口氣休息。反過來說，房間的中央呈現無人狀態。室內一片漆黑，不斷落下的水也消除了可疑的聲音。

「幾分鐘後，水勢減弱，不久後完全停止。同時在地上的魅影拉起繩子，從通風口得到保險箱。就只要這麼做就竊盜成功了。我們聽到『鏘、鏘、鏘』的聲音，應該是被往上拉的保險箱和通風口內側互相碰撞的聲音吧。」

福爾摩斯說到一個段落，吐出一口煙。

「以那個房間的狀況來思考，讓保險箱消失的方法除此之外想不出其他的。但是假如這個假設是正確的，那麼我們六個人裡就有人是怪盜的幫手。因為一定要有一個人負責將繩子綁住保險箱。」

「其他也都有備案。」羅蘋插嘴。「如果偵探沒有興起破壞鎖的念頭，我就自己提出建議破壞。如果照明沒有順利消除，我就裝成是不小心故意弄熄。如果鐵網沒有順利脫落——」

「就在照明熄滅後拿槍射擊通風口。」福爾摩斯接著說明。「的確是準備周全……所以，一定有一個人是假的。但是就我的觀察來說，沒有任何可疑人物。六個人之中——正確來說，是除了我和華生之外的四人之中，我不知道誰是假的。直到我們回到地上。」

「那麼，你是怎麼知道的？」羅蘋說。「作為日後參考請說給我聽。」

「腳步聲。」

福爾摩斯以鞋尖敲了敲地毯。

「從地下出來的時候我終於發現了。昨天和今天，帕斯巴德先生一經過階梯，木製踏板便發出嘰咿嘰咿的聲音。因為他人比較胖重量較重。聽到那聲音時我發現了矛盾。三個小時前，我們下去地下的時候，有個人儘管體型和帕斯巴德先生一樣，經過階梯卻完全沒有發出聲音。」

——葛尼瑪警官。

那時，華生他們和他一同走下階梯。但是過程中安靜得還以為是土牆吸光了聲音。

「既然沒有發出腳步聲，那麼毫無疑問出現在我們面前的葛尼瑪警官，只是在衣服底下塞了布料之類假裝身體胖，實際的體重遠比外表來得輕上許多。意思就是，眼前的這個人並不是真正的葛尼瑪警官。那麼是什麼人？擁有能夠欺騙我雙眼的偽裝術的人，這個世界上只有一個，就只有亞森・羅蘋。」

福爾摩斯離開沙發，到近距離視線向下看著被火焰映照著的羅蘋。華生也聽得非常專注，進而從椅子上站了起來。

「可是福爾摩斯，你在進入房子之前，不是拉扯過葛尼瑪的鬍子嗎？那個時候說他真的就是……」

「沒錯，那其實是羅蘋風格的戰術。葛尼瑪警官擁有非常有特色的鬍子。同時，假鬍子也是最常見的偽裝道具。如果有人想要判別他是不是本人，幾乎都會採取抓住人中的鬍子拉扯這樣的行動吧。沒想到我也在無意識之中那麼做了呢。只要能預測到這一點，不就可以事先特別仔細用黏著劑黏好臉上的假鬍子嗎？」

「那個時候是我最擔心的。」羅蘋說。

「這麼思考下來，白天，你偽裝成我出現在貝克街的目的也逐漸明朗了。那個時候你的偽裝有點廉價，而你用演技彌補了大部分。例如說眼睛顏色維持原本的金色，藉著視線低垂來蒙混過去。但是，假如那麼做是為了讓我們認定『這個男人不可能做到完美無瑕的偽裝』呢？是為了打算後來以更加『完美無瑕的偽裝』的模樣欺騙我們呢？

你應該一直在等待我們現身福克宅吧。讓夏洛克・福爾摩斯推測來歷，讓他確認鬍子，這些都是為了逃過警方的身體檢查。說起來羅蘋要變裝的話，宿敵葛尼瑪是最合適的。因為一方面你徹底了解他，另一方面在倫敦沒有半個對他知之甚詳的人。」

再次吐煙，福爾摩斯完成了解謎。

羅蘋死心般地笑了笑，用自己的手開始解開偽裝。

拿掉假鼻子和假眉毛，吐出含在口中的棉花，取下充滿特色的假鬍子。因為要慢慢地剝除黏著劑，花了些時間才取下。用浸濕的袖子擦拭臉部卸妝後，出現了白天見過的亞森・羅蘋的臉。從腹部拿出幾塊填充用的布。最後從眼皮下取出非常小的玻璃片。接著，他的雙眼恢復了金色光輝。

「隱形眼鏡。」福爾摩斯讚嘆。「是最新的矯正視力的用品嗎？我曾經讀過羅斯坦恩還有修爾札的論文。」

「我進行改良在鏡片加上顏色。由於眼睛會痛，只能撐四、五個小時。」

「真正的葛尼瑪警官怎麼了？」

「他抵達滑鐵盧車站的時候我偷襲他。現在正在廁所裡睡覺。身上只有一條內褲可能會感冒。」

書架的暗門開啟，警員們一個接一個現身。他們手拿警棍包圍壁爐四周。

羅蘋動也不動，目不轉睛凝視著眼前的偵探。

「這種情況是誰贏了呢，夏洛克。你替我上手銬，而我偷走了『倒數第二個夜晚』。」

「我贏了。你並未偷走鑽石。」

福爾摩斯果斷地回應。華生心想「真是奇怪的逞強方式」。實際上，保險箱明明被偷走了——

等一下。

保險箱與，鑽石。

「白天我們見面時，我問過你『盒狀保險箱你能馬上打開嗎？』吧。你回答『要花兩、三個小時』。聽到這句話的瞬間，我的勝利就確定了。打開要花兩、三個小時……意思就是，不論你以何種方法侵入地下室，用何種方法偷走保險箱，都無法當場確認內容物。那麼要先下手就容易了。因為即使不將鑽石放進保險箱你也不會發現。」

彷彿遭到雷擊的震撼襲擊華生。

這麼說起來進入地下室後的福爾摩斯從未說過「鑽石」或「倒數第二個夜晚」等詞彙。一直只說「保險箱」……

「那個保險箱裡，沒有鑽石嗎？」

「就是這樣。」

福爾摩斯簡短地回答華生，接著向屋主賠罪。

「福克先生，對不起。我雖然盡力了但保險箱還是被偷走了。」

「這是沒辦法的事。總比內容物被偷走來得好。」

「請、請等一下。」帕斯巴德說。「福克老爺也知情嗎？」

「抱歉沒告訴你，福爾摩斯先生要我保密。」

管家嘴巴張得大大的。不愧是「鐵人」福克。儘管從華生的雙眼看來完全沒有那種感覺。

「今天白天，福克先生的女傭就已經把鑽石送到貝克街給我了。華生，你應該記得我回去的時候拿著個小的紙包吧？那裡面就是鑽石。」

——是有這麼一回事。記得是和一把沾滿血的刀子一起拿著的。但——

「那麼，真正的鑽石現在在貝克街了？」

「沒有。因為一來終究不能把鑽石放在我看不到的地方，二來我也答應羅蘋『會和鑽石一起待在地下室』，所以我好好地帶進來了。現在也就在我的身邊。」

「到底是在哪裡……」

「你大衣的左口袋。」

「你說什麼？」

第二次雷擊。

華生回頭看向披掛在椅子上的大衣。意思是自己在不知情之中，被迫帶著八十克拉的鑽石到處跑？是什麼時候？左口袋應該只有菸斗和菸絲盒而已……不對等一下，菸絲盒？

記憶連結，一切全串起來了。

和羅蘋聚會後，突然想抽世外桃源配方的福爾摩斯。從大衣取出華生的菸絲盒，背對華生，在放有鑽石包裝紙的證物箱前面抽菸休息的福爾摩斯。進入福克宅的時候，開心地說著「你有好好地幫我帶菸絲來呀」的福爾摩斯。然後，在「餘罪之間」華生想要抽菸時，說「贏了之後再抽吧」阻止他伸手的福爾摩斯。

「在菸絲盒裡面嗎？」

「厲害的推理。」

……舉手投降。

最初吸世外桃源配方的那一刻，福爾摩斯便將鑽石藏入菸絲盒內。只要埋在菸絲裡面可就不是能容易發現的。

「我說你這個人呀，真的是……」

想說的話多得不得了說不下去。華生諷刺地搖搖頭。

福爾摩斯再度面向怪盜。

「所以，羅蘋老弟，很遺憾魅影帶走的保險箱裡並沒有鑽石。總之你就妥協吧，光是那個保險箱也具備很高的歷史價值。不過，我不認為魅影也能從這棟宅第逃走就是了。」

大大地微笑後，他對警員們點頭。包圍網變得更狹小。

羅蘋這時第一次環顧警員們，接著傳出微弱的鍊子聲，他從地毯上站起來。表情沉穩。

「太棒了夏洛克。你的的確確是『世界最厲害的偵探』。一如在《血字的研究》或《冒險史》裡讀到的那樣，是個英才。」
「華生，太好了呢。看樣子你在法國也有讀者。」
「何止是讀者我是忠實書迷喔。長篇短篇我都看過。當中我最喜歡的是——」
羅蘋將手伸入口袋，
「《波希米亞醜聞》。」
取出裝菸絲的盒子。
福爾摩斯表情大變。華生也嚇一跳跑回椅子去。手伸入大衣的左口袋，翻找內部。
「福爾摩斯！」華生大叫。「不見了！菸絲盒不見了！」
趁著對手瞬間內心動搖，羅蘋撞開福爾摩斯的身體。
同時傳來爆炸聲，白色煙幕籠罩起居室。視野即將受遮蔽之時，華生辨識出樓中樓二樓的人影。右臉以面具覆蓋的，白髮男子。
警員們的喊叫，帕斯巴德的慘叫，雷斯垂德的怒吼。槍聲。不知是誰遭毆的聲音。
煙散去時，原地已不見羅蘋的身影。連著手銬的壁爐臺柵欄，根部被槍打壞了。
「快去追人！他們應當還在附近！」
雷斯垂德說，警員們慌張地散開。帕斯巴德與福克先生，也以讓人感受不到年齡的腳步奔跑去支援。
只剩華生與福爾摩斯留在起居室。福爾摩斯依然跌坐在地毯上，茫然望著壁爐的火焰。華生雖伸出手，但福爾摩斯靜靜地拒絕，盤腿以和方才的怪盜一樣的姿勢坐著。

「被識破了。」過了一會兒後福爾摩斯說道。「羅蘋早就預測到鑽石在別處。」

「可是，他是怎麼知道鑽石藏在哪裡的……」

「水流進房間之時，任誰都感受到生命受威脅。我反射性地，看向藏著最重要的東西的地方……你的大衣左口袋。羅蘋因此猜測出鑽石位置。和《波希米亞醜聞》裡我使用的方法相同。」

確實那個時候，福爾摩斯往華生的方向看。然後在水中失去平衡的時候，緊抱自己的是葛尼瑪。

恐怕就是那個時候，被羅蘋伸手進了口袋——

「水的任務不只四個。還有一個重要的任務。除了讓我們離開保險箱，熄滅房間的照明，破壞鐵網，讓繩子到達地下室之外，還有一個任務，就是確認真正藏鑽石的地方。」

壁爐中的火焰爆裂。福爾摩斯將亂翹的頭髮往後攏，像是要把幾小時的疲勞全部吐出，大大地嘆了一口氣。

「我輸了。」

「還很難說……」

「不，我就是輸了。徹底輸了。多麼屈辱。沒想到我這樣的偵探……」

偵探搖頭，解開外套的扣子。

「我這樣的偵探竟然輸給那種偷偷摸摸的傢伙。」

從胸口拿出濕透的信紙。

他，彷彿同情羅蘋般地笑了。

＊

「聽說亞森．羅蘋呢就是法國的大小偷，不過日本也有老鼠小子、高坂甚內、真刀德次郎，當中最有名的是一個叫做石川五右衛門的男人。這個五右衛門，有個在京都伏見城被捕後處以鍋煮之刑的驚人傳說。要說因此發生了什麼事，就是因為大家一直說要鍋煮鍋煮，他的小弟們很不高興，想說那就讓鍋子從這個世界消失來供養老大好了，做出整個江戶到處偷鍋子這種讓人傷透腦筋的事。而鍋子被偷走最困擾的就是要用鍋子煮豆子的豆腐店。心想這樣下去生意都要垮了，那間店的夫妻絞盡腦汁，後來想到的辦法……」

＊

「先擬好了那麼多各種各樣的計畫，最後竟然是煙幕。」

「因為我本來不覺得會被識破呀。那是沒辦法的。」

一邊扣上翡翠釦子，持有人把話岔開。

南館二樓，植物園風格的日光室。警員們針對正面的橋加強戒備，這裡安靜得沒半點聲音。鬱鬱蒼蒼的羊齒或瓶子草，南國多肉植物的陰影下，兩人換上混入黑夜的服裝。羅蘋是晚禮服加上黑斗篷，魅影則是老式燕尾服。

「那，鑽石呢？」

一問羅蘋，他便一臉得意洋洋打開菸絲盒，拈起漆黑的寶石。

「那，保險箱呢？」

「滿重的，小心一點。」

魅影將抱在腋下的包裹放在花圃邊框，解開打結的部分。出現了帶著水珠的銀色保險箱。

將兩項物品擺在面前，羅蘋吐出熱情讚揚的氣息。

「天呀，『倒數第二個夜晚』，還有純銀保險箱……真的是不屬於人類世界的藝術品。具備耗費千辛萬苦偷到手的價值。對吧？」

「我們的竊盜還沒完成。」

「逃走路徑已經確保住了，不用擔心。這不重要啦，你瞧，這寶石類罕見的光芒，極為精緻的詩文雕刻。容器也毫不遜色，純銀的美麗加上高度完成的數字鎖……實在了不起……」

羅蘋讓光透過鑽石後，也伸手碰觸保險箱，陶醉地賞玩其造型。手指滑過數字鎖，撫摸蕁麻的浮雕。墜入情網的怪盜身旁，魅影忍不住苦笑。確實是了不起的物品，這一點不得不承認。這個世界上應該難有比這更美的物品吧。

就在這麼想的時候——

保險箱開了。

自天花板灑入的月光，露出被銀鑲邊的黑髮。如陶瓷的潔白肌膚，讓萬人心生恐懼得意且充滿魔性的笑容。不輸鑽石，紫水晶色的眼眸散發出來的光輝。

恰好擺入保險箱的那個，是非常美麗少女的頭顱。

羅蘋的笑容結凍。少女深深吸了一口氣。

「在這裡！津輕！」

以玻璃為之震動的聲音喊叫。

就在回音幾乎消失之際，群青色的子彈貫穿天花板，在羅蘋他們面前著地。

右手提著鳥籠的，青髮男子。

「絞盡腦汁想要逮住小偷的豆腐店老爺爺，決定藏身在十分巨大的鍋子裡面通宵不睡守株待兔。但是因為酒喝太多結果直接發出『咕——咕——』的響亮鼾聲。這時出現的小偷二人組，使勁扛起裝有老爺爺的大鍋子吆喝著離開。被搖醒的老爺爺探出頭說『老太婆，地震了』，兩個小偷嚇個半死。老爺爺東張西望後，說『慘了，房子被偷了』——」

灌注下來的碎玻璃中，像是要求如雷掌聲，男人露齒而笑。

「這就是相聲故事『鍋子小偷』。」

13

「不好意思呀羅蘋老弟。雖然你給我忠告，我還是忍不住探頭插手了。」

師父說的玩笑不確定羅蘋他們是不是聽見了。即使是怪盜與怪人，面對突然出現在保險箱內的頭顱，也藏不住內心動搖。

慢了一點下塔的靜句，在津輕背後無聲無息著地。她從保險箱拿出鴉夜，放到平常的老位置——津輕手持的鳥籠中，畢恭畢敬重新收好。

「應該用不著那麼吃驚吧。」

鳥籠關上，鴉夜再度對羅蘋微笑。

「我採取的策略極為簡單。要如何確實地抓到神出鬼沒變幻自如，不論怎樣的寶物都能偷出去的怪盜呢？沒必要特意強化警備。既然不論怎樣的寶物都必定能偷出去，那麼在那寶物中等待就好。然後交到怪盜手上的瞬間大喊『就在這裡』找同伴過來就好。能做到這一點的生物這個世界上只有一個人，就是我。」

「……妳──」羅蘋終於發出聲音。「妳是，什麼東西！」

「什麼東西？啊，我是第一次露臉給你看嗎？我是『專查怪物的偵探』輪堂鴉夜。從傍晚過後這是我們再度見面，好久不見。」

「輪堂鴉夜？不可能。輪堂鴉夜是……」

「圍著圍巾的女孩子？對，就是得從這個誤會開始解釋給你聽。」

津輕把鳥籠與保險箱並排擺放在花圃邊框。月光底下的鴉夜宛如主演笑劇的女演員。

「問題就是集中在『羅蘋老弟對我的事情知道多少？』這一點上。在巷子裡和我打招呼的時候，你問過我『其他兩位是助手嗎？』對吧。這個問題讓我很介意。因為，那個時候在你面前的，是裝在鳥籠裡的我、津輕、靜句，還有抱著我的巴黎報社記者共四個人。如果你曾經好好地查過我的來歷──也就是，知道我是顆頭顱不是人類的樣子總是待在鳥籠裡，你應該不會說『其他兩位』而是說『其他三位』。這個時候我就得到肯定了。肯定『羅蘋將阿妮・凱爾貝爾誤認成我』這回事。」

那時，阿妮把厚圍巾拉高到嘴邊，胸前抱著蓋著蕾絲罩子的鳥籠。那個狀態下如果說話，誤會成阿妮在說話也是正常的。「抱歉我這樣遮著臉」這一句話，羅蘋應該也是解釋成用圍巾遮住臉的阿妮所說的吧。

「這個事實，對我來說出乎意料。因為我以為你早就調查好『鳥籠使者』的事了。雖然報紙大書特書的只有福爾摩斯先生的事，我們甚至沒有出現在報導內文裡或照片上，但以你的情報收集能力，應當能輕鬆查到輪堂鴉夜的來歷。但是，你卻怠忽調查此事。」

怪盜沒把「鳥籠使者」當一回事。和倫敦市民一樣，只當「鳥籠使者」是名偵探福爾摩斯的附屬贈品。

「真是僥倖。因為要是亞森・羅蘋不知道我長什麼樣子，那麼我的策略就能百分之百成功。因此，為了更加鬆懈你們我開始行動。讓津輕和你戰鬥是故意的，要他輸給你也是故意的。」

「那個時候不好意思，師父有命我只能聽了。」

鴉夜決定方針後，從她嘴裡說出的隱語立刻也傳遞策略給津輕與靜句，他們於是奉命行事。「花筏」是假大關想要故意輸給對手，而進行愚蠢相撲的相聲故事。

「怪不得……我覺得沒什麼手感。」

「好了。」鴉夜的解說繼續下去。「打敗津輕的你，判斷『鳥籠使者』是不足取的敵人，沒有繼續深究下去便離開了。一如我的計畫。後來我們與福克先生會面，提出『希望能取代鑽石把我放進保險箱內』的請求。馬上就得到他的同意了。因為，那個時間點鑽石正移動到貝克街去，保險箱是空的。」

暗中做完準備，津輕整理好鴉夜的策略寫成信給福爾摩斯，補寫「請向其他人保密」後託給帕斯巴德。接著上到能夠眺望宅第內情況的地方——塔的屋頂，和靜句一起靜候師父的信號。

「那麼……妳一直都在保險箱裡嗎？」

「對，從七點左右開始一直都在。為了不讓保險箱打開我持續用牙齒咬住內部的金屬零件，下巴有點痠。『餘罪之間』內慌亂跑動的騷動我也全聽見了喔。雖然沒料到水攻嚇了一跳，但我並不慌張。因為，我這身體就算沉到海底也死不了。」

「哈哈哈哈哈。」

「呵呵呵呵呵。」

兩人的笑聲迴盪在日光室內。

羅蘋望著這樣的偵探，同時像是玩核桃之類的小東西，單手把玩著黑鑽。冷靜已經回到他的臉上。

「傷腦筋。」他搖頭。「唉，真的傷腦筋。所謂出乎意料的伏兵。漂亮地讓我……」他接著說：「但是——」

瞇起金色的眼睛。

「我還不見得會輸喔。就跟傍晚的小巷子一樣。只要打倒你們我們就能逃走。」

「你是說你打得贏津輕與靜句嗎？」

「我打得贏。那邊那個青髮男——我記得是叫做『殺鬼者』?說是故意輸掉，但我那個時候也不是認真的。而且我們這邊還有『巴黎歌劇院的怪人』。我和艾瑞克聯手的話無人能敵。對吧艾瑞克……艾瑞克——!」

回頭看向搭檔的羅蘋，得意的表情垮了。「巴黎歌劇院的怪人」正一溜煙從日光室逃走。

「那個混帳——!」

「這麼說起來在巷子裡的時候他也說過呢，說『情況不妙的話我就逃走』。」鴉夜揶揄地說完後，下令:「別讓他跑了。靜句，快去追。」

「遵命，鴉夜小姐。」

靜句立即回應，無聲無息地開始奔跑。意即，津輕負責的是羅蘋。

「『花筏』雖是逗趣故事卻是傑作呢。結局想要故意輸掉的人不小心贏了。所以這次——我不會輸。」

踏出一步，脖子的骨頭作響。

怪盜似乎是想敷衍搭檔逃走的尷尬與半人半鬼的壓迫感，乾咳了一聲。

「好好好。那麼，就一對一分勝負吧。堂堂正正的紳士決鬥……」

「誰打破玻璃的?」

伴隨軍靴的腳步聲，新的聲音插嘴進來。

「亂七八糟丟著不管實在是難以原諒，得快點打掃。」

「果然紳士不起來。」羅蘋看了看加入者後皺起眉頭。「麻煩的來了。」

「我有同感。」津輕也回答。

白色大衣的前襟敞開，現身於月光底下的那個男人。和津輕等人相同，等待羅蘋偷到鑽石後才開始行動的那個男人。

「勞合社」諮詢警備部第五代理人，雷諾・史汀哈德。

「鑽石一顆，怪物兩個，怪盜一個呀。整理在一起令人感激。這樣打掃起來輕鬆多了。」

他將左手放在腰際的軍刀上，流暢地拔出。刀刃有著和保險箱一樣的顏色。為了殺死吸血鬼或狼人，混入銀的劍。

「放心吧，我愛乾淨……我會各給你們一刀就結束。」

翡翠色的那雙眼睛，散發出與昨日展現給津輕看過的濃重殺氣。看樣子並非津輕與羅蘋任何一方的同伴，而是打算殺死怪物與怪盜兩者。

對津輕來說，羅蘋與「勞合社」兩者皆敵。對羅蘋來說亦兩者皆敵。

三方混戰。

津輕回頭看向鴉夜。師父在鳥籠中露出「總之你加油吧」的表情望著徒弟。好一個安逸的立足點。雖然是顆頭顱並沒有用腳站著。

雷諾銀色的頭髮與劍發亮，一步步靠近。羅蘋丟開掛在胳臂上的斗篷，津輕滿意地嘴角上揚。三個人還有幾步便即將進入彼此的攻擊距離，日光室充滿一觸即發的氣氛——

碰嗡——

但是那緊繃，被來自北館的聲音打破。

所有人看向日光室外。彷彿迴盪在肚子內的那個聲音，非常類似一個小時前聽到的爆炸聲。

「……」

津輕以懷疑的眼神看著羅蘋。羅蘋大幅度地搖頭。

「不是我弄的喔，我已經沒設置炸藥了。」

「……」

「不要看我。」雷諾說。「發生什麼事了？」

像是回答這問題，傳來警員們的喊叫。

「橋塌了！」

「正面玄關的橋塌了！」

「應該是遇襲了。快去支援！」

「橋？襲擊？」津輕發出怪聲。「等一下呀！沒有橋的話我們不就——」

就在差點說出「無法離開這裡了嗎？」之時，他察覺到了。

這就是目的嗎？

不屬於怪盜不屬於偵探不屬於保險公司的神祕一派，炸斷了橋將津輕等人關在宅第內。就時機來說，和「勞合社」一樣是等羅蘋偷到鑽石後才開始行動。那麼目標應該是——寶石嗎？

「好吵的夜晚呀。」

宛如事不關己，鴉夜說道。不知道為什麼異常覺得好笑，津輕也發出「哈哈哈」的聲音。

圍繞鑽石的爭鬥才剛結束前哨戰。

別說是一場糾紛了，看來會有五、六場糾紛。

＊

福克宅，北館。正面玄關前瀰漫著帶火藥味的煙霧。

慘劇。橋的中段遭炸毀，宅第現在完全隔絕於外界。倒下的警員們發出痛苦呻吟，護城河的水面上浮著好幾具屍體。

然而，奇怪的是，屍體或傷者中將近半數，受的傷卻與遭爆炸牽連造成的傷相異。

深深的刀傷，或是骨骼幾乎被壓變形的挫傷痕跡。當中也有像是發生心臟麻痺口吐白沫者。

白煙中警員們的聲音四起，有時夾雜衝撞聲與慘叫。不久後，玄關前面鴉雀無聲。

煙霧的另一側，出現五個人影。

柔和的眼睛，不符年紀的下巴前端山羊鬍。深灰色長外衣配上大禮帽這種裝扮，像是做好戰鬥準備般，扣好白手套扣子的男人。

深褐色頭髮流麗地延伸，左側別有玫瑰髮飾。深紫色長禮服的開叉散發魅力，帶著收合的細長陽傘，塵世之外的美貌女人。

讓人聯想到岩石的骨骼，滿是縫痕的可怕臉部。特大尺碼的晚禮服包覆充滿肌肉的身軀，每一步都震動著地面，全身上下都是規格之外的巨人。

彷彿遮住眼角熊熊燃燒的捲髮，以及右眼往下直拉出的紅色直線。從胭脂色有領背心延伸出的雙手放在背後，沉默地急步前進，帶血腥味的青年。

然後，還有一人——圓頂硬禮帽配上圍巾，黑色長大衣。彎曲的背部和高瘦鷹勾鼻，為了保護右腳拿著拐杖。但是與那枯木般的印象相反，是個眼窩深處發亮、帶著敏銳智慧的老紳士。

「準備好了嗎？阿萊斯特。」

「隨時可以行動。」
「卡蜜拉。」
「完美無瑕。」
「維克多。」
「可以。」
「傑克。」
「萬事沒問題。」
「那麼各位，雖然慢了點，我們就出動吧。」
跨越福克宅的正面玄關，「教授」穩重地說。
「夜晚現在才開始。」
聳立在背後的大笨鐘，宣告深夜零點的到來。

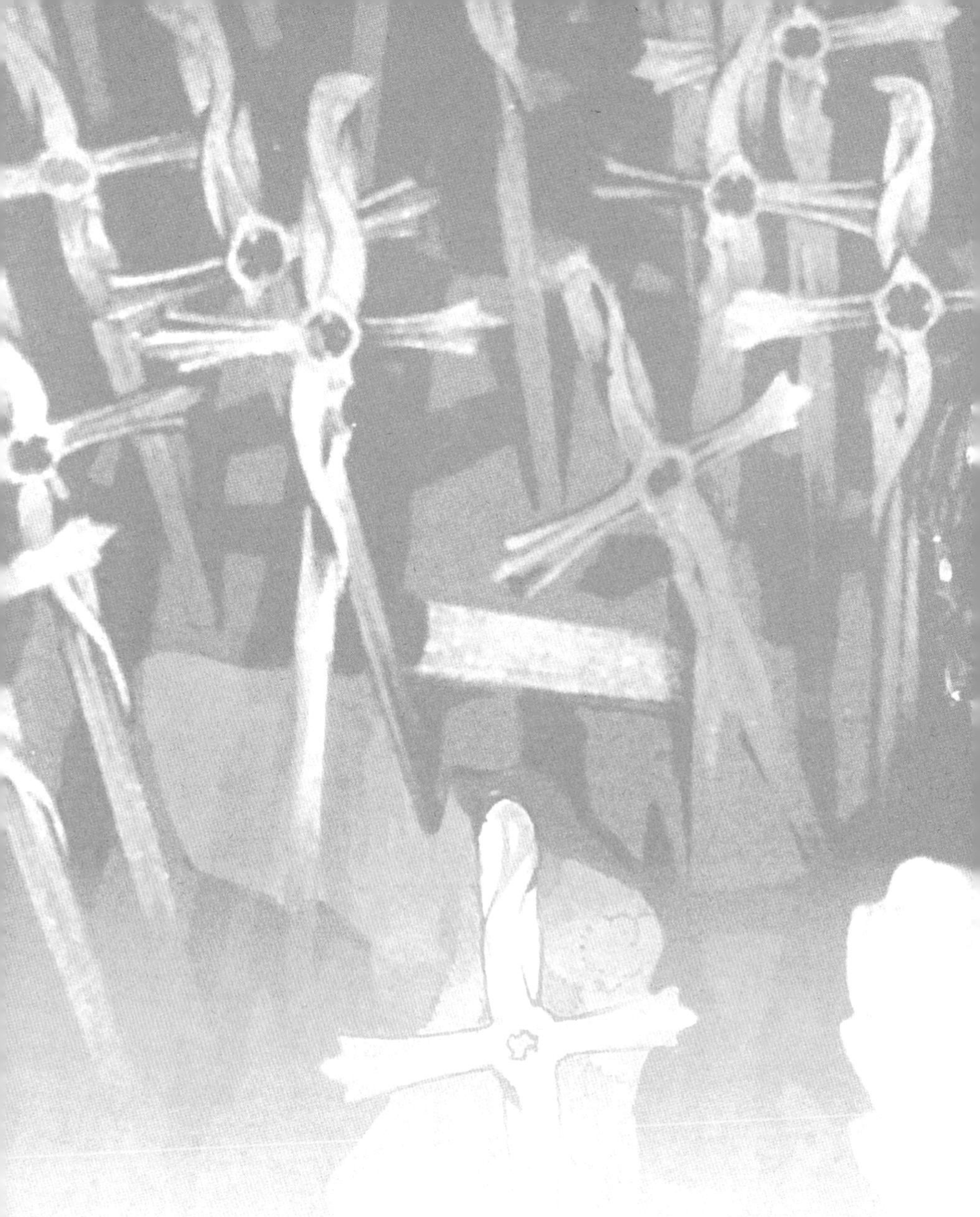

第四章

夜宴

「你來之前我是很睏，但現在完全清醒了。」

（柯南・道爾〈駝者〉）

北館　玄關大廳

斯堪地那維亞半島上，從某人身體噴出來的血爆開。分岔的血液滑落過花崗岩的白色球面，吞沒不列顛群島，順著阿爾卑斯稜線和比斯開灣的海岸線，讓整個歐洲變得又紅又髒。

「好大的房子呀，真想搬到這樣的地方。」

「又講這種話。我喜歡現在的祕密基地呀，很有隱藏的感覺。對吧傑克先生？」

「也是有那種想法。」

「我只要頭不會擦到天花板的話，哪裡都好。」

「確實很大，但不是我們能掌控的程度。」

教授拿起帽沿，仰望擺放於大廳中央的巨大地球儀。

「好了。鑽石現在在羅蘋手上。既然橋塌了，那要在另一條逃跑路徑上埋伏就簡單多了，不過不能保證他能持續持有鑽石。恐怕會被保險公司的包圍網卡住出現爭奪戰吧。我們到時再插手就是上策。

我們分三路吧。傑克去東側，我和維克多去西側找鑽石，卡蜜拉和阿萊斯特負責佯攻，給我減少警員的數量吧。有什麼問題嗎？」

阿萊斯特舉手。

「教授的『老友』，如果碰到可以殺掉嗎？」

「可以呀。只要判斷是礙事者不管是誰都可以處理掉。其他沒問題了吧？那麼各位，晚點再見。」

以這句話為信號，四個人開始著手分派的工作。傑克以敏捷的動作消失在左側走廊，維克多將使用義足的教授扛上肩膀，走上右手邊的樓梯。

玄關大廳剩下阿萊斯特與身穿禮服的美女。兩個人經過地球儀旁邊，並排站在面對中庭側大門扉的位置。

「佯攻呀，好無聊的任務。」

「會嗎？我很喜歡就是了，也可以花俏行動。」

「你的興趣我難以理解。」

「我不想被卡蜜拉小姐評論興趣怎麼樣。」

卡蜜拉沒回嘴，輕輕地扭動洋傘的把手。從中間桿子拔出一把內藏的細刀。右手持刀，傘掛到左腰的蝴蝶結的打結處。扣除一身盛裝打扮的話宛如東洋武士。

不一會兒傳來腳步聲，門開了。

約二十名警員蜂擁而至，包圍兩個入侵者。可能是發現了散亂於玄關前的同伴屍體，帶頭的那個人臉色突然刷白，迅速拔槍。

「不准動！手舉——」

打算大聲喝斥的警員，頭部往旁偏移。

卡蜜拉已經繞到警員背後。細刀上一道鮮血。

她視線向下，態度草率地看著嘴巴維持著張開模樣直接落地的人頭。

「你說什麼？」

頭部掉到地面的同時，警員們陷入瘋狂。大約十人群起包圍想要壓制她。卡蜜拉不當一回事，輕快地跑過他們之間。長禮服的下襬翻飛，高跟鞋踩出舞蹈般的步伐。抵達群體隊伍的最後一人時，她露出無聊的表情擦拭劍的血。

胸腔破裂，頭顱掉下，手腳斷落。男人們的藍色制服染成大紅色。

阿萊斯特以觀眾的心情望著這一幕。沒有比脫俗吸血鬼的戰鬥更美的了。雖然自己喜歡更加粗暴一點的做法。

「哇啊啊啊！」

某人大叫，接著恐懼傳染，剩下的警員們轉過身去。恐慌地放棄職責，一溜煙地往大門扉跑去。雖說吩咐是佯攻但讓人跑了也是頭疼。

「就稍微燒一下吧。」

阿萊斯特舉起右手，「啪啪」地讓手指彈了兩次。

隨即，警員們的腳邊火舌上竄。

慘叫變得更大。變成火球的一人倒地，在那裡的其他人因此被絆倒，火炎轉眼間包圍這群男人。一面聞著肉的焦味，阿萊斯特一面用力地點頭。沒錯沒錯，這種殘酷的做法才是自己的喜好。

「還是老樣子了不起的魔術表演。」

「不是魔術表演是魔法，魔法。」

「哪個都沒差啦。有一個跑掉囉。」

卡蜜拉抬了抬下巴。一個運氣好逃過火焰的警員，努力活動著顫抖的雙腳，手正要伸向大門扉。哎呀這可不行。

「麻煩你稍微窒息一下囉。」

這次舉起左手，「啪嘰」，再度彈了一次手指。

伴隨痛苦昏迷，警員的臉部扭曲變形。皮膚變成紫色，脖頸浮出血管，當場慢慢地倒下去。口吐大量白沫後，他動也不動。

玄關大廳寂靜無聲。

地球儀旁宛如破碎的人偶，手腳四散，大門扉前燒死的屍體堆疊。對向，玄關門前面也有大量穿著制服的屍骸。飄散的火星與黑煙。地板上是漸漸擴散的紅色。

毫不在意這樣的慘狀，卡蜜拉扯了扯禮服的袖子。

「糟透，沾到血了。」

「明明是吸血鬼就拜託別討厭血了吧。」

「因為我是美食家。」她瞥了散亂的屍體一眼。「這樣還不是所有人都收拾乾淨了吧？我們也分頭行動吧。我去東館，你去西館。」

「收到。」

打算在分為左右的走廊分開時，聽到微弱的「喀噠」聲。聽覺敏銳的卡蜜拉視線看向大廳角落。像是休息室的門開了一條細縫。

兩人走近那裡，把門打開。一個身穿圍裙的少女，露出害怕至極的表情跌坐在地。

「哎呀哎呀，沒事沒事。」

態度與方才截然不同，卡蜜拉發出欣喜的聲音。

「來不及跑呀。妳是這裡的傭人嗎？長得真可愛。幾歲了？叫什麼名字？」

少女擠出不成聲音的聲音取代回答。卡蜜拉將深褐色的頭髮往後攏，像是美食當前地舔嘴脣。實際上，對她來說人類就是食物。即使警員們不合格，但這女孩似乎讓美食家十分中意。

「你先走吧。我要補充燃料。」

「我是無所謂，但請卡蜜拉小姐簡短了事。」

「好了別怕，沒事的。在殺妳之前我會讓妳快活得要死。」

一邊以諂媚的聲音說著聽來矛盾的話語，卡蜜拉一邊緊抱少女。輕鬆壓住少女抵抗的雙手，嘴唇貼近少女的乾淨臉頰，嘗味道般以舌尖舔了舔。

儘管少女發出「咿」的奇怪聲音，但隨即嘴巴邋遢地鬆弛，緊繃的肩膀也沒了力氣。似乎是對無法預料的變化不知所措，少女以求救的眼神看向阿萊斯特。

他關上了門。

少女害怕的聲音變得斷斷續續，開始夾雜混亂的呼吸，不久後變成了嬌媚之聲。邊發牢騷「我們到底是興趣不合呀」，阿萊斯特邊往西館去。

被血弄髒的鞋底，在大理石大廳留下不祥的足跡。

南館　日光室

中庭另一側傳來警員們的喊叫聲。

應該是那些炸掉橋的入侵者正在作亂。儘管津輕想去瞧瞧是怎樣的傢伙，但似乎不能馬上這麼做。

雖然由於爆炸聲的影響讓線一度彎曲，可是掛滿日光室內的緊繃網還沒斷裂。津輕等人正在植物園的中央，以宛如從三方包圍阿芙蘿黛蒂石像的樣態對峙著。每個人都沒有擺出像是架式的動作，不過視線沒有鬆懈。

怪盜、「鳥籠使者」和保險公司，你瞪我我瞪你的三者互相牽制。各自符合哪種生物呢。雷諾因為眼神冰冷所以是蛇吧，羅蘋則因為動作靈活所以是青蛙。那麼自己是蛞蝓囉？真討厭。

「看樣子有新手加入了，你們打算怎麼辦？」

仔細考慮過後，羅蘋說道。

「我沒興趣。」雷諾說。「我的任務是回收鑽石和清掃垃圾。」

「我也是。既然是師父的吩咐那我就不能違抗。」

「只要說是任務你們就變得不自由啦。算了沒差，好吧。那意思就是繼續這樣下去囉。」

羅蘋將「倒數第二個夜晚」收入晚禮服的胸前口袋，彷彿展現自己的從容不迫，攤開雙手。

「不管到何時我奉陪到底。」

就在這句話快說完之時——

雷諾動了軍刀，阿芙蘿黛蒂斷成上下兩截。

津輕立刻踏出腳步，出掌撞擊女神石像的胸部。石像被推向羅蘋的方向。怪盜扭轉身體，讓石像滑過斗篷外側減速，以手肘改變飛行軌道朝向雷諾。雷諾轉移背部閃過了石像。

趁此破綻津輕撲向羅蘋。「勞合社」晚點再處理無妨，首先要拿到鑽石。然而羅蘋似乎也預測到了，以飄揚的斗篷輕鬆化解津輕的第一次攻擊。就在津輕踏穩腳步，準備再次攻擊時——

風壓衝擊皮膚，津輕反射性地抽身。

確實聽見了「茲赫」這種空氣中不可能出現的聲音。

掠過鼻尖的是銀色軍刀，其發射臺的位置有個銀髮男人。即便是半人半鬼的視力也無法追到的子彈般速度，以及甚至讓地面落葉飛舞起來的威力。特別強化貫穿力的硬質架式，與散發殺氣的翡翠色眼眸。津輕領悟到這位保險從業人員冠上的奇怪別名，隱藏何種意義。

雷諾·史汀哈德。

刺入心臟（sting heart）

雷諾將往前刺出的軍刀橫向揮動，這次想砍羅蘋。怪盜向下蜷身閃過刀刃，抓住馬拉巴栗盆栽的樹幹。如棍棒旋轉，將陶製的花盆砸向雷諾——但，刀尖輕鬆切斷樹幹。失去軸心的花盆往津輕飛去，碰上津輕的左手防禦碎裂開來。飛散的泥土遮蔽視野。

「礙事。」

像是趕蒼蠅，雷諾用力一踢。

雖是粗糙一擊，但超出意料的重量讓津輕的喉嚨深處收縮。原來如此，不愧是高舉淘汰怪物大旗的團體。脫離人類的——不如說，是鍛鍊到能和怪物交鋒之領域的人類強度。幾個月前戈達案當中戰鬥過的吸血鬼之類，他應該能輕易對付。

津輕倒進石南花圃。兩個敵人也踩進南國植物之中。雷諾似乎將目標縮小到羅蘋身上，微幅地揮劍試圖將怪盜逼入絕境。羅蘋雖隱身於萊佛士豬籠草或鐵莧菜的陰影處，但銳利的刀刃沒當一回事。

遭到劃開的花如血沫飛舞，障礙物中斷的瞬間，軍刀再度化身子彈。刀尖劃出長長的銀光，貫穿空氣，捕捉到羅蘋黑色的身軀。但刺破的只有一塊薄布。在那前方，是剎那脫掉斗篷的羅蘋身影。

「沒中嗎？」

雷諾無趣地這麼說。

「不對，中了。」

羅蘋開心地回應。

津輕的飛踢著實中了雷諾的腰。

不論再怎麼卓越的代理人，也無法抵抗半人半鬼的偷襲。雷諾被打飛，從軍刀上脫落的斗篷在空中飛揚。大概會這樣直接撞破玻璃掉到中庭去吧。一人退賽。這樣一來就能開始認真專心對付羅蘋──

傳來「噎」的聲音。

雷諾將軍刀刺入地板。強行煞停遏止津輕飛踢的力道，並若無其事地著地。拍了拍衣服上的鞋印後，他拔出武器。刀刃毫無損傷。

「你這區區的怪物。」他握緊拳頭。「不准弄髒我的——」

大衣！

拋下迴盪的怒吼，雷諾衝向津輕。似乎比方才招致了更大的怒火。津輕晃亂青髮，閃過瞄準頭部的兩次連續刺擊。黑色晚禮服跑過他視野的角落。

「等一下等一下，羅蘋跑掉了啦！」

雷諾咂嘴，踢起天竺葵盆栽。花盆筆直飛行，命中逃跑怪盜的腳。

跌倒的羅蘋。奪取鑽石的機會。津輕鑽過軍刀開始奔跑，雷諾也將目標放回怪盜。儘管羅蘋本來好像昏倒了動也不動，但當兩個敵人一靠近，他又迅速跳起以衣服的袖子掀起了什麼。

玻璃碎片。剛才津輕撞破的天花板玻璃。

兩人以胳臂保護眼睛。隨即，聽到「辛苦啦」的聲音，空空如也的腹部挨了拳頭。津輕和雷諾倒地，羅蘋趁機跑了過去。哎呀都忘了，傍晚也中過類似的招式。

恨恨地看著逃跑的敵人，津輕注意到眼前黑布正在落下。他一瞬間拉扯那塊布——羅蘋脫下不要的斗篷。而羅蘋的腳也正好在那上頭。

看樣子連羅蘋也出乎意料的，他「嗚啊！」一聲再度摔跤。雷諾迅速跳起，將軍刀亮到羅蘋下顎前方。

「等等等等等！是我不好，有話好好講。」

「鑽石交出來。」

「鑽石？」羅蘋伸手進胸前。「你說這個嗎？」

他將「倒數第二個夜晚」往正上方拋。

寶石穿過天花板的破洞，掉到圓頂外側。津輕與雷諾都嚇了一跳，像是讓人丟骨頭引誘的狗往玻璃猛衝。一邊發出「哈哈哈哈哈」的歡鬧聲，羅蘋一邊也追了上去。

津輕踢起垂榕盆栽，撞破前面的玻璃。三人搶著趕到鑽石的落下處，從那個破洞跳下中庭。底下是草皮。和開頭一樣以描繪三角形的樣態，同時著地。

雷諾宛如被自傲附身的軍人。

羅蘋宛如喜愛惡作劇的少年。

津輕宛如在雜耍場行動的藝人。

他們三個人，全睜大眼睛笑著。

三角形的中心，鑽石反彈跳起，緊接著他們再度展開爭奪戰。

＊

「剛剛，有沒有聽到什麼聲音？」

夏洛克・福爾摩斯在行經走廊的途中停下腳步，像是要確認不是自己幻聽，轉頭望向友人。

「聽到了。玻璃破掉的聲音……從那邊傳來的。」

華生指著前方的轉角。根據模糊記憶中的平面圖判斷，過去應該是面向中庭的日光室。

轉過去一看果然如此。但是，日光室內的狀況卻是想都想不到。置放於中央的石像變成兩半，滿地散亂切碎的花與破裂的花盆，天花板與前面的玻璃開了大洞。

「有人鬧事？」

「你們慢了一步囉。」

腳邊傳來爽朗的聲音。

茉莉花圃的邊緣，排列著這個世界上最奇特的搭配。銀色保險箱，以及裝在鳥籠裡的少女頭顱。

「輪堂鴉夜？還有被偷的保險箱……怎麼會在這裡？」

「『特洛伊木馬』成功了啊。」福爾摩斯一副推測到內情模樣。「拿回鑽石了嗎？」

「因為『勞合社』跑來干擾，和我的助手還有羅蘋三個人正在爭奪。剛剛它們邊笑邊跳下去中庭了。」

「邊笑邊下去？」

華生看了看日光室外面。照著中庭的燈光只有立在禮拜堂前面的一根弧光燈，除了那周圍之外大部分的區域皆隱藏於樹木與黑暗中。他的眼睛無法辨識展開爭奪戰的猛將們身影。

「我讓靜句去追魅影了。兩位也要參戰的話就趁現在。」

「不了，怪盜的事就交給你們。」

「你倒是收工得乾脆呢。」

「情況有變。」

和態度軟化的鴉夜呈現對比，福爾摩斯聲音僵硬。

「妳應該也聽見剛才的爆炸聲了吧？正面玄關出現新的入侵者。來路不明的五名男女，炸掉橋後目前正和警備隊交戰。就我聽到的報告來說，顯然不是羅蘋的同伴。」

「為什麼？」

「因為他們已經殺害了超過二十名的警員。」

鴉夜工整的眉毛微微揚起，輕輕「哦」了一聲。

「放棄羅蘋是很可惜，但不能不管那些傢伙。剛剛，我讓雷斯垂德老弟帶福克先生他們到書房躲避。我們現在要繞去北館阻止襲擊警員的犯人。華生，動作快。」

出現殺人案，此一事實讓今晚原本看來像是享受遊戲的好事分子的福爾摩斯，恢復成偵探原本的模樣。華生他們加快步調，打算離開日光室。但，背後鴉夜喊住他們。

「請等一下。可以麻煩帶我一起去嗎？我對入侵者很有興趣。」

「不好意思，輪堂小姐，我們沒有那種閒工夫……」

「他們以正面突破的方式進來，炸掉橋殺了超過二十個警員吧。而且只是區區五個人在幾分鐘之內做的。我很難覺得他們是普通的傢伙，我的知識也許能派上用場。」

「專查怪物的偵探」微微一笑。不是純粹的笑容，而是彷彿逼迫談判般、別有含意的笑。起碼脖子以下的部分也存在的話應該會感覺挺可愛的。

經過輕微躊躇後，福爾摩斯對華生點頭。

華生聳了聳肩，手伸向黃銅的握把。裝著少女頭顱的鳥籠比想像中來得重一些。

「不好意思，因為我沒辦法自行移動。」

「沒關係……但如果妳有危險我不能負責什麼。而且，妳不用看同伴的戰鬥到最後嗎？」

「這些都不用擔心。」

鴉夜以不好惹的態度回答。

「我不會死，而我的同伴也不會輸。」

東館　備品倉庫

「順利甩掉了嗎？」

在堆積的木箱陰影處，魅影鬆了一口氣。

丟下羅蘋在日光室自己逃走，被那個叫做靜句的女僕追了幾分鐘。雖然她的機動力勝過普通警員，甩開十分困難，但很不湊巧魅影已經徹底調查過福克宅內部，捉迷藏可是「巴黎歌劇院的怪人」拿手絕活。

自南館移動到東館，成功潛入備品倉庫後，他潛身於深處的死角。女僕一時之間在倉庫內到處找，但魅影在不受到注意的情況下跑到其他房間。女僕應當很久以後才會回來吧。

與舞廳同樣寬敞的倉庫，繁雜地集中了宅第內的備品。高高的天花板懸掛著搬運用的滑車和鉤子，從天窗微微灑入的月光，照在堆積成山的木箱或蓋著布正在修繕的展示品。從北館方向傳來警員們的叫聲，看樣子出現除了自己和羅蘋之外的入侵者了。儘管對羅蘋感到抱歉，不過看來是盡快逃走比較好。

就在魅影剛站起來時。

「『巴黎歌劇院的怪人』在那裡對吧？」

聽見女人的聲音。

靜句回來了——並非如此。魅影從木箱旁稍微探出頭去，看見倉庫的出入口前站了個嬌小女子。

褐色肌膚，包覆上半身的是軍服風格白斗篷。是羅蘋說過的那些「麻煩」傢伙嗎？

「我是『勞合社』諮詢警備部第七代理人法蒂瑪・達布爾達茲。」用不著確認，對方主動報上姓名。「不好意思，可以請你從那裡出來嗎？要是你不出來，我就要擅自狙擊了。」

「……『啊，請您至少給我藏身之處』。」

引用凱魯比尼的歌劇「美狄亞」，魅影踏上原先遮住身體的木箱，和代理人面對面。

「就算打倒我，我也沒有鑽石喔。」

「我知道。可是，你也名列諮詢警備部的肅清名單上，二十年來震撼巴黎歌劇院的異形怪人……人類的敵人就是勞合社的敵人。」

「我是不記得我曾經與人類為敵，不過看來妳是我的敵人。」

一面說著，魅影一面尋找逃脫路徑。他希望盡量不和女性戰鬥。

她剛才使用了「狙擊」這個詞彙。應該是使用飛行武器的人吧，但這黑暗中鎖定目標應該極為困難。只要持續躲在堆放的物品後面同時往門口去，就能格外輕鬆逃——

乾枯的連射聲，中斷了魅影的思考。

從木箱向後跳，隨即三條流線往自己站的地方竄。銀色的金屬粗箭。箭射中背後的石牆，深深射入幾乎貫穿。

一著地，魅影再度定睛細看敵人。缺乏表情的嘴角形成苦笑。

「感覺……不是能格外輕鬆逃走呢。」

法蒂瑪・達布爾達茲脫下斗篷。她的身體果然苗條，宛如小樹枝的褐色雙臂從無袖的白色皮衣伸出。但手肘以下，卻裝備著與那纖弱不相稱的粗獷卻外型脫俗的武器。

與飛過空中的燕子十分相似——握在手裡的是如喙的控制桿，從手腕位置擴張出波浪狀的翅膀。自其兩端拉出的緊繃的弦，在宛若仔細磨過的青銅、淡淡發亮的軀幹上搭著箭，上半部蓋著像彈匣的流線型金屬筒。胳臂的外側裝了小氣瓶，紅褐色的彈簧與齒輪的構造圍繞於鳥的尾巴和翅膀位置。這樣的物品不只單手裝備，而是左右對稱的一對。

「十字弓？」

忍不住在句尾加上問號。

「可能是因為我都躲在巴黎歌劇院沒外出多見識吧，這看來跟我知道的種類有點不一樣。」

「這是特別訂做用來對付怪物的。可以單手操作，射出一箭後弦會被氣壓拉回，彈匣會自動裝填下一支箭。每個彈匣能夠八連射，左右加起來是十六連射。」

法蒂瑪踏前一步，發出小小的金屬聲。她的腰部交錯纏著兩條腰帶，掛著大量的備用彈匣。

「拿格林機槍不是比較快嗎？」

「對我來說，弓比槍方便。」

認真地回答後，她將右手的燕子朝向正側面。

射擊最靠近的堆積物品。

發出「啊」的聲音時已經太遲。倒塌的木箱堆疊在門前，逃脫路徑被堵住了。雖非完全被關住，但魅影不認為敵人會願意給他移開木箱的時間。

彷彿呼應這預感，第七代理人開始奔跑。逼近的她，雙眼令人想起凶猛的母豹。銀箭追逐著逃進備品迷宮的魅影，遭受池魚之殃的儲藏櫃變得坑坑洞洞，酒桶半毀。

驚險閃過第十支箭後，攻擊停止了。看樣子彈匣空了，但能喘口氣的時間連短短三秒都不到。法蒂瑪手一甩拋棄用光的彈匣，膝蓋一抬腰帶上的備用彈匣便彈起，同時進行雙手的裝填。流暢熟練動作。接著再度下起密集的箭雨。

冷汗沿著沒戴面具的那側臉頰流下。儘管試著以穿梭物品之間的舉動加以捉弄，但法蒂瑪沒有看丟獵物的跡象。直接緊追不放。在平面上到處逃竄似乎是不利的。

魅影跑上眼前的木箱，將繩子掛上自天花板垂吊下來的鉤子橫越空中，在巴黎歌劇院的舞臺也做過好幾次。在月光照不到的地點著地，再度躲到木箱後面。

就連代理人似乎也出乎意料，只有止步於倉庫中央東張西望。一邊從箱子邊緣暗中觀察她這副模樣，魅影一邊整理呼吸。大吃一驚。在這個沒有像樣光源且充滿障礙物的房間，她竟能正確地持續鎖定位置。看起來她的武器不只有箭。真正的武器，是那宛如野生動物發亮的雙眼。

然而，兩者皆有弱點。可能是為了輕量化，十字弓的連射構造零件外露，看來只要施以一擊就能輕易破壞。而且不論視力多好，依然無法對付來自視線死角的攻擊。

魅影悄悄爬到木箱之上，把繩子掛上另一個鉤子。法蒂瑪還沒注意到這邊的動靜，臉面向相反的方向。利用這破綻，魅影往倉庫中央跳躍。目標是法蒂瑪左手的十字弓，完全是從死角發動的攻擊——

剎那，小小的疑問掠過腦海。

一開始，法蒂瑪說「在那裡對吧」，她是怎麼察覺到自己藏身之處的？

魅影坐在木箱後方，從入口應當看不見。自己那個時候做了什麼？對，只是咕噥「順利甩掉了嗎？」而已。

「對我來說，弓比槍方便。」

槍與十字弓，兩者的不同。槍的發射聲每一發都有巨大回音，相對的，十字弓即使連射也只有乾枯的聲音。這麼一來——

魅影發現自己犯的錯。

她的武器不是弓，也不是眼。

耳——

腳已經離開木箱，無法停止。魅影緊握繩子，高速接近敵人。就在即將撞上之際，彷彿分辨出繩子劃破風的聲音，法蒂瑪面向這裡。

銀色的箭，射穿魅影的右肩。

西館　展覽室

就在華生與兩名偵探——福爾摩斯，以及單手提著的輪堂鴉夜，一同進入西館，推開通往展覽室的門扉之時。

展覽室是占了西館一半以上的大房間，展示著身穿和服的女性人偶或印第安人偶，狼標本和犬拉雪橇，橫越大陸鐵路的火車頭前頭部分等等，與日本和北美相關的紀念品。每項都是在倫敦難得一見的珍品，但現在沒心情鑑賞。

華生等人原打算直接通過細長房間，但走了幾步便停了下來。因為發現月光照射的前方，如西洋棋棋盤圖案的地板上散落著什麼。遠比擺放於左右的展示品更罕見，更令人難以置信的物品。

警員們的屍體。

不是一人或兩人，而是十人、二十人。不，數量應該更多。從房間中央到黑暗壟罩的深處，數不盡的人倒地。他們的死因似乎並非單純的槍殺或毆打致死。有的人臉部扭曲口吐白沫，有人手腳被扭斷，有人被燒得焦黑，有人被壓在掉落的水晶吊燈底下……彷彿是一百個暴徒攻進來放手虐殺的，地獄景象。

「這、這是怎麼回事？」

儘管顫抖，但作為醫生的本能依然讓華生尋找存活者。只在擺放天狗面具的玻璃櫃附近，找到了一個在地板上爬行的警員。

「你還好嗎？發生什麼事了？」

和福爾摩斯一同衝上去。警員因恐懼而臉部痙攣著伸出了手。

「救、救命……」

彷彿配合這懇求，背後響起「啪嘰」的聲音。

警員的上衣為火焰包覆。

毫無徵兆，像是遭逢落雷般地起火。福爾摩斯大吃一驚趕忙脫下熊熊燃燒的警員衣服，華生踏熄了上面的火焰。雖只有輕度燒傷，但警員已經昏厥。

「怎麼搞的？」華生吁吁喘息。「剛剛發生什麼事了？」

「也許是放兔子到背上。」鴉夜說。

「咦？」

「我開玩笑的，請不要在意。」

「這種情況妳竟然能夠開玩笑！」

「因為我的存在就像是個玩笑。」

「華生，你最好拔槍出來。」

福爾摩斯出聲提醒。描繪波紋的眼眸，正凝視著深處的黑暗。

逐漸接近的腳步聲，還有輕快的口哨。華生恢復嚴肅，將裝著鴉夜的鳥籠放在玻璃櫃上，拔出槍，準備面對襲擊警員的犯人。

不久後在月光底下，一名青年現身。

頭戴黑色大禮帽，微捲的頭髮長度及肩。大件的長外衣前面敞開，底下的服裝是阿斯科特領巾的晚禮服。瀟灑的態度或是柔和的眼神，與眼前這情況徹底不相稱，甚至讓人以為是迷路誤入的普通人，但顯然就是這個男人殺死這些警員的。他一邊渡過屍體之海，一邊甚至看都沒看腳邊的那些警員。

「博物館內應保持安靜。」福爾摩斯說。「禁止吹口哨，或是燒人類。」

「因為我討厭安靜的地方。熱熱鬧鬧比較歡樂吧。」青年說道。「哎呀，我在報紙上看過你呢。你是名偵探夏洛克・福爾摩斯先生。還有華生醫生與……在後面的是什麼？」

他指著頭顱少女。鴉夜回答「我也是名偵探呀」，但青年發愣歪著頭。

「看樣子我沒掌握到你們的情報。」

「因為某位先生太受歡迎，所以我的名字報紙沒有。」

對鴉夜的諷刺充耳不聞，福爾摩斯詢問青年：

「這慘況是你一個人造成的嗎？」

「是呀。」

「怎麼辦到的?」

「用魔法。」

莫名其妙的回答。確實這個世界上棲息了許多吸血鬼或狼人之類超越人類智慧的怪物,但他們始終不過是完成獨自進化的生物。魔法或超自然這些現象乃是為科學所否定的。

但是福爾摩斯一副理解的模樣,點了點頭。

「剛剛的一句話讓我想起你的長相。你是阿萊斯特·克勞利對吧?」

「阿萊斯特……」

華生也對這名字有印象。門外漢的鴉夜問了句:「他是誰?」

「這男人不久前鬧得報刊沸沸揚揚。他自稱是魔法與命理研究家,在整個倫敦到處參加狂熱宗教團體,反覆進行彷彿殺害活祭品的殘酷儀式。警方目前也在通緝他。根據傳聞,現在是待在一個好像叫做『黃金黎明協會』的團體內……」

「我已經退出那裡了。因為很無聊。」本人提出了修正。「現在我在另一個拜託讓我加入的組織裡。」

「拜託讓你加入的組織?」福爾摩斯皺起眉頭。「你不是主謀嗎?」

「不是不是,我這種人只是小弟啦。昨天也被硬逼著去修自來水。」

華生愈發困惑。人稱「倫敦最邪惡的男人」的危險人物,只是個小弟?

「你們的目的是什麼?」福爾摩斯說。

「跟各位一樣,『倒數第二個夜晚』。」

「鑽石現在在羅蘋手上,你在這裡大鬧是搞錯地方。」

「沒關係。因為,我是負責伴攻的。不是說過了嗎,我是小弟嘛。啊,對了對了想起來了,我已經得到可以殺掉兩位的許可。」

阿萊斯特柔和的眼睛瞇得更細,舉起戴手套的右手。明明只是這樣的一個動作,卻讓華生感覺到像背上有蜈蚣到處爬的強烈寒意。

「我真開心,竟然能和名聞世界的福爾摩斯先生來場魔法般的對談。比起馬瑟斯、貝內特、葉慈那些人,你是至今為止最好的對象。首先要從什麼開始好呢?啊,不過一開始就是最愛還挺無聊的吧?那就先從華生醫生下手。」

伴隨天真的口吻,右手伸向華生。

「請你稍微窒息一下吧。」

彈了手指,發出「啪嘰」聲。

隨即,福爾摩斯從旁猛撞過來。兩個人一起倒下,狠狠地衝撞肩膀。一頭霧水的華生起身,福爾摩斯盯著放置於他們背後的玻璃櫃。

華生沒有立刻發現異狀。櫃子上是一臉裝模作樣的輪堂鴉夜,櫃子裡放著長鼻子的天狗面具。可是仔細一看,玻璃表面插著一根不到一公分的極小的針。

福爾摩斯拔起那根針，以月光照著鑑定。

「好像塗了強力毒藥呢。我記得這個香味，應該是安達曼群島原住民使用的麻痺毒吧。以前我曾經和他們的吹箭高手對決過。」

福爾摩斯將針往火車頭那邊丟。阿萊斯特像是覺得無聊地鼓起臉頰。

「你的雙手，看樣子是試圖以手套分散注意力，但我看到你的外展拇短肌異常發達的瞬間就明白了。也就是說，你的武器是手指。」

「手指？」

「彈指嗎？」在搞不清楚狀況的華生背後，鴉夜說道。「真是廉價的魔術手法呀。」

「意、意思是用手指彈出針嗎？那剛剛的聲音……」

「那是以拇指前端擊發子彈的聲音。只要扎進塗有毒藥的針對方就會窒息，只要彈出裝有燃料的膠囊讓燧石碰撞人體就會著火。因為剛才的警員上衣發出微微的汽油味。其他的情況也是一樣，只要使用那手指，應該就能施展出各式各樣的奇蹟作為吧。」

福爾摩斯往阿萊斯特靠近一步，重新拿好手槍。

「好了，你要怎麼辦呢魔法師小弟？手法被揭穿囉。」

阿萊斯特雖然輕輕收回伸出的手，但看來鬥志並未減弱。

「第一次觀看就識破，太厲害了，不愧是名偵探。」

一邊爽朗地低語，一邊掀起長外衣的前片。大衣內裡經過改造，應該是用作「子彈」的大量工具都能收在其中。好幾個口袋都能看到小鉛塊。放針或膠囊的容器，還有纏繞細鐵絲的捲軸。

英俊的笑容，邪惡地扭曲。

「那麼，我就得好好讓你閉嘴了。」

東館　展覽室

同一時間。另一邊的展覽室，有個邊喘邊跑的男人。雷斯垂德警官。

對警官而言，今晚是人生最糟糕的一晚。遭逢水攻，保險箱和鑽石被偷走，沒逮到羅蘋，隨後橋被破壞、新的襲擊犯入侵……甚至還收到警備隊毀滅的報告，難以置信也不想相信。總之必須先去北館，直接親眼確認狀況。

東館的展覽室與西館一樣，皆為細長的大房間，排列著印度與中國相關的紀念品。小型蒸汽船，黃色的中國服裝或婆羅門教的人偶，大象標本加上寺院祭壇等等，雷斯垂德不似旅行時的福克老爺，無暇他顧跑過充滿異國刺激的通道。室內沒有人的氣息，只有自己的宏亮腳步聲。

但是，當通往北館的門映入眼簾時，有一名警員從那裡走出來。是部下馬克法茲。

「馬克法茲！你沒事吧？」

雖然放心下來詢問，但馬克法茲沒有回應。他在空虛雙眼望著遠方的狀態下，緩緩地倒向側邊，使得地板發出黏稠感的聲音。

他的胸部以下染紅一片。

雷斯垂德連出聲呼喊都忘了，只是望著部下的屍體。接著，注意到有個女人站在部下的背後。

似乎從未沐浴在陽光底下，擁有宛如玻璃工藝般纖細美貌的千金小姐。深褐色長髮與玫瑰髮飾，深紫色長禮服無意隱藏充滿誘惑的身材，深開的胸口，還有從開叉可以一窺的潤澤長腿，曝晒於傾瀉而下的月光中。

雷斯垂德倒抽一口氣，卻不是因為受美色迷惑。女人的右手，握著血液沾濕的細劍。

「你是最後一個嗎？」

鞋跟發出聲響，女人踏入展覽室。最後——所謂的最後是什麼意思？其他的警員們怎麼了？快過思考，雷斯垂德已經拔槍。不是身為刑警的正義感，而是身為生物的防衛本能。

三發，連續射擊。

身體兩發，頭部一發。女人沒有閃躲，也沒有踉蹌。不到五秒傷口便填平，被擠出的子彈掉到地板上。

「別弄破呀，我很愛這件的。」

抓起長禮服的胸口部分，女人一臉困擾地發牢騷。

她——不是人類，是怪物。再生能力高到子彈也無效的種族。

「吸血鬼……」

雷斯垂德沒拿好，槍掉到地上。被譽為歐洲最強的「怪物之王」。想都沒想過竟會在倫敦中央遇上。吸血鬼是襲擊犯？對抗的手段只有銀與聖水。怎麼辦？

突然想起了什麼，手拉動懷錶的鍊子。上頭掛著結婚紀念日女兒送的小小十字架。純銀製且前端銳利，應當比槍更有效。

握住十字架，拿刀般地舉起。但是隨即敵人揮了一下劍，唯一的武器輕易被打掉，滑過地面，掉進擺放香港製菸管的展示櫃底下。

女人瞇著眼睛，彷彿在說「真是遺憾」。

雷斯垂德一屁股跌坐在地。女人靠近一步。染血的劍在眼前發光。在腦海中描繪那把刀的軌道，警官做好一死的心理準備。唉，果然是人生最糟糕的一晚。口乾舌燥，雙眼泛淚。女人無情地揮劍，由左而右——

那一瞬間。

有個出乎意料的東西衝入模糊的視野。

摩平的平底鞋，長襪包覆著的小腿肚。潔白的大腿，以及搖曳的黑裙。

宛如疾風突然加入的美腿，將即使槍擊也文風不動的吸血鬼踢飛到房間的另一側，發出斷音後著地。

以單手整理揚起的圍裙下襬，身穿女僕裝的女人視線往下看著雷斯垂德。

「您有受傷嗎？」

＊

遭到踢飛的卡蜜拉，手碰到地板後在蒸汽船的船首著地，重整姿勢。為了警界拉出距離。超越吸血鬼的反應速度將自己踢飛的是何者？不可能是尋常人類。是「勞合社」的那夥人嗎？

但敵人的真實身分，竟是身穿女僕裝的女孩這樣卡蜜拉連想都沒想過的人。險些沒命長得像黃鼠狼的男人看來也是相當意外。

「您有受傷嗎？」女僕詢問男人。男人嘴巴開開合合，好不容易回答出「啊、啊啊」。

「我沒事。謝謝妳……我記得，妳是和『鳥籠使者』在一起的。」

「我叫馳井靜句。」女僕伸手扶起男人。「對了，請問您有沒有看見『巴黎歌劇院的怪人』？」

「咦？沒有，我沒看到。」

「這樣呀。」

聽起來，簡直像就是為了詢問這個問題所以出手相助的口吻。名喚靜句的女孩接著將視線轉向卡蜜拉。應該是東洋人吧，五官給人儘管凜然卻不過度強烈的透明清澈印象，黑眼珠散發出絕對零度的目光。

真是合我口味的獵物——卡蜜拉心想。

「那位是哪位？」

「她、她是襲擊犯的同夥，應該是吸血鬼。槍對她沒用。」

「踢對我也沒用喔。」卡蜜拉說。「妳是什麼人？看起來不像是保險公司的。鳥籠使者是什麼啦！」

「偵探。」

「偵探？除了福爾摩斯還找其他的偵探來？那麼，妳是助手還是什麼？」

「我是女僕。」

「嗯……算了，打扮看來是這樣啦。」

「我也請問妳好了，請問有沒有看見『巴黎歌劇院的怪人』？」

「沒看到。」

「這樣呀。那麼我就此告辭。」

「不行，妳先等等！」

卡蜜拉忍不住大叫。這個女孩到底是怎麼搞的。卡蜜拉擦去刀上的血，亮在打算離開的靜句面前。

「妳想踢了人不管就這麼跑掉嗎？」

「不好意思，因為鴉夜小姐命令我去追魅影。」

「鴉夜小姐？」大概是偵探的名字吧。「嘿，是哦……我是奉命要消除礙事者。警察啦，偵探啦那些。我接下來預定要去南館，我可以在途中去見那位鴉夜小姐一面消除她嗎？」

靜句停下腳步。

回頭的她，靜靜地瞪著卡蜜拉。那是一雙將路過的吸血鬼明確地視為「敵人」的眼睛。宛如從冰冒出的冷氣，她的周圍霧狀的鬥志正在躍動——那同時也令人聯想到沸騰岩漿的蒸氣。

「……不這樣就沒意思了嘛。」

卡蜜拉開心舉起劍，但另一方面也對女僕的驟變態度感到些微焦躁。因為女僕看來太沒有恐懼了。彷彿，自信滿滿能夠輕鬆打倒身為吸血鬼的卡蜜拉。

靜句將手繞到背後，從圍裙打結的地方，拔出布包著的長型武器。然後對黃鼠狼臉的男人說了一句話：

「請您逃走吧，在這裡會變成累贅。」

「啊，好、好的……可是，妳打得贏嗎？對方是吸血鬼呀，得有專用的武器。」

「我有。」

拿開布的前端，露出銀色的刀刃。空氣中混雜了如同靜電的刺激，刺著卡蜜拉的臉頰。是純銀製的武器嗎？日本刀？不對，如果是日本刀那太長了。

「是薙刀嗎？」

卡蜜拉嗤之以鼻。

「我在書上看過，是日本無力的女人常使用的東西。妳看起來是在逞強所以我就先告訴妳吧，我在吸血鬼之中也是非常特別的，大家都說我的實力屈指可數。可不是妳舞弄那種無聊武器就能——」

原本從容不迫的卡蜜拉，隨著包覆武器的布逐漸剝除，笑容也凍結了。

出現的是小槍。

口徑〇・五英寸，長度三十三英寸以銀製作而成的槍身。而且接續的擊錘與排出彈殼的拉桿。描繪出曲線的扳機。形狀如刮刀的木製槍托。

後膛式，七連發的史賓賽騎兵槍。

然而，相較於普通的槍有一處明顯的差別。槍托的前端開始沿著槍身下方，焊接了約莫一指厚的銀板。銀板以槍口為界化為銳利的刀刃，再往前向上伸展。刀刃長度幾乎與槍身相同。沒有彎曲，刃文和稜線都是筆直的，美麗直刃。

「這、這是什麼！」

卡蜜拉茫然發問，靜句將那武器——從騎兵槍的槍口伸展出日本刀的奇怪武器，以右手握住擺出偏低的架式。銀色的刀身與槍身，靜悄悄地彷彿在呼吸反射著青白色的月光。

「這是『絕景』。」

中庭　中央廣場

與夜晚升起的月亮重疊，漆黑的鑽石漂浮在夜空中。

雖然似乎是伸手可及的距離，但津輕沒有時間那麼做。因為正處於被羅蘋踢中後天旋地轉的狀態，雷諾正拿著軍刀，焦急等著貪心的手臂。

被踢飛的津輕屁股撞上背後的石柱。羅蘋伸出手想抓住鑽石，但果不其然軍刀伸過來阻止。羅蘋順著縮手的力道直接扭轉身體，以腳去掃敵人的大腿。雷諾雖失去平衡，但用和方才在日光室內相同的手法以軍刀支撐身體，反踢怪盜的胸口。羅蘋猛力撞上旁邊另一根石柱，津輕接替他衝出來，在保險業者差點搶到鑽石之際撈起鑽石。

在庭園中央——被希臘遺跡風格石柱圍繞的小廣場之中，津輕與怪盜與保險公司的代理人持續爭搶鑽石。

羅蘋藉著拋出寶石，讓爭奪戰更加混沌至極。六個發亮的眼睛沒完沒了地追著融入黑夜的鑽石，每當任何一人伸出手，其他人便會加以阻止，牽制與反擊亂紛紛的。現在這個時間點沒有勝利者，「倒數第二個夜晚」宛若靈活的野兔在三人之間跳來跳去。

被撈起來的鑽石掠過雷諾的耳朵，從石柱反彈到石柱。津輕擺好架式準備接住，但

——

「啊！」

羅蘋的腳改變了飛行軌道。被踢的鑽石穿過石柱之間，飛向廣場外。再加上連追蹤的時間也不給人的雷諾襲擊過來。高速的刺擊掠過津輕的大衣，利用餘力轉變目標的軍刀劃破羅蘋的上衣，深深刺入石柱。

「唔？」

雷諾發出愚蠢的聲音。貫通力似乎惹禍了，軍刀拔不出來。羅蘋與津輕趁機脫離廣場。

「可惡，這衣服很貴的。」

「我的這可是唯一一件好衣服。」

「不對吧你的是打從一開始就傷痕累累又不是被他弄壞的！」

一面哀嘆破衣，兩人一面尋找鑽石的下落——找到了，在禮拜堂的前面。由於只亮了一根弧光燈，所以那一帶是明亮的。

競爭地拔腿狂奔。速度雖是津輕占上風，但羅蘋的位置較靠近禮拜堂。兩人同時抵達鑽石的地點，兩人同時伸手。

「──唔哇！」」

兩人同時趴下。因為白色石柱從背後飛來。回頭一看，是猛衝過來的雷諾身影。似乎拔出軍刀時順便折斷了柱子。

「喂！」羅蘋說。「破壞庭院會挨菲萊斯・福克的罵喔！」

「不用擔心，這棟房子有保險！」

保險從業人員插進津輕他們之間，用刀尖將鑽石挑向空中。津輕一爬起來便將雷諾的左手往上踢，軍刀離開代理人的手。咒罵著「可惡！」雷諾同時往後退。

撲向夜空寶石的津輕，以及與他對抗的羅蘋。短短兩秒之間，為了尋求伸手的空檔，怪盜和「殺鬼者」的胳臂交錯了好幾次。鑽石在津輕的手肘上反彈，撞上羅蘋的額頭，穿過他的手指──最後，被津輕的嘴巴接住。

面對睜大眼睛的羅蘋，津輕銜著鑽石回以滿臉的笑。終於到手了。這樣一來就獨自得勝了。津輕迅速轉身，打算被搶走之前逃跑。

就在此時。

大砲般的衝擊在肚臍深處爆開。

雷諾的左拳。

慘了，剛才他後退不是為了撿武器，而是為了踏穩雙腳累積力量嗎？這是八極拳之類使用的「震腳」。這麼說起來他攻擊的型態與其說是劍術不如說更接近武術。因此就算沒有軍刀「撞擊」的威力也沒有減弱，也就合理了。

思考如走馬燈流轉後，津輕的身體立刻被撞飛。橫膈膜慢慢往上推，雙腳輕易地離開地面。即使連累就站在後面的羅蘋也沒能停止，兩人一起撞破禮拜堂的門。

回神過來後，仰望高掛著十字架的牆壁。

禮拜堂內，看起來是不太使用的樸素構造。鋪著地毯的通道左右兩邊排列著長椅，靠近天花板的牆壁有花窗玻璃。深處是地板高起的祭壇。門的上方有座位，古老的風琴鎮守著。

因為撞入的力道而不得不吐出的鑽石，滾到祭壇前面。附近是羅蘋的身影。他接續津輕邊咳嗽邊起身，卻無意撲向鑽石，只是搖頭說「沒完沒了呀」。

「喂，青髮，暫時停戰。這樣爭下去也沒結果。總之我們先合力處理一下那個裝模作樣的保險人員吧，爭搶鑽石等那之後再來進行如何？」

「好主意。」津輕也正有此意。「你有什麼戰術嗎？」

「你當誘餌，我在二樓埋伏。」

「從上方偷襲嗎？這樣打得倒他嗎？」

「總之你等著看吧。」

剛一說完，羅蘋便跑上通往二樓座位的階梯。明明正在苦戰依然不為所動充滿自信。津輕站在通道正中間，等待「裝模作樣的保險人員」。

幾秒鐘後，安靜地推開從中間開啟的其中一扇門，雷諾・史汀哈德現身。軍刀已回到他的左手。他雖然視線朝向這裡，瞪著的卻非津輕而是「倒數的第二個夜晚」。神經質的眉毛扭曲得更厲害。

「貴重的鑽石沾滿了唾液……帶回去之前得好好消毒。」

「請不要以能帶回去為前提說話。」

必須稍微爭取點時間。

「諮詢警備部的人呀，為什麼那麼討厭怪物？」

「原因各不相同。有的人像法蒂瑪，行動出於純粹的正義感，也有那種饒不了怪物醜陋的變態，或者只是想要和厲害的怪物戰鬥的異常者。我並不是因為喜歡才跟你們為敵。」

「看起來你就是因為喜歡才這樣。」

「這個世界上，沒有人類喜愛碰觸灰塵或油膩膩的盤子，或是泥漿、嘔吐物和糞尿。人類喜歡的不是髒東西而是清潔。所有人都想得到清潔的環境，因此唯一的方法，就是無可奈何收拾髒東西。我也是這樣。」

「……」

「可以的話，我一點都不想接觸你們這些傢伙。」

雷諾走近一步。從花窗玻璃照入的月光，在純白大衣落下紅色或綠色的影子。就在二樓座位的欄杆正下方。

「我的朋友裡面，也曾有過像你這樣的人。」津輕說。「非常愛乾淨，個性仔細，每次在外面走動都這樣用力盯著地面，說著『哎呀蟲子怎樣或垃圾怎樣或汙垢怎樣』，東找西找。非常囉嗦讓每個人都傷透腦筋，但老是那樣子向下看的某一天——那個人——」

突然。

雷諾的身影，為巨大的木塊所取代。

從二樓掉下來的是風琴。比成年人雙手張開的幅度更寬的冬青櫟與錫的塊狀物猛力落下，將雷諾壓在底下，演奏出響徹整間房子的巨大不協調音。

「……被鳥大便擊中了。」

津輕小聲地說完故事。羅蘋神采奕奕走下階梯，觀察摔爛的風琴。

「成了嗎？」

「大成功。是說大概死了吧，亞森・羅蘋殺人了這不妙吧！」

「沒問題啦，這傢伙才沒那麼容易就會死……」

彷彿是呼應這句話，風琴動了。

一邊掉落木屑一邊緩緩隆起，風琴底下出現了白色大衣的男人。手漫不經心地一揮，風琴便從軍刀掉落，於一旁再度演奏出不協調音。

「……你看吧。」

這麼說道的羅蘋嘴角痙攣。津輕也只能模仿他的表情。

男人吐氣如蛇，脖子發出喀喀聲。美麗的銀色髮型塌了，破掉的額頭噴出來的鮮血流過臉頰與下巴前端，在白色大衣上擴散出紅色痕漬。可是，完全沒把這等重傷當一回事。

「剛剛我沒說嗎？」染上瘋狂的翡翠色眼睛，瞪著津輕他們。「沒說『不准弄髒我的大衣』嗎？」

隨即，

這次從背後的祭壇，傳來牆壁毀壞的聲音。

東館　備品倉庫

黑暗與幽靜之中，法蒂瑪・達布爾達茲集中注意力。

站在堆積的木箱上，閉起雙眼，她開始使用自己的最強武器——聽覺，搜索敵人。就像是提燈伸出光的觸手一般，持續鍛鍊的耳朵追蹤空氣中微弱的振動，逐漸揭穿潛藏於黑暗的形體。不論是吸血鬼還是食屍鬼還是人魚，至今為止沒有敵人能逃過她的搜索。

傳出小小的「喀啦」聲。零件從損壞的帆船模型掉落。天花板的鉤子發出金屬擠壓聲。剛才射出的銀箭刺入牆壁的力道造成的顫動聲。可是，這些全是雜音。

法蒂瑪更加集中精神。聽見劇烈的呼吸聲，狂跳的心跳聲，血液的滴落聲，破掉的衣服的摩擦聲。源頭是——

「呼、呼……」

源頭全是，她自己。

法蒂瑪放棄搜索，終於睜開眼睛。左手的十字弓遭到破壞，手肘正在流血。在最初一擊之前毫無問題。正確地捕捉靠近的敵人，射中對方的肩膀。但是從那以後，情況急速改變。

魅影在倉庫內自在四處行動，擺弄第七代理人。法蒂瑪死命地追蹤，但射了好幾支箭都沒辦法擊中魅影。現在也是背靠牆壁站著，完全不知敵人的下落。

「為、為什麼……」

「妳說為什麼？」

正側面傳來聲音。

「因為我是『巴黎歌劇院的怪人』。」

法蒂瑪瞬間伸出右手，銀色的箭連射。箭老套和諧地劃過空中，新破壞了一個木箱。敵人無影無蹤。

「雖然妳射箭的本領不錯，但和我天生相剋。」

突然，又傳出聲音。這次來自左側。

怪人的聲音，彷彿善變的蝙蝠在倉庫中飛來飛去。法蒂瑪追蹤著那不可能看得見的身影，不停左右搖頭。

「就像妳說的，我在巴黎歌劇院生活了二十年。」聲音來自背後。

「出生後立刻遭到雙親遺棄，受貧窮的木工一家照顧。」來自正面。

「十六歲時，木工正好參加歌劇院的整修工程。」腳邊。

「歌劇院有我所追求的一切：黑暗、寬廣空間。還有藝術。」正上方。

「我還以為在那裡我能不讓任何人看見自己醜陋的長相活下去。」遠去。

「我在地下二十三樓的地底湖蓋了祕密住家，但是生活並不快樂。」接近。

「為了在不讓別人看見身影的情況下活著，必須具備相稱的技術。」四點鐘方向。

「我努力學習。學習發音，學習音響學，學習聲音的特性與建築的構造。」四點鐘的反方向。

「持續學習了好幾年之久。歌劇院的一切都是我的老師。」牆壁裡？

「不久我得到了外號，『歌劇院的怪人』。」這次是木箱的——

「多大多高的聲音衝撞怎樣的物質後，會如何傳到對方身邊。無法鎖定位置的聲音，讓人對源頭產生錯覺的聲音，聲音的模仿，腳步聲，甚至是呼吸聲或衣物摩擦聲，於我而言全是自由自在。只要有空氣和反射物，不管是舞臺的天花板還是牆壁的內側或是化妝臺的抽屜裡，我的聲音都能出現。」

「意思就是——」聲音旋轉黑暗。

「在『聲音』的領域裡是不可能贏我的。」

在法蒂瑪的耳邊著地。

法蒂瑪宛如害怕的孩子發出尖叫，不顧周圍胡亂射箭。不到五秒剩下的箭便射光了。慌張地伸手拿腰帶上的彈匣，裝填接下來的箭。

這時，牆壁的另一側，傳來像是砸壞風琴的不協調音。

過於敏銳的聽覺是災難，法蒂瑪回頭往後看。什麼聲音？發生什麼事了？這個方向應該是通往禮拜堂。

突然回神時，左耳捕捉到劃過空中的聲音。身體一轉回來，右斜前方，怪人的身影自黑暗中出現。利用掛在鉤子上的繩子滑行過空中，逐漸逼近。因為被不協調音分散了注意力，發現時已經太遲，來不及閃避。

胸口被踢中——同時，法蒂瑪擊發右手的十字弓。

過度痛苦的一擊成功了。箭掠過怪人頭上，切斷繩子。

「……！」

失去支點的魅影，像是被鞦韆拋出的孩子猛撞上法蒂瑪。腳邊木箱倒塌，兩個人糾纏在一起撞破背後的牆壁——

卡蜜拉站在蒸汽船的船首，估量著首次行動的時機。黃鼠狼臉的刑警已經往北館逃走了，但她並不可惜沒能殺掉那刑警。因為更有魅力的，更需要注意的，更無法理解的對手出現了。

那個對手——自稱叫做馳井靜句的女孩，卡蜜拉細細觀察著。

鮑伯頭的柔軟髮絲，讓人看不出感情感情的工整五官。素淨女僕服的起伏，令人想像隱藏在底下的纖細腰線，修長緊實的四肢也十分美麗。最好的地方就是，那如刺扎人的冰冷眼神。啊，如果讓那雙眼睛泛淚該多麼愉快呀。剛才要是沒在玄關大廳偷吃就好了。

卡蜜拉握刀的手更加用力，努力壓抑住從胃下方湧上的虐待欲。禁止鬆懈。剛才的突襲已經讓卡蜜拉知道，這不是個普通女孩。而且最重要的是那武器，叫什麼太刀影來著的，有著奇怪形狀的那武器——

縱使外表是十幾歲的千金小姐，身為長生不老的吸血鬼，卡蜜拉的真實年齡已經超過了三百三十歲。騎士、聖者、吸血鬼獵人，和殺死的人類的數量成正比，一路也見過各式各樣的武器，但騎兵槍與日本刀的組合這還是第一次。這與火繩槍的前端加上短劍不同。從槍托到前端的全長，幾乎與使用者的身高匹敵，難以想像當作槍或是當作刀能夠好好地操控。打算用那如何戰鬥？

雖想試探真正的想法，靜句的內心卻是無法解讀。在沒有其他人活動的展覽室，兩個女人持續互瞪。

過了十秒，過了二十秒的時候。

中庭的方向，傳來像是砸壞風琴的不協調音。

靜句分心，原本關注在敵人的警戒中斷。

沒錯過這個破綻，卡蜜拉跳起。以細跟高跟鞋的腳尖往船首一蹬，一步就到靜句的眼前。鎖定肩膀攻擊，由左砍來。

連眨眼時間都沒有的吸血鬼速攻，靜句卻反應得過來。雙手拿著「絕景」的槍身，以日本刀的部分彈開卡蜜拉的劍。但是對峙的距離已經毀了。在如此接近的情況下要用那樣的長度攻擊——

「這樣不能隨機應變吧！」

卡蜜拉往旁邊翻身，由右攻擊靜句的腳。沒有時間以刀的部分回擊。這樣子就不過癮地結束了——

金屬聲阻止了卡蜜拉。

「絕景」彷彿滑過靜句手裡般，她將騎兵槍扳機的鐵圈綁住卡蜜拉的劍尖。沒有時間吃驚，劍尖便被往上頂，防禦空了。

靜句直接強行踏出腳步，右拳連同緊握住的槍身，重重打進卡蜜拉的臉。

「唔……」

出乎意料的攻擊使得卡蜜拉後退，兩者之間只空出了一步的距離。靜句再度往前踏，扭轉身體。

銀色的刀刃畫出弧線。

往下揮的刀刃，在地板上方兩英寸之處，彷彿對獵物逃脫感到可惜般，發出「鏗嗯」的聲音抖動著。再過去幾步，是瞬間往後跳開的卡蜜拉。

呼吸急促，擦拭滲血的嘴脣。由於沒有直接碰到「銀」，傷口馬上開始癒合。然而被人類對手毆打臉部，差點被砍成兩半，還沒出息地往後跳，這對三百三十歲的吸血鬼來說可是久違的屈辱。

靜句以毫不在意的態度，重新拿好「絕景」。卡蜜拉的血與唾液在她的手指上發光。

「我還以為妳是更高雅的人，沒想到這麼沒禮貌。」復原的嘴脣笑了。「像妳這種小孩有必要加以處罰。」

「沒必要對敵人講禮貌。」

靜句冷冷地回應，再度劈過來。

卡蜜拉當場突然消失，無聲無息地移動。沿著展示品形成的陰影繞到靜句的背後。

靜句將「絕景」轉到背後，越過肩膀接住卡蜜拉的刀。一轉頭便以槍托的尾端撞擊敵人胸口，接著再度大幅度揮動。卡蜜拉彈開這次的攻擊跳到另一側去。

染上月光的展覽室中，柔韌的兩個身影舞動著。

相較於徹底活用吸血鬼的敏捷，踏著無拘無束步伐的卡蜜拉，靜句則是變化自如揮動武器。原以為要握短當劍用，卻是拉出距離像是薙刀那般以雙手握住。接著以宛如棒術的巧妙轉動槍身，再度變成劍。究竟是徹底使用這武器到什麼地步？動作精準到令人幾乎忘了那奇怪的形狀。卡蜜拉的使劍才能也不遜色。每當雙刃交錯，她們的周圍便彷彿有妖精到處飛舞，塗上銀色的線。

好幾次火花四射後，靜句改變了架式。用右手拿著「絕景」的扳機附近，搭箭上弓一般地用力拉滿。左手為了瞄準往前移。

「『松島』。」

刀刃向上伸，連續細碎的刺擊。不是線而是點的攻擊。當成劍、薙刀還有棍棒使用後，這次是長槍嗎？卡蜜拉一邊用刀化解一邊左右移動，但連續攻擊如機器般快速正確。就在卡蜜拉預感到極限的剎那，刀刃瞄準她的心臟逼近。卡蜜拉反射性地往正後方退——

傳來手指套上扳機的聲音。

「完了……」

蓋過喊叫，銳利的子彈擊發聲震天動地。

方格圖案的地板上紅色血跡飛濺。卡蜜拉跪地，痛苦呻吟的同時用力按住側腹部。

刀離開她的手，掉落一旁。

「……原來如此。」

是那樣使用的武器呀。

雖然無意鬆懈，但在近戰中忘記了。忘了那武器是刀同時也是槍。刀刃的直線上總是有槍口等著。被直線的連續刺擊逼入縱向迴避，就在那時受到攻擊。

子彈是銀製的。儘管因為硬是扭轉身體所以只受了擦傷，但傷口就像是高溫的烙鐵碰觸發出咻咻的聲音冒著熱氣。再生能力對銀造成的傷無效。幾十年來不曾有過受自「人類」的傷。

靜句拉動位於槍身底部的拉桿，武器從扳機的位置折成兩段。迅速排出彈殼與裝填下一枚子彈後，再度將槍口對著卡蜜拉。

「結束了。」

「是呀，看樣子時間差不多到了。」

卡蜜拉吐氣，鬼魂般地搖搖晃晃站起來。

「與其說是結束，不如說從現在開始才是重頭戲。」

「……？」

「我不是說過了嗎？有必要處罰妳。」

吸血鬼妖豔地笑了笑。

隨即，「絕景」從靜句的右手滑落。

原本冷淡的臉滲出困惑，彷彿想問「為什麼沒有力氣」，靜句望著自己的右手。手指正在微弱地痙攣。雙腳更加不穩，身體傾斜。

卡蜜拉撲向靜句，緊抱住她的身體。不是為了救她而是為了追擊。臉一埋入白色的脖頸兒，呈現石榴般顏色的舌頭立刻黏糊糊地爬行。靜句雖馬上試圖推開，但手臂幾乎沒有殘存力量。

卡蜜拉將靜句按倒在展覽室的地板上。靜句的黑色眼眸空虛地顫抖，臉頰泛出像是發燒的紅色。

「妳做了什麼……」

「做了什麼？我什麼都沒做喔。做了什麼的是妳。」

卡蜜拉舉起靜句的右手，與靜句十指交握。彷彿是敏感的位置受到刺激，靜句發出沙啞的聲音。

「剛才妳這手，不是搶奪了我的嘴脣嗎？就是那個時候沾到手指的。因為量少所以要花點時間才開始生效。」

「沾到……」

取代回答，吸血鬼舔了舔自己的下脣。

嘴角，流下一道唾液。

「這我也是一開始就說過了，我在吸血鬼之中也是特別的。因為我有天生的毒素——對手只要碰到身體、就會麻痺發燙變成我的俘虜。雖然只對一半的人類有效，不過呢，就算對剩下的一半有效那些傢伙也不合我的胃口。像妳這樣年輕漂亮女孩子的血，我最愛了。」

靜句露出焦慮的神色。掙脫卡蜜拉的食指，試圖將麻痺的手伸向在地板上的「絕景」。但是卡蜜拉以鞋跟的前端踢了武器，輕鬆將其趕到黑暗之中。

「怎麼了呀？剛才的活力到哪兒去了？覺得可能會被吸血所以害怕起來了？真可愛。不過不用擔心，剛才我已經吸了一人分現在肚子很飽。」

——所以，妳是飯後甜點。

耳邊聽見低語，靜句扭動身體。一邊享受著徒勞的掙扎，卡蜜拉一邊將指甲伸向靜句的衣領，連同圍裙撕裂到胸口。類似肥皂素淨甜美的香味，透明潔白的肌膚。煽動欲望的苦悶表情。

果然吸血太可惜了。

「我要慢慢地品嘗妳，彌補妳對我又踢又打的分。」

卡蜜拉恍惚的雙眼濕潤起來，覆蓋在美麗的日本製糖人兒之上。

西館　展覽室

中庭的方向，傳來像是砸壞風琴的不協調音。

令人聯想到惡魔們的混聲合唱，震動整間宅第的神祕巨大聲響。阿萊斯特・克勞利弊上單眼，側耳傾聽餘音。

「真討厭，熱鬧起來了。」

以華生他們理解未及的爽快毫無顧忌地說。

展覽室內比剛才更混沌至極。地板上警員們的屍體上，破掉的玻璃和木頭碎片四散，小小的火焰到處搖曳著。展示品幾乎都遭破壞，牆壁也變成滿是孔洞的蜂窩狀態。敵人幾乎沒有從房間中央移動，華生與福爾摩斯在其周圍一味地東奔西逃。雖是打算兵分二路分散敵人的注意力，但效果有限。魔法師的手臂有兩條。

——啪嘰。

阿萊斯特的左手瞄準華生，已經聽見那宛如泡沫爆開的聲音響起不知多少次。像是受到操控，展示的狼標本跳起，襲向華生。華生在一頭霧水的情況下拚命奔跑。

「華生！」

福爾摩斯的叫聲，讓華生察覺到腳邊拉起的極細鐵絲。剛才也因為碰上這其中的一根讓肩膀負傷。伴隨著咒罵跳過陷阱，在地板上滾動。狼跑過頭上，碰到牆壁恢復成屍體。

「嗯，可惜。」

阿萊斯特的目標切換為福爾摩斯。右手朝向天花板，讓手指響了一聲。

——啪嘰。

隨即，吊掛處斷裂的水晶吊燈墜落。福爾摩斯往後跳倖免於被壓住，但著地處有個小水窪在等著。

——啪嘰。

水窪冒出火焰。連名偵探也愣住，專心地拍打著火的右腳。心想不能容許追擊，華生將槍口朝向敵人的背部。阿萊斯特回頭。瞄準他的胸口，華生扣下扳機。

——啪嘰。

彈指的聲音重疊在槍聲上。魔法師在空中抓住飛起的大禮帽，彷彿什麼也沒發生重新戴好。帽子上半部開了小洞。

「子、子彈……」

「不可以呀。這樣沒意思。用槍打死人這樣沒半點神祕色彩。」

——啪嘰啪嘰啪嘰啪嘰啪嘰。

聲音連續，背後的牆壁像是遭到機關槍掃射噴濺亂飛。連吃驚的時間都沒有，華生全力狂奔逃難。這樣下去不妙，有沒有哪裡能避難？火車頭的前半部映入眼簾。只有那裡可選。

繞到車頭後面攻擊停了。一旁傳來「沒事吧？」的冷靜聲音。福爾摩斯背靠著車輪，正在調整呼吸。褲腳燒得焦黑。

「我的肩膀沒什麼。你的腳呢？」

「沒事，襪子吸飽了護城河的水因此得救了。」

福爾摩斯說著「話雖如此——」，擦了擦額頭的汗水。

「好個強敵。」

「是呀。」華生由衷同意。「對手就像是驚奇盒。」

魔法的真相是透過雙手彈指。

即使破解了詭計，阿萊斯特的攻擊仍舊只能說是宛如魔法。從他指尖擊出的子彈主要有四種：福爾摩斯識破的毒針，裝汽油的膠囊與燧石兩者的組合，鉛粒，還有鐵絲的前端。彈出鉛粒粉碎牆壁或展示品，纏繞鐵絲拉近或切斷物品。非凡的威力與精準，再加上子彈的組合和用法也千變萬化。儘管目前持續驚險閃避成功，但時間拖得愈久狀況只有愈惡化。散布的汽油成了地雷，拉滿四周的鐵絲成了銳利的陷阱，我方行動逐漸增加限制。

「我心臟已經撐不住了。」華生叫苦。「剛才狼竟然撲過來攻擊我。」

「那只是用線操縱的。因為就算槍的子彈偏了還是可以扔出鉛粒。即使眼睛追不上子彈的速度，但從槍口的方向就能判讀軌道。」

「可是，那種把戲……」

「除非累積了相當的訓練，否則一般來說做不到。他不斷被宗教團體趕出來也說得通了。不論怎麼嚴重的神祕主義者，應當都無法處理他吧。」

福爾摩斯苦笑後，確認槍的彈筒。

「我的子彈用光了。你的呢？」

「我的剛剛也是最後一發，已經沒有預備的了。」

「你說已經沒了？你以前不是軍人嗎，常備的子彈要更多一點啦。」

「因為我沒想到搭檔會在地下室發射多達六枚子彈呀。」

「好了，怎麼辦呢。」華生的諷刺遭到福爾摩斯忽視。「沒有槍的話就只能以近戰打倒敵人，不過要縮短和他這種對手之間的距離，好像比泳渡德雷克海峽還難。」

「不過，他的子彈也不是無限多的吧？我們也四處奔逃滿久了，他差不多……」

「他不會沒子彈的。你認為開始和我們交戰後，他為什麼要到處大肆破壞牆壁和展示品？就是為了增加預備的子彈。只要是彈指高手，就算是常見的碎石塊，也能搖身一變為凶器。那個男人雖是瘋子，但不是傻子。」

「……」

華生從車輛邊緣偷看敵人的情況。阿萊斯特一臉若無其事的表情，正在和放在天狗面具展示櫃上面的輪堂鴉夜——這麼說起來，完全忘了她——交談。即使面對異形也絲毫不畏懼的那態度，就好似他本身也是怪物之一。

然後，再度浮現問題。能讓人稱「倫敦最邪惡的男人」的這個魔法師所服從，那個組織頭目是什麼來頭？如果能逮住他這一點應該也問得出來。

「你有什麼策略嗎？」

華生問。

福爾摩斯深思熟慮般地流轉視線，將亂掉的頭髮往後攏。

「我要用『巴流術』。」

*

鳥籠中的輪堂鴉夜，就那樣被放在天狗面具的展示櫃上，望著魔法師與偵探的攻防。

鴉夜雖然賞識昨天福爾摩斯他們愚弄津輕的實力，但看來就連偵探搭檔也不曾模擬過要和單靠手指就能引起奇蹟的男人戰鬥，而身處在絕對的劣勢中。福爾摩斯與華生從彈指攻擊中東奔西逃的結果就是方才兩人躲到火車頭的後面，遲遲未現身看來應該是正在研擬對策。

真是沒辦法，就好心幫忙爭取時間吧。鴉夜也想先取得襲擊犯相關的資訊，正是個好機會。

「要不要來聊一聊，鬍子老弟。」

鴉夜一出聲，阿萊斯特便開心地一邊說著「我也很在意妳呢」之類的話一邊接近。這也難怪，真有看見會說話的頭顱卻不在意的人類的話，還真想見對方一面。

「關於你們的目的，可以再跟我說得詳細一點嗎？為什麼想要『倒數第二個夜晚』？」

「因為聽說是尋找狼人的關鍵呀。我們從很久以前就在注意了，是因為好像要被羅蘋搶先一步只好採取強硬手段。」

「你們在找狼人呀？為什麼？」

他們也和「勞合社」一樣是消滅怪物主義者嗎？不對，如果是那應該不會和善地過來交談。阿萊斯特說「這個呀」，摸了摸下巴。

「最主要的目的，大概是採集吧。」

「採集？」

「雖然剛剛我說得很了不起的樣子，不過我們的組織還在發展，目前正在收集怪物。聽說加上狼人的話就幾乎完成了。」

「……」

彷彿沿著玻璃流下的雨珠，好幾個可能流入鴉夜的腦海。

組織還在發展，正在收集怪物。雖然這也能解讀成召募同志這樣的意思，但「採集」一詞讓人介意。彷彿是一種學術層面收集標本的說法。聽說就要完成了——傳聞形，短短的交談中竟用了兩次。這個男人自稱是組織的「小弟」。那麼正在進行「採集」的是組織的頭目？是打算製作什麼嗎？採集怪物以完成的，什麼——

「重要的是，我想知道妳的事情。」

阿萊斯特窺視鳥籠，鴉夜的推論因此中斷。

「為什麼脖子以下沒了，卻還是活得好好的？」

「只是因為不會死所以活著而已。我是所謂的『不死』，擁有不會死亡的身體。不對現在沒有身體這種講法怪怪的。」

雖是草率回答，可是魔法師似乎深感興趣的樣子。

「身體到哪裡去了？」

「天曉得。不久之前被搶走了，正在找。」

突然，阿萊斯特的英俊臉龐表演起多變表情。像是想起什麼般地挑眉，不安地游移視線，然後似乎是覺得有趣嘴角抽動。最後，他以勉強能聽見的音量小聲低語：

「搞不好，妳的身體在我們那邊。」

「咦？」

就在鴉夜想反問「什麼意思」之時，阿萊斯特的注意力回到了火車頭。

房間正中央站著夏洛克・福爾摩斯。

剛才亂竄的模樣已不復見。褪色成紅褐色的外衣捲成一團拿在左手，右手緊緊握拳，彷彿騎士威風凜凜目不轉睛看向這邊。水藍色眼睛描繪出的波紋密度提升了好幾倍，甚至在黑暗中不自然地閃閃發亮。讓人覺得不只是對峙的阿萊斯特，還有鴉夜、屍體、小小的火焰、摔壞的水晶吊燈，除此之外四散各處的一塊塊碎片，連溫度或氣壓或空氣的流動，房間裡的一切，全映在他的視網膜上。

感覺有哪裡不對勁的不只是鴉夜。阿萊斯特將右手伸入大衣內側，再緩緩地伸向福爾摩斯的方向。指尖是鉛粒。

——啪嘰。

彈飛出去的鉛粒以子彈的速度橫越房間，掠過福爾摩斯的肩膀，撞上牆壁。

「……」

沒打中？不對，是被閃過了？難以判斷情況，魔法師眉間扭曲。

福爾摩斯身體搖晃前倒，筆直地開始衝刺。

宛如滑行的動作。不是蹬地，而是利用膝蓋放鬆之際的重心移動的步法。鴉夜發現這是日本武術自古以來的移動方式。

啪嘰、啪嘰、啪嘰——阿萊斯特的指尖彈出好幾個泡泡。筆直接近過來的話就是彈指攻擊恰好的靶子。可是，福爾摩斯沒被打中。他以最小限度的動作避開鉛彈、毒針，用捲成一團的外衣接住鐵絲，沒有減緩速度逐漸縮短距離。彷彿十分清楚哪裡會出現什麼，敵人要如何行動。不對，不僅如此，福爾摩斯自己像是正在改寫未來。展覽室裡巨大鐘塔的內部正在浮現。阿萊斯特一舉手一投足皆為組合複雜離奇的齒輪構造所綑綁，福爾摩斯則是那唯一的管理員。

魔法師的眼睛浮現出驚愕時已經太遲，福爾摩斯踩穩最後一步。阿萊斯特打算往後退再度空出距離。福爾摩斯伸出右拳，以刺拳重擊退開的敵人左手。隨即，眼眸的光芒變淡，偵探當場跪了下去。一副精疲力盡的樣子。對阿萊斯特而言這次正是良機，但

「咕唔……」

他無法轉為攻擊，取而代之的發出如蛙鳴的痛苦呻吟。

就在剛才，被福爾摩斯拳頭攻擊的左手，被什麼細小的東西刺中了。

是毒針。一開始福爾摩斯他們閃開的，朝著火車頭方向拋出的毒針。

「所有的魔法都是附帶代價的。」

抬起滲汗的臉，福爾摩斯如講師般地笑了。

「這是初級喔，阿萊斯特老弟。」

阿萊斯特臉變成紫色的，脖頸浮出血管。他慌張地拿出裝有液體的小瓶子，喝下內容物。

「對，當然你也有解毒劑。不過……」

只有一瞬間。為了解毒而分心的魔法師變得看不見周遭。

像在等待這一刻，背後的展覽臺跳出一個人影。

是華生。福爾摩斯從正面突破引開注意力時，華生繞到阿萊斯特後面。飛撲的時機還有與阿萊斯特的相對位置，一切都如經過精心計算完美無缺。阿萊斯特雖伸手進大衣，但來不及彈指。華生的拳就要推倒他，直接——

碰！

即將產生結果之時，突然，鴉夜的背後傳出轟然巨響。

更勝剛才不協調音的震撼，讓所有人都停下了動作。華生維持飛撲的姿勢，阿萊斯特依然跌坐在地板上發愣望著門口的方向，福爾摩斯也因意料之外的情況表情僵硬。無法自力移動的鴉夜竭盡所能扭頭，看著背後想要知道發生何事。

剛剛自己這群人走進來的門飛了出去，塵埃飛揚瀰漫。腳步聲當中，出現了一個巨大身影。

「怪物老弟？」

「輪、輪堂鴉夜？」

鴉夜發出怪聲，對方也以同樣的語調回應。沒錯，儘管身穿時髦晚禮服長齊了頭髮眉毛，但確實是在布魯塞爾案子中遇見的人造人。為什麼會在倫敦？鴉夜想詢問卻沒機會。

「維克多，你的朋友呀？」

「啊，是呀。我在比利時的時候，和她稍微說過話。」

「這樣呀……哦，這可真驚人。我也認識。」

看到接著出現的另一個男人，鴉夜說不出話。

圓頂硬禮帽，黑色長大衣。發出乾枯腳步聲的右腳。還有，握把刻有「M」字的黑色手杖。

鴉夜認為這個男人與人造人一樣，是自己認識的。是在夢裡也見過的身影，一直在尋找追求的老紳士。但是，這怎麼可能——

「福爾摩斯。」華生愣愣地說。「白天的咖啡你放古柯鹼進去了嗎？」

「我沒放，華生。因為你愛喝黑咖啡吧。」

「可是，我現在看到幻覺了。」

「很不湊巧你看到的是現實。」

夏洛克．福爾摩斯慢慢地站起來。他重新穿好外衣，以突然和老朋友重逢的平常態度，臉上卻沒有笑，喊出老紳士的名字。

「好久不見了，莫里亞蒂教授。」

「好久不見，萊辛巴赫過後就沒見過了呢。」

老紳士穩重地舉起帽子。
看著在影子籠罩下、宛如爬蟲類發亮的眼睛，鴉夜確定了。
奪走自己脖子以下部位的，就是這個男人。

中庭　禮拜堂

一開始還以為是破壞風琴遭報應了，倘若如此那麼神似乎派來了非常奇妙的使者。
撞破牆壁跌進禮拜堂的，是站在木箱上的兩個人影。人影交纏在一起倒到祭壇面前。木箱的角啪嚓一聲裂開，石灰還是什麼的麻袋從那裡擠出來，揚起夾雜白粉的塵土。
津輕與羅蘋與雷諾，皆因突如其來的情況只能雙眼圓睜。牆壁破洞的另一邊看得到寬廣的倉庫。
「唔唔。」
一面搓揉著頭，闖入者們一面起身。
穿燕尾服戴面具的男人，以及手臂裝了十字弓的褐色肌膚女孩——「巴黎歌劇院的怪人」與「勞合社」的第七代理人。
「艾瑞克？」羅蘋出聲。「你在這裡做什麼？」

「這是我要說的話。你不是應該在南館嗎……你的晚禮服破掉了喔。」

「你肩膀上插著箭。」

「謝謝你告訴我。」

魅影呻吟般地說，環顧禮拜堂。

「正在忙？」

「嗯，有一點。不過剛好，我正在想需要個幫手。」

「說的沒錯。」

表示同意的是雷諾。

「法蒂瑪，『怪人』這樣的對手妳竟然搞到手受傷。」

「對、對不起……應該是說雷諾先生沒事嗎？頭破血流了。」

「我沒問題。妳也還可以動吧？任務繼續。清掃垃圾然後取回鑽石。」

「鑽石……啊！」

法蒂瑪發現滾落到他們與津輕一夥人之間的「倒數第二個夜晚」，立刻重新擺好十字弓。雷諾繞過長椅，從右側到她旁邊與她並排。羅蘋則是相反，繞過左側到魅影旁邊占地盤，對搭檔笑著說「這次你逃不掉了喔」。

包圍祭壇鑽石的，右邊是「勞合社」，左邊是怪盜，中央通道則有津輕在。呈現這樣形勢——不，等一下。

「可以讓我說句話嗎？」

津輕客氣地舉起單手。

「如果我算錯就好了，但我覺得這情況怎麼看都是變成二對二對一了。」

「好像是呢。」羅蘋說。

「好像是的話那我很頭疼呀！這樣不是只有我非常不利嗎？」

「活該，你這個怪物。」雷諾不屑地說。「就給我這樣去死吧。」

「怎麼這麼說呢。我又不是要招供博取同情的犯人。」

「你說什麼？」

「我是薄情寡義。」

雖試著開玩笑，但只起了讓氣氛變得冰冷緊張的作用。

四人已經準備隨時開戰，開始步步縮短與鑽石的距離。「真是敗給你們了呀」一邊這麼發牢騷，津輕一邊也握緊拳頭。採取半蹲的姿勢，繃緊神經不論誰行動都能應戰。

儘管本領高強但敵方多達四人而我方只有自己一個這種情況到底沒經歷過。靜句小姐會不會來支援呀？她應該是去追魅影了卻不在這裡是怎麼回事呢。是正在和襲擊犯的某人交戰嗎？

這麼說起來，還搞不清楚襲擊犯是怎樣的一夥人──

鏘哩。

就在津輕這麼思考著的時候。

左側牆壁，祭壇附近的花窗玻璃破了。

羅蘋他們回頭往後看，津輕與「勞合社」的兩個人也抬頭看窗戶。大天使加百列的聖母領報，只留下窗框破裂成紅藍綠的美麗碎片，反射著月光傾瀉到祭壇的地板上。

夾雜在那光芒閃耀之中，赤紅色的人影躍入禮拜堂。

是個青年。顏色如熊熊燃燒的捲髮遮住眼睛，雙唇緊閉，右眼下方直拉出一條紅色的線。胭脂色有領背心，打得緊緊的緋紅色領帶，乾淨無皺的白襯衫和灰褲子，服裝令人聯想到認真的學生。年齡或體格看來皆與津輕或羅蘋無異。

可是。

他著地的瞬間，發出非常微弱一聲「咚」的聲音。彷彿是從腳尖產生的波紋沿著地板擴散，紅黑色海嘯襲擊津輕等人。

沉重如鉛，血色的急流。羅蘋與魅影遭吞沒，雷諾與法蒂瑪的身影完全消失，津輕的肺被壓扁。木箱的碎片和壞掉的風琴被沖走，整座禮拜堂逐漸沉入那紅色——那是一股甚至讓人產生這等錯覺、與昨天面對雷諾或羅蘋所感受到根本不能相比的殺氣。

然而，男人非常從容自若，完全沒有威嚇的態度。他並未散發殺氣。但是以津輕為首，看見男人身影的所有人，都單方面地感受到從他深處滿溢出來某種難以名狀的什麼。禮拜堂的五個人因為同樣的恐懼而顫抖，懷抱同樣的危機，同時擁有同樣的無理。

怎麼回事。

這傢伙，是怎麼回事。

為什麼這種東西，會在這裡——

男人的雙腳動了。

走過羅蘋與魅影之間（他們連動都不敢動），移動到祭壇中央。撿起掉落在那裡的漆黑鑽石，宛若判定真偽地細看後，說了一句話。

「找到了。」

「法蒂瑪！」雷諾大叫。「掩護我！」

他的眼睛，已經看不見鑽石或津輕或怪盜。必須盡快將這個怪物，有如天災突然出現千真萬確的怪物排除。只有受到這義務感驅動，雷諾朝紅髮男人衝去。法蒂瑪也回應「好、好的」，瞄準男人放箭。

銀箭射中天花板。

閃耀著青銅色的十字弓，與褐色的胳臂一同轉呀轉的，掉落在她的腳邊。

不知男人是何時行動的。但是津輕他們發現時，男人已經站在法蒂瑪前面，將她的右肘到指尖漂亮地切斷。

「咦？」
指尖抵著發愣的法蒂瑪胸口，男人直接像是在劃十字一般地揮動手臂。
「嗡咿——」
宛如蚊子叫的呼吸洩出後，從喉嚨到肚臍一帶以及從右胸到左胸一帶，法蒂瑪的上半身隨即連同衣服被切開。遲了一瞬間血花迸射，她的眼睛失去生氣。倒地的撞擊使得內臟從肋骨下側掉出，神聖的祭壇的地板染成了紅與紫。
「……！」
雷諾沒有畏縮。以幾乎要陷入地板的力道轉身，再次衝向男人。銀色軍刀畫出一條線——
彷彿揮舞毛巾的，輕輕的聲音。
看起來只不過像是紅髮男人伸出了手。不，實際上應該真的只是伸出手而已。光是這樣雷諾的身體就橫越禮拜堂，猛撞上對向的牆壁。他拖拖拉拉地摩擦著牆倒下，就此動也不動。牆壁留下像是用毛筆掃過的血跡。
紅髮男人呼吸絲毫未亂，往中央通道踏出腳步。羅蘋與魅影當場結凍，津輕為了讓路往法蒂瑪屍體的方向後退。男子一副打從一開始便根本沒把津輕等人的存在放在心上的樣子。
還以為要直接離開，男子卻在門前停下腳步。他撿起風琴的碎片，投擲到壞掉的門扉外面——似乎擊中立在旁邊的弧光燈，玻璃罩被打破。白光增強，照得門前宛如正午。

男人舉起手，將鑽石放到光亮之中。

「艾瑞克。」

羅蘋平靜地說。

「趁現在，我們快逃。走這邊的洞，這是通到東館的倉庫對吧？」

「啊，好……可是，鑽石……」

「別管了！快逃！」

方才為止的自信半點不剩。甚至連額頭浮現的汗珠也忘了擦拭，羅蘋瞥了紅髮男人一眼。

「我們怎麼可能從那種怪物手中拿回鑽石。」

西館　展覽室

詹姆斯・莫里亞蒂這個名字，鴉夜也有印象。

在數學教授這個偽裝背後，策畫許多的智慧型犯罪，乃是稱霸倫敦黑暗世界的男人。儘管不親自動手，卻成為惡黨凶徒的總指揮創造了龐大組織，影響如蜘蛛網擴大，甚至謠傳說某一段時期倫敦發生的懸案幾乎皆與莫里亞蒂有關。可是他在與夏洛克・福爾摩斯的對決中吞敗，死在瑞士。組織解體，壞事曝光，那名字成了過去之物——原本該是這樣。

「我沒想到你還活著，教授。」

福爾摩斯說道。儘管阿萊斯特泰然自若往同伴們的身邊移動，但偵探早已無心注意他，眼裡只看見老紳士。

「連你也活著呀，那麼我活著應該也沒什麼奇怪的。」

莫里亞蒂態度不好惹地回應，用手杖的前端指著鴉夜。

「我反而對那邊的大小姐活著一事感到吃驚呢……哎呀，某個意義來說這也是理所當然吧。因為她是叫做『不死』的怪物。」

教授嗤嗤地笑著。鴉夜無心奉陪這玩笑。

「我也很吃驚，沒想到竟然在這種地方偶遇一直在尋找的對象。」

「妳也和他有什麼恩怨嗎？」福爾摩斯問。

「大概一年前我脖子以下的部位被他拿走了。」鴉夜輕鬆地回答。「雖然我現在才首度得知莫里亞蒂這個名字，不過說得通。既然以前是犯罪組織的皇帝，那很有可能搶走別人脖子以下的部位，而且這名字的縮寫也和手杖的刻字一樣。」

莫里亞蒂邊撫摸著黑色握把邊點頭。

「原來如此。妳是從手杖找尋資訊嗎？但是，妳這樣沒辦法自行移動吧。是拜託誰帶妳來的？」

「很不湊巧我呢——」

「隨從是兩個嗎？一個個性粗枝大葉另一個一絲不苟。一絲不苟的那位大概是曾經待過府上的傭人的倖存者吧。另一位我是不知道來歷，但從能夠代替傭人搬運妳這一點推測，似乎是個對自己能力十分有信心的人物。」

鴉夜說不出話來。為什麼會知道這些？是人造人打小報告嗎？……不對，是鳥籠吧。津輕這裡撞那裡碰的造成細小的傷痕，但負責保養的是靜句，柵欄和提把都擦得乾乾淨淨。

莫里亞蒂看透鴉夜的內心動搖，似乎樂在其中。鴉夜紫色的眼睛瞪著敵人。

「我的身體現在在哪裡？」

「在我那邊，狀態完美。」

「可以還給我嗎？」

「這沒得商量，因為妳的身體是貴重的樣本。」

「樣本……」

鴉夜觀察教授，試圖取得資訊。然而這目的立刻受挫。脖子以下被搶走的時候也是一樣，莫里亞蒂特意隱藏關於自己與同夥的所有資訊。鞋子服裝都沒有連結到所在之處的線索，只有刻字的黑色手杖玩笑般地毫無防備。
一時之間展覽室寂靜無聲，每個人各自看不見的思緒如暴風猛吹。福爾摩斯與鴉夜相同凝視著宿敵，華生露出警戒之意往後退了兩、三步。莫里亞蒂臉上從容的笑沒有停過，在他背後的阿萊斯特與人造人，則只是宛如朋友之間以手指互戳著玩那樣正在視線接觸，讓人覺得實在悠閒。
「阿萊斯特說的『組織』的領導人，就是你嗎？」
華生問道。教授回答「沒錯」。
「你和福爾摩斯決鬥之後過了八年。為什麼事到如今還回來？為什麼再次在倫敦開始活動？」
「你知道理查・特里維西克吧。」
莫里亞蒂突然這麼說，看了展示品的火車頭一眼。
「他一七七一年出生於康沃爾郡。雖然不擅長念書，卻受到身為礦山領班的父親的影響，在鍋爐技術方面發揮才能。他想開發借助蒸汽機力量行動的車輛，一八〇一年，名叫『噴煙惡魔號』的試作機進行了值得紀念的首度行駛。但是惡魔號沒跑完長距離便在路邊燒起來。實驗徹底失敗。特里維西克的長年技術、知識和創意全化為灰燼。好了，你認為在那之後他怎麼辦？」
「……」

「就是再一次重新製造。活用失敗，加上改良。他的想法是車輪在普通的道路跑得不穩缺乏實用性。假如是在鐵製的軌道上那一定安穩。三年後，他的火車頭拉著十噸的鐵與七十名乘客，跑完從潘尼達倫到阿伯塞農大概十英里的距離。然後，他成為了蒸汽火車的發明人。」

福爾摩斯從口袋拿出菸斗，摩擦火柴點火。

「你打算重新建立犯罪組織嗎？」

「因為我想到改良的方法了。很科學吧？」

「也許是吧，不過我覺得不踏實。你已經老了。」

「你這一針見血很好。唉老實說，我自己本來也打算隱退了。可是，想不到就收了個徒弟呢，我從他身上受到了刺激。」

「徒弟？」

「這事情和頭顱小姐也有關。我就扼要講一下被福爾摩斯老弟殺死之後的事情給各位聽吧……維克多，可以幫我準備一張椅子嗎？」

收到命令的人造人——好像取了維克多這個名字——走到展覽室的角落，搬來警備員坐的椅子。

裝義足的老紳士坐下後，像是要在壁爐前朗讀童話，依序望了望鴉夜等人。

「在萊辛巴赫瀑布輸掉後，我雖然勉強撿回一命，但熱情和精力都徹底受到打擊。組織被你擊潰，我也失去了右腳。於是我一邊隱姓埋名一邊往東流浪。在義大利待一年，土耳其待兩年……後來一直待在清國，在西安模仿算命師。那跟福爾摩斯老弟的工作很像呢。看了上門的訪客一眼，說『你正在為了和某人的關係煩惱』或是『你哪裡生病了』類似這樣子。還頗受人歡迎呢。但是，有一天——出現了一個青年。」

青年。鴉夜心想「是那個冒牌魔法師嗎」，視線朝向阿萊斯特。他察覺到鴉夜的視線，笑咪咪地搖搖頭。

「是個有著一頭亞麻色捲髮的英國人。不知道他是怎麼查出我的下落，但他一見到我就說『我讀過你的論文』。那是一篇關於細胞移植的概論，以前曾經刊在科學雜誌上。和他討論的過程中我得知了有趣的事情。他說『我想要強壯的肉體』，又說『我想將怪物混進自己的身體，請告訴我移植手術的知識』。剛開始我懷疑自己聽錯了。目標是將自己怪物化什麼的，簡直是瘋了。不過，同時我也覺得有意思。以人工方式獲得怪物能力的人類——假如成功了，其利用價值可是不可估量。我捨棄退隱生活，和他立下師徒契約。」

「你說的那個青年是誰？」

福爾摩斯謹慎地問道。

「是個你們也知道的人。十一年前，還只有十五歲的時候，在東區達成完全犯罪的男人。」

十一年前，倫敦東區。

即使是出生於日本的鴉夜，儘管不太清楚也具備關於那「案件」的知識。

至於倫敦的偵探們應該更不用說了。華生嚇得摀住嘴巴，福爾摩斯為了隱藏嘆氣吐出白煙。

「是『開膛手傑克』嗎？」

中庭　禮拜堂

「很美的石頭吧？聽說是人造的就是了。」

津輕向胭脂色的背影攀談。紅色捲髮男放下拿著漆黑鑽石的手，回頭看津輕。

「正因為是人造的所以才美。」

男人如此回應，從耀眼的弧光燈底下回到朦朧的月光之中。宛如他本身就是精巧的藝術品，聲音柔軟而無抑揚。再看了鑽石一眼後，收進背心腹部位置的左口袋，環顧禮拜堂內部。

「羅蘋他們呢？」

「逃走了，從牆上的洞跑了。」

「你為什麼留下來？」

「因為沒把鑽石帶回去我會挨師父的罵呀……我在想要不要拿回來。」

津輕從長椅的陰影處走到通道上，與紅髮男人對峙。

在對方賞玩鑽石的時候，津輕已經做好初步的準備。右手拿銀色軍刀，左手是裝石灰的麻袋。軍刀是和已無法戰鬥的雷諾借用的物品，麻袋是和魅影他們一同滾進來的木箱裡頭裝的東西。

「你想和我戰鬥嗎？」男人微微側著頭。「你應該是『希望自殺』吧。」

「因為師父的斥責比死還恐怖。」

「……也有那種思想嗎？」

說出哲學家風格的遣詞用句，男人撫摸下顎。雖是個難以親近的對象，但毫無疑問是強敵。努力不讓壓迫感吞沒，津輕靜靜地吸氣。

「我是戰慄恐怖的『殺鬼者』真打津輕，貴姓大名？」

「好長的名字呀。」男人嘴角稍微放鬆了些。「現在的夥伴叫我『傑克』。」

「好記比什麼都重要。」

津輕以擲標槍的方式拿好軍刀，說著「那麼傑克先生——」並大喊道：

「請你，手下留情！」

朝男人投出。

以不亞於雷諾刺擊的力道，軍刀畫出銀色的線條。紅髮男子——傑克，往旁邊移一步，輕易閃過。

但是在他移動到的地點，這次受到麻袋的攻擊——接在軍刀之後津輕丟出來的、體積遠遠超過劍的大障礙物。沒有再度踏穩腳步閃身的時間。會有什麼回應？

該說是果然，還是竟然？

傑克的右手縱向往下揮。

發出「啪！」的破裂聲，麻布被割成兩半，石灰粉猛力噴出。

剛才十字劃開法蒂瑪胸膛的也是那隻手。切斷她右手的應該也是同一隻手。如餐具用的刀，如手術刀，如劍切開一切的手——到底是怎樣的機關？是不是藏有什麼武器？

話雖如此，這和津輕預期的一樣。石灰瞬間擴散，白煙籠罩禮拜堂內。津輕混進粉塵跑過長椅外側，打算潛入傑克的周圍——

煙霧之中，出現紅色身影。

是傑克。

胭脂色的衣服繚繞白煙，彷彿看透津輕的目的擋在前方。他毫無感情地詢問嚇得瞠目的津輕：

「干擾眼睛的攻擊結束了嗎？」

「還沒，還有一個。」

津輕將插在口袋的左手拔出來，

在敵人眼前捏破紅黑色的球。

球「噗啾」一聲破裂，赤紅液體從指間四散。遭噴到臉上的血遮蔽視野，只有那麼一瞬間傑克裹足不前。

津輕用力打出在下方準備好的右手。

使盡全身力氣的一擊。空氣發出呻吟，粉塵像是受到拳頭的壓力消散。

禮拜堂內再度暴露於月光底下。維持著右手伸出的姿勢，津輕靜止不動。

但——

「可惜。」

敵人毫髮無傷。

津輕的右拳，只擦過了背心的左側腹部。傑克沒有受傷，往後跳到隔著長椅的中央通道。

津輕像是蒙混自己的悔恨般地丟棄破掉的紅球。傑克緩緩地面向祭壇。在那裡的是牆壁和玻璃的碎片、壞掉的木箱、以及，內臟傾瀉一地的法蒂瑪屍體。

「你用的是心臟嗎？」傑克說。「事先就暗藏在口袋裡？」

「因為正合適嘛。」

「你……從一開始就打算這麼做？」

傑克用袖子擦拭噴到臉上的血。有那麼一瞬間將瀏海往後攏，瞳孔大開的大紅色眼睛射穿津輕。

「我殺死女代理人的時候，你眼睛發亮的方式和其他人不一樣。當其他人大發雷霆或全身僵硬的時候，你用看不出有什麼不自然的動作接近屍體。應該是從那一刻開始你就計畫要用內臟干擾我的眼睛吧。在混亂的漩渦中，你一直在擬定打倒我的策略。連女人在眼前遭到殘忍殺死的時候，你最先想到的也是『可以利用』。我有說錯嗎？」

津輕靜靜地聳了聳肩。

「你呀，腦袋是不是有問題？」

傑克嘴角上揚。與方才不同，看起來是由衷感到開心的笑。

「不過這是十分入味的思想。如果混合，也許能成為我的糧食。」

由左依序解開袖口的扣子，他將長袖上捲到手肘的位置。

看到露出來的那兩條手臂，津輕吞了吞唾液。

「手下留情」似乎打從一開始就沒得商量。傑克的雙手宛若兩把利劍。像是在鋼鐵上覆蓋皮膚一般不尋常的密度。浮現出來的掌骨或肱橈肌的線條訴說的是不合標準的熟練度。從伸得直直形成手刀形狀的指尖聯想到的，是肉體不應有的鋒利。津輕領悟到切碎法蒂瑪的身體，將痲袋一分為二的物品的真相。不是機關也不是暗器。單純就是，手刀的威力、速度與銳利。

還有另一點。他的雙手沿著動脈，有分岔的大紅色線條。津輕一直擱在心裡的怪異感開始具體了。身體有這種線條的人種，就他所知只有一個。

半人半鬼。

不，這種不祥可憎的壓迫感不限於此。似乎還混了更多的，其他的什麼怪物……

津輕脫下滿是補丁的大衣，捲起來拋到禮拜堂的角落。鞋子與襪子與手套也脫下丟在一旁，變成皺巴巴的襯衫與吊帶褲這樣的輕裝後，與傑克同樣捲起袖子到兩肘，褲子也捲到膝蓋。這是為了讓鬼的攻擊力透出到極限，面對怪物戰鬥時的正經樣貌。

這樣的津輕，手腳上有著與敵人非常相似的青色線條。

傑克發出「哦」的聲音。

「我在哪裡見過你嗎？」

「天曉得……我是個沒用的蠢蛋，早就忘了。」

津輕前進半步，取代打氣般地拉了拉單側的吊帶，發出「啪嘰」的聲音。傑克依然挺直腰桿子，在身體面前架起兩把手刀。

主流與個人。重厚與輕薄。西洋與東洋。紅與青。

不知是誰先發動攻擊——呈現對照的兩隻怪物，在禮拜堂中央互相衝撞。

西館　展覽室

「我們注目的是名為『鬼』與『不死』的兩種怪物。棲息地都是日本。鬼擁有對所有怪物的絕對攻擊力，不死則擁有最高等級的再生能力——哎呀，這在當事人面前用不著說明吧。」

莫里亞蒂生動地訴說製造怪物的研究過程。不知不覺中他的身影，正從壁爐前的老人轉變為在學會上臺發言的教授。

「如果將『鬼』與『不死』的能力混合進人類，那麼頭腦、肉體與再生能力，兼具一切的生物就誕生了。我與傑克立刻渡海到日本去，整理出研究計畫。首先是鬼。由於鬼的個體數急速減少，取得樣本很是困難，不過我們在未開拓的深山裡到處找總算是找到了幾個。人類方面數量無虞。範圍縮小到年輕強壯的肉體，聚集了採礦工啦船員啦落魄的傭兵啦大概二十人。我將從鬼身上抽出的細胞移植到他們體內，照顧整個經過。」

「雖說是照顧，可那二十人應該也不是欣然變成被驗體的吧？」

鴉夜試探，教授苦笑著說：

「總之，我幾乎都是隔著籠子觀察經過的。雖然有人中途逃脫，但研究大致順利。」

鴉夜得到一個答案。她知道逃走者的名字。一個名叫真打津輕的男人。

「變化立刻顯現了。所有被驗體都沿著動脈出現和移植的鬼體表同樣顏色的斑點，頭髮和眼睛的顏色也變了，身體能力大幅提升。手術本身成功是成功的。但是，不到一個月超過一半的人發狂。因為施加的鬼的濃度太高。濃度較低的被驗體相較之外就穩定得多。反映這樣的成果，我對傑克施行了比例均衡的移植手術。」

以津輕他們的身體反復實驗，然後對同伴手術——鴉夜主張的假設是正確的。

「於是，半人半鬼完成了。接下來是不死。這比鬼更稀少，日本就只有一個。雖然為了查出下落花了點時間——不過結果如何，妳應該是最清楚的吧？」

「是呀。」鴉夜不在乎地回應。「清楚到痛徹心肺呢。」

那是和今晚相同的晴朗夜晚。國家開始與外國往來後，鴉夜便以半隱居的形式，在遠離人煙的宅第與馳井家一族過日子。就在那裡突然受到襲擊。除了靜句之外馳井家的高手全死了。獲得鬼之力的那個叫什麼傑克的切斷鴉夜脖子，帶走身體。

「所以你把我的身體也用於手術了？」

「雖說是用了，也不過就是從傑克留下的傷口放血那樣而已。移植手術本身很順利。但是，出現一個算錯的問題，就是再生能力並未扎根進傑克身體。原因在調查細胞過後我就知道了，不死的身體構造與其他怪物基本上是相異的。大概是和半人半鬼相同，應該是人工後天製造出來的生物。」

一直專心聽著的福爾摩斯，因為這句話挑起單側眉毛。

「輪堂鴉夜，妳也是接受過某人的手術嗎？」

「嗯，是呀。在大概九百五十年前。」

「到底是誰？」

「一個變態。超級變態。」

福爾摩斯眨了眨眼，不再提問。他無意岔開話題。

「不管是誰，我都十分敬佩那號人物。」莫里亞蒂說。「我竭力想要探究妳身體的構造，卻完全無法理解。不過移植手術並不是說失敗了。不死的細胞雖沒帶來再生能力，卻給了傑克的身體強固的免疫力。原本不安定的鬼細胞也完全扎根了。簡單來說，就是作為基礎的容器得到強化。開口更大，容量更深，材料厚實到能耐得住各種酸。於是我得到一個結論。這樣一來——」

「也能混入其他怪物。」

福爾摩斯接著說道。老紳士以「教授」獨特的，像是改寫黑板上答案的表情，對偵探回以點頭。

「我們同時進行組織的人員補充加強與傑克的強化。回到歐洲後，在外喀爾巴阡獵捕到一隻叫做庫拉多卡伯爵的吸血鬼，將其細胞混入傑克。結果非常好。再生能力和敏銳五感等這些吸血鬼的特性扎根了，而且完全沒有對銀或聖水或陽光的排斥！絕對優勢的攻擊力與頂級的再生能力。如此一來當初的目的幾乎達成了。而且還有不死的免疫當基礎，傑克也有可能變得更強。」

「我終於知道你想要『倒數第二個夜晚』的理由了。」鴉夜說。「意思是吸血鬼之後是狼人。」

「對。雖然保持現狀也就足夠了，但如果得到狼人的硬質皮膚，傑克便能更靠近無敵一步。在那之後也預定收集好幾種怪物。我們現在，正走在成為世界第一例的合成獸製造的——科學層面的探究道路上。」

莫里亞蒂說完了。福爾摩斯持續抽著菸斗。沉默再度降臨展覽室，彷彿是寬限讓人咀嚼體會的幾秒鐘過去了。

「請等一下。」接著開口的是華生。「也就是說，是這麼一回事嗎？貴組織現在有個人類身體混合了不死的免疫力、鬼的攻擊力與吸血鬼的再生能力，沒有弱點的怪物……」

「不愧是福爾摩斯老弟的助手，準確的概括。」

華生大概是無法接受這個事實，左右搖著蒼白的臉。鴉夜也突然湧出一種不好的預感。展覽室內有莫里亞蒂、人造人和魔法師在。可是福爾摩斯說襲擊犯有五個。

「那個怪物，也來到福克宅了嗎？」

「當然是來了，我們的同伴還有兩個。我在奧地利物色到的，一個叫做卡蜜拉的吸血鬼。另一個就是剛才說的傑克。」莫里亞蒂仍舊掛著穩重的笑容。「說不定，他正在收拾妳的同伴呢。」

鴉夜看著窗外。朝浮現於中庭另一側的宅第剪影，游移視線尋找兩個同伴的影子。靜句與津輕。在日光室分開後已經過了許久。是自己移動到西館害得會合延遲了嗎，還是——

似乎是將不安具體化，紅色的煙火上升在中庭的上空爆開。

東館　展覽室

「呼。」

卡蜜拉抬起臉，以手腕擦拭濕透的嘴脣。亂掉的瀏海怪不舒服的於是重新整理，但從右肩半滑落的深紫色長禮服卻沒理會。就在一旁的展示櫃上擺放著香港製的菸管，宛如為那所觸發，她深吸瀰漫於周圍的淫蕩空氣。比鴉片濃密好幾倍的強烈幸福感充滿肺部。

「還差一點點嗎？」

結束片刻的休息，她將視線回到躺在地上的獵物。

馳井靜句的身上，已經不見凜然的影子。顫抖的雙脣之間細碎地呼出熱氣，全身微微地浮現汗水，臉頰和脖頸上像是發亮的線條有如蛞蝓的軌跡拖得長長的。圍裙被縱向撕裂到肚臍的位置，潔白肌膚危險地外露，乳房隨著呼吸上下。儘管只有雙眼不屈服地不斷瞪著敵人，但那黑檀色的眼眸也混濁了大概七成。

如同以蠟燭烘冰雕，如同以鍋子煮砂糖，卡蜜拉正在仔細地花時間溶化靜句的身體。用嘴脣淺啄上臂，用門牙輕咬耳垂，用舌頭舔舐胸部的山谷——將只要微量就能讓人站不起來的強力催情毒屢次三番漸漸塗抹。浸透的催情毒從靜句的身體奪走力氣，以火熱讓她全身的神經沸騰，流洩聲音的頻率漸漸增高。但是卡蜜拉的手指只是搔癢般地在肌膚上爬行。敏感的地方只有掠過，絕不直接碰觸。嚴禁過度焦急。要是不讓靜句再多出聲再多溶化而主動懇求，這側腹部灼傷的帳可不算還完。

反覆無常，手指滑入鎖骨的凹陷。光是這樣就讓靜句身體後仰。慢吞吞地伸出來的右手抓住卡蜜拉的手腕。卡蜜拉驚訝靜句竟然還能動。

「就跟妳說不行這樣。」

輕易揮開靜句的手，卡蜜拉直接像是要和靜句重疊在一起緊貼上去。兩人柔軟的胸部互相擠壓，靜句不由得張開嘴巴。沒有出聲，取而代之響起的是淫褻的水聲。靜句的身體徹底無力後，卡蜜拉解放了她。不知是誰的唾液在嘴脣之間拉出細線。

在鼻尖幾乎相觸的距離，望進靜句的眼眸。她將臉往左偏。宛如害羞少女的這個舉動，對虐待欲火上加油。

再度緊抱，這次流洩出「嗯」的高音。卡蜜拉一邊享受黑髮的香味，一邊將指尖向下移動。撫摸形狀漂亮的胸部，描摹柔軟的腰肢，從撕裂的裙子之間往大腿去。靜句的左手像是在尋求退路般地徘徊，展示櫃的下方傳來碰撞聲。

指尖，輕輕地滑向內側。

「啊……！」

靜句的表情融化。明顯是極限到了，主城陷落了。

靜句將雙手無力地繞到卡蜜拉背後，主動渴求。一邊微笑說著「出乎意料地快呢」，卡蜜拉一邊回應。比方才更激烈，兩人的身體交纏。衣服摩擦與嘆息的聲音交錯，然後——

「唔咕！」

出聲的是卡蜜拉。

燒灼般的銳利疼痛在右側腹部流竄。卡蜜拉一畏縮，靜句便將腳插進來往上踢卡蜜拉的胸口。卡蜜拉倒在地上，痛苦掙扎。

摸索側腹部。剛才子彈擦出來的傷口上，插著某種像是針的東西。一碰到手也覺得燙，但還是不在意燙拔了出來。

小小的銀製十字架。

黃鼠狼臉的刑警打算使用，卻被卡蜜拉打掉的，那個十字架。

沒錯，確實是滑進了菸管的展示櫃底下。是移開視線的時候發現這個，伸手挖出來的嗎？將卡蜜拉拖過來是為了將手繞到側腹部。裝成陷落的樣子讓卡蜜拉鬆懈，再狠狠將十字架刺進傷口……

「妳這個，可惡的小女孩……」

卡蜜拉瞪著靜句。站起來拿起武器的靜句，眼神已經恢復為絕對零度的冰冷。

「……我都溫柔對妳了，妳覺得不過癮嗎？」

「妳太差了。」靜句不屑地說。「我是不知道妳活了幾百年，但我認識經驗比妳更豐富的人。」

「絕景」的槍口再度捕捉到卡蜜拉。但，靜句立刻失去平衡。從一開始到現在並不全是演出來的。催情毒發揮了十足的效果。

「感覺妳連要站著都是好不容易，這樣贏得了我嗎？」

「沒問題。」

說完馬上又踉蹌。明明受了傷，卻一副勝負的優勢還在自己手上的樣子。

卡蜜拉迅速撿起刀，將刀尖朝向搖搖晃晃的靜句。

「很好。既然妳說不過癮，那這次我就更激烈地——」

還沒說完，紅光便在窗外爆開。

煙火。撤退的信號。看來傑克或維克多有人拿到了鑽石。

豈有此理。難得正在興頭上的——卡蜜拉皺起眉頭，輪流瞪了瞪不識趣的煙火和快要昏倒的靜句。

「唉，真是夠了！」

非常不悅地咂嘴，她收刀進傘。

瞄準腹部的後旋踢，被右手手刀擊落。

用手肘應付隨即襲擊過來的左手手刀。指尖掠過太陽穴。津輕直接強硬地伸手，抓住紅色領帶。只要握住韁繩就是囊中物。一口氣將對方的身體拉過來，打算這次一定要賞給予重拳——

領帶遭一百八十度扭轉，傑克的身影上下顛倒。津輕嚇了一跳也只有一瞬間，瞄準髮漩的踢就從天而降。連忙放開領帶，彎曲背部。傑克再著地的同時讓身體躍起，朝津輕的胸口去。再度使勁揮動手刀。

紅色右手與青色左腳交錯。

類似射擊砲彈的乾枯聲響起，兩者再度拉開距離。因為兩人的戰鬥而不停歇地流動於空中的灰塵與粉塵，喘口氣般地落到地面。傑克在祭壇前重新架好手刀，津輕在門前肩膀起伏。

數秒的寂靜後。

「唔……」

津輕的膝蓋、左手肘、太陽穴、右腳——與手刀互相衝撞過的地方，無一例外全裂開了。

津輕一個踉蹌。鮮血隨著脈搏噴出，與地毯的紅色混合在一起。同樣深度的割傷已經刻劃全身。他那因青線上了顏色的身體，彷彿遭到敵人侵蝕逐漸染成赤紅色。

「好堅硬的身體呀。」傑克說。「沒有連骨頭也斷掉。」

「就算誇獎我，我出來的也只有血喔。」

「硬要說的話，我喜歡看血。」

「哦，這樣我們好像能合得來呢。」

雖然硬擠出笑容，其實心中焦慮正在擴大。

——敵不過。

從還是人類的時候開始計算，一路走來曾和幾十幾百個異形戰鬥過。土地換了舞臺換了國家換了，始終與亂舞群魔對抗。可是這個紅髮男人，比以前碰過的怪物更像怪物。不僅因為是半人半鬼。技術也好速度也好反應也好，全部是升級版的，殺人的資歷應該不一樣。而且最重要的是那個手刀。二刀流的用刀高手與徒手戰鬥之徒，落得渾身是傷也是理所當然。

雖然腦海掠過「真是遇上不得了的敵人啊」的後悔，不過事到如今才這麼想只是為時已晚。這傷勢大概逃跑也會被追上吧。

津輕緩緩地抬起左腳，將腳跟放到通道兩側整齊排列的長椅扶手上。

使勁將體重向下壓。椅子的另一側靜靜地翹起，旋轉成縱向直立。手掌下方抵在浮起的椅背上，踏穩雙腳。長椅變成巨大的砲彈被推向傑克。

但前進不到幾碼，長椅像是亂剁的紅蘿蔔在空中被切斷。而對向已不見紅髮男人的影子。

「碰。」背後傳來腳步聲。

轉身的津輕，視野的角落映著傑克用力揮下的手刀。右側腹部遭鎖定，反射性地移動手腳。

就在指尖即將碰到腹部時——津輕以右膝和右手肘夾住的形式，停下了傑克的手刀。空手奪白刃。不對這種情況應該是空手奪紅手。

「逮到了！」

彷彿是蔑視響亮的聲音，

傑克輕輕抬起肩膀，以一隻右手釣起津輕的身體。

「等……」

沒時間說完「等一下」，也沒時間鬆開夾住的手。津輕被猛烈的力道重摔到地板上。跳起來的時候面對的是傑克左手的追擊。

擺放於禮拜堂單側的長椅全受牽累，津輕撞進祭壇。灰塵與粉塵再度飛舞，瀰漫籠罩那附近。

回神過來，津輕發現自己背靠著長椅碎塊堆成的小山。還活著，手腳也還在。可是站不起來。一想移動身體便全身劇痛。剛才為止的重傷之外，血從胸部下方出現的大割傷沒完沒了地流出。

相對之下，傑克沒半點傷。正充滿興趣地望著微微變紅的右手指甲。

「你打出來的傷沒復原。」

「……」

「你果然是半人半鬼。」

「彼此彼此吧。」

話語與鮮血一同從嘴裡溢出。地板上爆開的血跡，形狀與敵人亂糟糟的頭相似。

「好奇怪喔。」傑克說。「擁有半人半鬼化技術的，這個世界上應當只有我們。那麼，你就是我們創造出來的。但是我們確認過所有被驗體都死了……不對，等一下。我記得只有那麼一個，手術後逃走的被驗體。」

翻找記憶般地仰望花窗玻璃，他下了結論。

「你是，九號嗎？頭髮變青色所以我剛沒發現。」

「哦，我也想起來了。」

用那種乏味的數字叫自己的傢伙十分有限。

「你是跟老頭子一起的助手吧……頭髮變紅色了所以我剛沒發現。」

找到了。

儘管不知道為什麼會在這種地方，但總算是找到了。苦心尋找的獵物。奪走自己身體的一半，還有鴉夜脖子以下所有部分的那夥犯人。

「真驚人。」傑克以沒有抑揚的聲音說道。「你的鬼濃度太高了。你逃亡之後之所以沒有去追捕，是因為我們認為你過不了多久就會死。沒想到你竟然死裡逃生。為什麼來倫敦？」

「是追你們追到這裡。」

「追到這裡？為什麼？為了報仇？還是為了治療？」

「……」

津輕一邊望著地板上擴散的血液，一邊思考。

離開日本，來到遙遠的歐洲的理由。找把自己變得不是人的傢伙們報仇？探究將身體恢復原狀的治療方法？確實兩者都有。但是，兩者都不對勁。

不經意地，那一夜的記憶甦醒。後臺的骯髒休息室。突然現身眼前的，非常美麗的頭顱少女。

自己在那時伸出手是為什麼呢。

對，因為不死的少女想死。

無聊地說著「這副模樣繼續活下去也沒什麼好玩的」。

所以——

「為了表演呀。」

津輕滿是鮮血的臉擠出燦爛笑容。

「雜耍的表演，海外公演。」

覺得似乎透過紅色瀏海的縫隙，看見傑克在眨眼。

「輕佻的思想。」他輕輕地笑出來。「我好像看錯人了。你的思想無法成為我的糧食。」

傑克從褲袋拿出像是火藥的圓筒，點燃導火線。對準花窗玻璃的破洞，拋到外面去。紅色煙火在中庭上空爆開。

似乎是撤退的信號。

煙火的光熄滅時，傑克背對津輕，急步往門口的方向走。

「不給我致命一擊嗎？」

「你沒這個價值。」傑克頭也不回地說。「我不會在沒意義的事上浪費時間。接下來，要做的事堆積如山。」

看樣子對津輕的興趣已經沒了。傑克直接繼續往前走，在踏出戶外一步的時候，形式上地停下腳步。

「再見了，『殺鬼者』。」他向津輕告別。「看樣子表演就此停止比較好，你的雜耍缺乏驚險。」

紅色身影與弧光燈的光混合，逐漸消失。

津輕依然靠著長椅碎塊，一時之間待在該處動彈不得。不久後集中殘留的體力，一邊痛苦呻吟著「好痛喔」一邊起身。

慢吞吞地走到禮拜堂的角落，撿起他喜歡的破爛大衣。

西館　展覽室

「傑克好像取得鑽石了。」

煙火的紅光一消失，莫里亞蒂立刻這麼說。

鴉夜為了不讓內心動搖為人所察覺，繃緊了臉部肌肉。傑克取得鑽石——意思就是，互相爭奪鑽石的其他人，全輸給了襲擊犯。保險公司、怪盜，還有津輕，都輸了。

莫里亞蒂立起手杖，站了起來。

「時機到了。請容我們先失禮告退。維克多，阿萊斯特，走吧。」

「哦。」

「好。」

「你們想告退去哪裡？橋被你們弄塌了。」

福爾摩斯指出問題點。莫里亞蒂聳了聳肩。

「這言行真不像你呀，福爾摩斯老弟。」

「……？」

「華生醫生也別輕舉妄動。你們兩個加上一個頭顱，應該打不贏我們。」

意圖想要有所行動的華生，焦急地皺起眉頭。儘管莫里亞蒂本人不過是個羸弱老人，但旁邊還有阿萊斯特與人造人在。這種情況下光是攔住逃走的敵人就竭盡所能了。

「怪物老弟……不，現在應該叫你維克多老弟？」鴉夜對人造人說。「我沒想到你竟然會變成敵人。」

「我原本也不是妳的同伴。」

「可是，先前見到你的時候，你不是單槍匹馬嗎？你變成壞蛋的走狗，鴉夜姊姊覺得傷心。」

「我得到了名字，這些人也不怕我。我只是因為覺得心情舒適才和他們一起行動。」

他用滿是縫線痕跡的嘴唇微笑。「而且，我們應該和善惡都沒有多大的關係吧。」

「嗯……說的也是。」

就連鴉夜，也不是特別為了正義而追尋莫里亞蒂。

教授背對偵探們，朝著與進入展覽室時同樣的南館方向門口走去。護著義足的規則手杖聲，阿萊斯特的跳步，人造人彷彿響徹地板的腳步聲，慢慢地遠去。

福爾摩斯維持單手拿著菸斗的姿勢，以水藍色的眼睛追著那身影。不久，他像是決定要宣戰，出聲道「莫里亞蒂教授」喊住莫里亞蒂。

「假如你再度創立組織，我們也會再度消滅。我、華生，還有輪堂鴉夜，都會持續追蹤你下去。」

「隨你們高興。」

莫里亞蒂在門前停下腳步，轉身。

「聽說你稱我為『犯罪界的拿破崙』，那說得可真妙。我和拿破崙一樣都是要興起革命，犯罪組織的革命。雖然擁有壓倒性的能力，卻為人迴避、迫害，持續疏遠的存在，我會吸收進組織。比現在更繁雜的犯罪，所有陰謀都將成為可能。傑克所完成剛起步的合成獸，我也計畫開始量產。這樣一來……你們的雙腳就追趕不上了。」

看到他的語氣和表情，鴉夜察覺到「教授」的本質。

非善非惡──維克多的話語似乎也適合套到莫里亞蒂身上。老紳士心中全無倫理也沒有計算得失。不是像製造人造人的珀里斯‧克萊夫博士，被科學層面的上進心或是對名聲的渴望所吞沒。他的心中，只有毫不掩飾的知識層面的好奇心而已。在凹陷眼窩深處，他的眼睛宛如將水倒入蟻穴看會發生什麼事，拆解父親的時鐘看會出現什麼，重複實驗的孩子，殘酷地明亮輝煌。

莫里亞蒂敲響手杖，打算再度轉身向前。不過途中停了下來。

「對了對了，我忘了說組織名稱。」

畫蛇添足，輕快地說出口。

「叫做『夜宴』。以後請多指教。」

南館　書房

伴隨鉸鏈無精打采的擠壓聲，津輕打開書房的門。

煤氣提燈照著的室內籠罩在宛如祭典過後的倦怠之中，牆上的時鐘指著凌晨三點。大窗的另一側是終於恢復博物館般安靜的福克宅。書房深處的桌子與昨日相同，是福克先生與管家帕斯巴德。沙發上夏洛克・福爾摩斯與華生正在喝紅茶，後方是雷斯垂德。待客用茶几上放著已經看習慣的鳥籠。所有人看到啪嗒啪嗒地滴著血的津輕後，全瞪大眼睛。

「話先說在前頭，就算找我要地毯清潔費我也付不出來。」

「回來啦，津輕。」鴉夜說。「看來你被狠狠修理一頓了，沒事吧？」

「沒事咳呼……」

「看樣子不是沒事呀。」

津輕清理嘴裡吐出的血，將抱著的大衣丟到地上，一頭倒進沙發。華生連忙跑過來，從包包裡拿出急救用具。這麼說起來記得他是醫生來著的。

「這麼厲害的割傷是怎麼回事？不快點止血不行……你被刀子攻擊了嗎？」

「有點可惜呢。」津輕閃避問診。「師父和福爾摩斯先生你們平安無事最要緊，靜句小姐呢？」

「我在這裡。」

門再度傳出擠壓聲，靜句回來了。書房的人們再度雙眼圓睜。她的衣服和圍裙像是被貓磨過爪子變得破爛不堪，處於以單手勉強遮住胸部的狀態。

「鴉夜小姐……我回來了。」

「回來啦，靜句。」鴉夜說。「妳的打扮變得很性感呢。沒事吧？」

「我每慈。」

「看樣子不是沒事呀。」

靜句踩著蹣跚的腳步，倒在津輕的旁邊。樣子實在奇怪。臉紅得像是酩酊，喘氣喘得肩膀起伏，甚至感覺散發一種嬌媚的味道。

「是催情毒嗎？」鴉夜淡淡地洞察。「妳都變成這樣了，想必是吃了藥效非常強的。我是很想撫慰妳但很不湊巧我只有一張嘴能用。晚一點再讓津輕當妳的對象吧。」

「……」

「師父，我覺得靜句小姐以非常冰冷的眼神看著我。」

「這是老樣子吧。」

「是沒錯。」

「這就是全部活下來的人了吧。」

福克先生離開桌子，站到待客用沙發的上位。儘管露出符合「鐵人」這外號的堅定表情，但感覺這五、六個小時之間似乎老了十歲那麼多。

「老實說，這一夜我的腦袋無法完全理解。屋子的人們事先離開避難所以幾乎所有人平安，但很多警員死了。我聽說『勞合社』的兩位，法蒂瑪小姐死了，雷諾先生受重傷。損害極為嚴重……可以麻煩各位告訴我發生了什麼事嗎？」

以屋主的話語為開端，報告會開始了。福爾摩斯邊喝紅茶邊講述展覽室內發生的事，津輕邊接受華生的應急處理邊訴說禮拜堂裡的災難。津輕本打算以遭遇傑克一事讓鴉夜吃驚，但反過來被傑克嚇了一大跳。靜句也彷彿忘了自己的不適身體前傾，專心傾聽他們的報告。

詹姆斯·莫里亞蒂。本名不詳的「開膛手傑克」。阿萊斯特·克勞利加上人造人。與靜句交戰的吸血鬼似乎是叫卡蜜拉。聽到接連出現的不祥名字，福克先生他們的臉上籠罩陰霾，雷斯垂德仰望天花板好幾次。

「那麼，那個莫里亞蒂帶領的一群傢伙逃去哪兒了？還有，羅蘋他們呢？」

替津輕的身體包紮完畢，華生問道。雷斯垂德嘆氣。

「仔細搜遍整座宅第，沒看見襲擊犯的身影也沒找到羅蘋他們。明明橋還在修復，應當無路可逃的，他們是消失到哪裡去了……」

「啊，原來如此！」

突然，福爾摩斯大叫。

「我真的是個大笨蛋。是渠道。羅蘋他們從南館後面的渠道逃走了。莫里亞蒂他們也看穿這一點，後來使用同樣的路徑跑了。」

「渠道？」

「沒錯，華生。經過地底下後就可以從維護用的豎穴到地面上去。破壞人孔的鎖對羅蘋來說毫不費事。」

「呃，可是，渠道應該不可能吧。這棟宅第的渠道位於護城河下方，是沉在水裡的。要是沒帶潛水服就過不去。」

「那是一般的情況。但是今天晚上，護城河的水位下降了對吧？」

這句話讓津輕他們也意識到了。

渠道挖在地面下五英尺。水門已經關閉，沒有水繼續流入。而且護城河的水被導到地底下的「餘罪之間」，導致今晚護城河的水位比地面上少了六英尺。於是相減的一英尺分量，可以算出渠道中的水位也下降了。要抬起頭游泳是很有可能的。

「讓護城河的水流到地底下的理由，還有另一個。已知的是：讓我們遠離保險箱，熄滅地下室的照明，用水壓破壞鐵網，借助水流將繩子帶到地下室去，沿著我的視線確認真正藏鑽石的地方。還有一個，就是確保安全的退路。」

「……」
「他可真的是怪盜。」
福爾摩斯吐出感嘆的一口氣，稱讚敵人。書房的疲憊感更為增加，壓在所有人的肩膀上。
「老實說，還有另一個遺憾的消息。」雷斯垂德補上一槍。「本來應當在日光室的銀製保險箱，也遺失了。」
「唔。」鴉夜開口。「這麼一說，我忘了帶走……我離開時應該在羅蘋手上。」
「結果，我們慘敗了呀。」福爾摩斯的身體沉入椅背。「襲擊犯和怪盜都在眼前跑掉、宅第內被破壞得一蹋糊塗，還造成多人死亡。純銀保險箱被羅蘋拿走，『倒數第二個夜晚』被莫里亞蒂帶走……」
「關於這部分，可以聽我說一下嗎？」
輕快的聲音插嘴進來。福爾摩斯中斷話語，其他人也看著津輕。
津輕慢吞吞地起身，撿起丟到地上的大衣，用令人聯想起雜耍場攬客人員的表情笑著。
「來來來，走過路過別錯過。」

沃爾沃思大道　廢墟

「可惡！可惡！可惡！」

偽裝成宗教團體的祕密基地地底下，今晚也響徹著卡蜜拉的叫聲。只不過說到這次暴怒，和浴室自來水停水那次可不能相提並論。破口大罵再加上直跺腳，遭受遷怒的腳凳裂成兩半。

「那個小女孩！那個女僕！下次再碰到我要讓她悽慘一百倍！綁住手腳把她泡在催情毒裡讓她腦袋變得遲緩再侵犯她然後丟去餵狗！可惡！竟然讓我的身體受重傷……」

「也不是妳說的那麼誇張的重傷。好了，已經可以了。」

阿萊斯特一包紮完畢，卡蜜拉便從沙發跳起來。抓住丟到傑克腳邊的長禮服，從頭套進去粗魯地重新穿上。

「妳要去哪裡？」

「吃飯。沒吃到點心我有點餓！」

「這種時間沒有女孩子會在外面走動。」

「我會隨便挑戶人家闖進去。」

「根本是魔鬼的行徑……」

「不可以太引人注目喔卡蜜拉，今晚妳已經引人注目過了頭。」

連教授的忠告也不聽，卡蜜拉衝上階梯。在廚房啃一斤麵包的維克多，事不關己地目送她離開。

「她出乎意料地敏感呀。一個小傷就氣成這樣。」

「平常庸俗歸庸俗，但她好歹也是吸血鬼。自尊心比別人高出許多……來吧，阿萊斯特，幫我開麥卡倫。雖然少一人，我們還是來乾杯吧。」

維克多將剩下的麵包丟進嘴裡，傑克安靜地離開牆邊，除了唯一女性之外的「夜宴」成員集中到中央的沙發。阿萊斯特倒好琥珀色的蘇格蘭威士忌，教授舉起玻璃杯。

「鑽石爭奪戰是我們贏了。傑克，辛苦了。」

「沒什麼，輕而易舉。」

「馬上拿出來看看吧，『倒數第二個夜晚』。」

據說是矮人族製造的傳說神品。握有尋找狼人的線索，非常美麗的黑鑽。

阿萊斯克和維克多，也想一睹那光芒而注視著傑克。傑克腰桿子挺得直直的，手伸進背心左側的腹部口袋——

然後僵住。

教授臉上失去了笑容，似乎是在說：「怎麼了嗎？」

阿萊斯特注意到背心口袋可以看到傑克的指尖。口袋底部不知什麼時候破掉了，不知什麼時候——

「啊——！」傑克拋棄有如管家的冷靜，不像樣地張大嘴巴。那張臉，彷彿遭到什麼染色，整張發白。

南館　書房

津輕得意洋洋地挺起滿是繃帶的胸膛，手上「倒數第二個夜晚」正在散發符合其外號的妖豔光芒。

書齋的人們彷彿望著，然後面面相覷，過了一會兒後，不知是誰放鬆了臉部。

「你這個傢伙。」鴉夜開心地說。「從傑克那邊拿回來的嗎？」

「因為我沒教養嘛，忍不住就動手了。」

傑克所解讀津輕的「思想」，稍微偏離了些。確實津輕在禮拜堂的混亂之中一直在持續擬定策略，但並非打倒傑克的策略。

他在擬定的，是奪回鑽石的策略。

親眼看到傑克將鑽石收入背心的左口袋。津輕在那之後，立即以石灰的粉塵與鮮血干擾傑克的眼睛，製造出只有那麼一次的破綻，假裝成使出渾身一擊卻失敗的樣子，連同口袋的布料一起偷走鑽石。

原本的居心是馬上投降放走敵人，但在那之後產生了欲望。因為知道對方應該是半人半鬼，為了得到情報不由得一團亂地進入戰鬥。儘管差點被殺，但一如當初的算計，傑克沒有察覺異狀直接離開禮拜堂。戰鬥開始前津輕脫下來的，為了遠離敵人眼睛而丟出去群青色大衣——傑克作夢也不會想到，鑽石已經移動到那件大衣的口袋裡。

兩組偵探、怪盜、保險公司、犯罪組織。

五種意圖互相混合的鑽石爭奪戰的勝利者是「鳥籠使者」的徒弟。

「所以福克先生，這個還給您。」

津輕將鑽石交給委託人。福克先生依然藏不住驚訝。

「感謝你。這是不幸中的大幸……不過，重新思考後我覺得簡直荒謬。這次鬧得這麼大起因竟是這麼一顆小小的石頭。」

「『勞合社』也好，襲擊犯的那夥人也好，到底是怎樣的浪漫主義者呀。」帕斯巴德說。「不見得拿到這顆石頭就能發現狼人。」

「天曉得呢。只要跟隨暗號，或許就能得知什麼。」

福爾摩斯無心的一句話，讓福克等人的表情再度愣住。

「暗號……指的是，刻在這下方的詩嗎？」

「是呀。難得鑽石回來了，要不要我幫忙解開？」

「幫、幫忙解開？」

「應該是說……」

「我已經知道答案了。」「專查怪物的偵探」接著說道。

福爾摩斯無趣地說：「什麼呀妳也解開啦？」

「在地下室讀詩的瞬間我就領悟到了。這不是什麼多難的暗號。我年輕的時候，和一個叫做藤原定家的男人一起製作的暗號複雜多了更有吸引力。」

「師父，師父。」津輕謹慎地插嘴。「福克先生他們思考了十七年都解不開呀。還有您說的年輕的時候是什麼時候？」

「平安時代末期，我兩百五十歲的時候吧。」

「年輕的時候……呀。」

「實際讓您看就更好懂。我們出去中庭吧。」

喝光紅茶，福爾摩斯起身。

「你說『讓您看』是要看什麼？」華生問道。福爾摩斯對他回以自大的笑容。

「小小的科學實驗。」

*

黎明如血赤

日落如屍紫

請不要看我

夜月映照的醜陋的我
因為我的體內存在狼

「來照順序思考吧。」

一面走下南館的階梯，夏洛克・福爾摩斯一面開始解說。華生與福克先生他們，拿著鳥籠的津輕跟在後頭。靜句看來十分難受，所以鴉夜命她留守。津輕雖也千瘡百孔，但也在意暗號的解答，她應該不會對這粗魯的待遇生氣吧。

「我馬上就知道開頭兩行是一組的。黎明是紅色的，日落是紫色的。這是什麼意思呢？斯芬克斯的謎題也是這樣，太陽的移動象徵事物的『開始』與『結束』。假設在這首詩裡也是如此，便能明白『顏色』和某種科學現象的對應。好了華生，說到始於紅色，終於紫色的東西，你會想到什麼？」

華生皺著眉頭思考，馬上找到答案。

「光譜。是彩虹的七個顏色嗎？」

「沒錯。紅、橙、黃、綠、藍、靛、紫。看樣子開頭兩行詩表示的是光譜的分布。但是接著出現了『夜月』。月到底是什麼？因為提到了『映照』，所以應該也還是光的暗示吧。太陽西沉後，於夜晚世界出現的光。紫色的後面接著來的光。也就是——」

「紫外線……」

「可是請等一下。」津輕說。「鑽石應該是十四世紀時製造的吧。那時候已經發現紫外線了嗎？」

「從那鑽石和保險箱來看，本來就是以當時人類技術來說不可能存在的物品。」鴉夜挑津輕毛病。「亞里斯多德的時代開始就在研究彩虹了。矮人族具備光學的知識也沒什麼好奇怪。」

福爾摩斯打開一樓的門，津輕他們走到中庭。東館側的窗戶，插著雷諾用力投擲出去的白色石柱。

福爾摩斯往禮拜堂直走。

「『夜月』的真相就是紫外線。這麼一來第三行和第四行就會變成『請不要看被紫外線映照的我』的意思。這個『我』到底是誰？與第五行一起思考就很清楚了。那就是身上隱藏著狼人下落的存在——也就是這顆『倒數第二個夜晚』本身。我也有能證明這假設的證據。福克先生，這顆人工寶石也含有銪之類的稀土元素吧？」

「對。」

「銪具備照到紫外線後發出紅光的性質。所以我認為，如果將鑽石放到紫外線裡……哎呀，有個地方裂開得剛剛好呢。」

福爾摩斯抬頭看立在禮拜堂邊的弧光燈。罩子破損，強烈的白光從裂縫外洩。

他將借自福克先生的鑽石，朝著那光高高舉起。

「弧光燈的強光含有大量紫外線。這樣暫時照一下，再移動到陰暗的地方……你們看。」

福爾摩斯離開站立的位置，冰冷的黑暗迎接鑽石。津輕他們跟第一次看到鑽石時一樣，面對面圍繞在旁觀察。

「『請不要看醜陋的我』呀。」鴉夜說。「謙遜也要適可而止。」

那是一幅美得讓人移不開視線，甚至使人忘了呼吸的神祕景象。吸收了紫外線的「倒數第二個夜晚」的內側，隱約浮現出紅色文字。是德文的短詞。

Fangzähne wald

「牙之森？」

華生唸出那短詞。

「這就是狼人的所在之處？是哪裡的地名嗎……還是說，這也是暗號之類的。」

「不論如何，看來盡快查清楚才好——」

津輕仰望罩子壞掉的弧光燈。只有知道實情的他，在面對鑽石的祕密也無法坦率地感嘆。

「因為『開膛手傑克』也做出和剛剛福爾摩斯先生同樣的舉動。他撿起鑽石後，立刻破壞弧光燈的罩子，用強光照了鑽石好一會兒，然後回到黑暗的禮拜堂內也像是在觀察盯著鑽石。傑克應該也看清楚這個詞了。雖然石頭我是拿回來了，但情報已經傳遞給莫里亞蒂——我認為這樣想比較好……應該是啦。」

由於偵探們的表情太過嚴肅，於是津輕又不清不楚地補充。

「怎麼可能呢。」福克先生搖頭。「那麼意思是開膛手傑克在撿到鑽石的一瞬間就解開了暗號嗎？就跟福爾摩斯先生和輪堂小姐一樣。」

「看樣子莫里亞蒂的徒弟比我的徒弟優秀呢。」

「不用師父雞婆。」津輕說道。鴉夜望著光逐漸減弱的鑽石，開口表示：

「可是，這是某種意義的好機會。『夜宴』的那夥人應該會馬上開始尋找這個『牙之森』吧。既然知道了目的地，我們也有可能搶先他們一步抵達。」

「說的對。華生，接下來會變得有點忙了。」

「我得先準備跟瑪麗道歉。」

因為急性子，偵探們似乎已經開始擬定下次的戰略。誰會先找到狼人下落，達成自己的目的？即使換了舞臺，笑劇依然繼續上演。

想要聳肩，傷口卻發疼。津輕在繃帶上撫摸胸口。

「可是如果再見面，不曉得打得倒他嗎？那傢伙單手就很恐怖呀。組織成員也淨是些怪物。」

「你應該是『殺鬼者』吧？」鴉夜輕輕地笑了。「殺死怪物不就是你的拿手絕活？」

「……這麼說我就輸一分了。」

鴉夜的戲謔態度，是因為勝算支持的信心發言呢，或者只是營造一種氣氛？老實說津輕並不知道。但是看著她的笑容，不知道為什麼也有種得救的感覺。不論如何我的師父可是不死少女。比敵人全部年齡加起來都來得閱歷深遠。這個要是講出來應該會挨罵，所以沒說。

津輕仰望夜空。蒼白月亮的輪廓，宛如逐漸溶化於水的水母，正在隱藏虛幻的身影。今晚好像也開始起霧了。

倫敦市　「勞合社」總公司

夏娃・詹金斯一邊上推溫莎眼鏡的細框，一邊俯瞰開始起霧的倫敦。「勞合社」總公司最高樓層望出去的這片景色她一點也不愛。為何重要部門一定要在高樓層？返家或吃午餐每件事情都得下樓，實在沒效率。

以部長隨身祕書的身分分派到諮詢警備部以來，她的費心勞神便不曾停過，但今晚格外焦躁。有受加班與熬夜的影響，也有殷切盼望的菲萊斯・福克宅鑽石回收任務的報告竟是悲慘結果的影響。

「所以呢?兩個人都廢掉了?」

夏娃瞪著負責報告的艾迪。艾迪以宛如乾巴巴索然無味的臉,淡淡地回答:

「我認為您這想法是正確的。死亡的達布爾達茲小姐自不在話下,史汀哈德先生目前也無法作戰,應該很難回到戰場了。」

「是輸給什麼人?羅蘋?魅影?『鳥籠使者』?」

艾迪沉默地遞出文件。搶奪般地接過來,迅速瀏覽。

「您認為這是什麼名單?」

「應該是全歐洲未確認的危險人物彙整名單吧。」

「除了這點以外,上面所有人經確認今天晚上都在福克宅。」

夏娃從文件中抬起臉。艾迪並非是會說笑話的人,這一點她可是心知肚明到厭惡的地步。

「而且他們好像結夥行動。就跟我們一樣。」

「別說了,我噁心到想吐了。」

一夥異形和自己這群人,竟然受到同等對待。

「有必要找部長——第一代理人商量此事。部長還沒回國嗎?這個月的計畫應該是討伐完凡尼卿就會回來吧。」

「他們在佛羅里達海岸沒了聯絡。恐怕又是再度被『遇難』了。」

「豈有此理。」

忍不住按住額頭。第一代理人不在的時候，身為祕書的自己必須擔任代理部長。

夏娃趕快動腦思考。時間、預算、利害關係。充分整合所有的因素，十秒鐘後，她決定了她想得到的最「有效率」方針。

「現在可以召集的代理人有哪些？」

「切恩堤爾先生與瑞皮特秀德小姐有空。」

「馬上找他們兩個過來。」

雙手撐著辦公桌，夏娃宣布。

「『勞合社』諮詢警備部從今天開始，傾注全力處理此案。」

倫敦市　後街

「真是一次最差勁的行動！」

大搖大擺在夜路走著，亞森・羅蘋不悅地嚷嚷。「你太大聲了。」魅影責備他。兩個人都偽裝成勞工，而且已離福克宅有一段距離，但留心注意是再好不過。

「有什麼關係，結果我們還是偷到保險箱了呀。」

「有保險箱卻沒有內容物根本沒意義吧！唉，我還是第一次像今晚這樣災難連連。被

『勞合社』鎖定，碰到莫名其妙的怪物，鑽石被搶走……還有，警員死了那麼多。」

小聲地補充後，羅蘋像是在哀悼皺起眉頭。

「明明是個小偷還這麼溫柔善良。」

「亞森・羅蘋是怪盜紳士。不殺人。」

「人又不是你殺的。」

「報紙寫得像是我殺的呀！這臉丟大了。我已經沒辦法在英國工作了……可惡，那個臭紅髮男。我一定要揭發他的來歷。」

望著鬧彆扭的王子殿下雖然還頗痛快的，但這樣繼續讓他抱怨下去可沒完沒了。魅影說「好了啦好了啦」，拍了拍羅蘋的肩膀。

「『過去的就過去了。我們關注未來吧』。」

「你說什麼？」

「《茶花女》第二幕的歌詞。泡在水裡搞得全身都冷了，找個地方喝一杯吧。這個時間一間酒吧應該……」

就在魅影環顧馬路的時候，肩膀撞上前方走來的男人。

「哎呀，失禮失禮。」

男人舉起帽子，以奇怪的口音道歉。身穿高級衣服的紳士風格，長相卻是中國人的樣子。往後梳攏的長髮，末端分叉的眉毛，細長的眼睛，不知為何讓人聯想起龍。

「沒關係，我才不好意思……」

魅影心不在焉地回應，望著遠去的男人背影。儘管這種深夜在外走動也讓人覺得可疑，但除此之外，殘留在肩膀上的隱隱作痛引起了奇怪的錯覺。

沒有撞到人的感覺。

而是一種——肩膀撞到沉重鐵塊的感覺。

*

中國男人沿著費雪街的後街南下，經過倫敦大火紀念碑旁，進入泰晤士河沿岸的道路。街道靜悄悄的，只有煤氣燈底下蹲著一個流浪老婦。

男人以散步般的態度靠近，對被白髮遮住臉的老婦人說：

「『主乃天上之星是也』。」

這句話似乎是鑰匙，老婦人遞出一張摺好的紙。男人用金幣和她交換，打開紙張。

給F

進入狼人探索　留在倫敦　計畫繼續

M

「真是的，真是會使喚人的老師呀。」
夾雜著苦笑咕噥後，男人溶入愈來愈濃的霧中。

逆思流

Undead Girl・Murder Farce (2) 怪盜與偵探

（原名：アンデッドガール・マーダーファルス 2）

作者／青崎有吾　封面插圖／大暮維人　譯者／曾玲玲
發行人／黃鎮隆　副總經理／陳君平
副理／洪琇菁　國際版權／黃令歡
執行編輯／呂尚燁　美術主編／陳聖義
企劃宣傳／邱小祐
發行／英屬蓋曼群島商家庭傳媒股份有限公司城邦分公司　尖端出版
台北市中山區民生東路二段一四一號十樓
電話：（〇二）二五〇〇－七六〇〇（代表號）
傳真：（〇二）二五〇〇－一九七九
中彰投以北經銷（含宜花東）／楨彥有限公司
電話：（〇二）八九一九－三三六九
傳真：（〇二）八九一四－五五二四
雲嘉經銷／威信圖書有限公司　嘉義公司
電話：（〇五）二三三－三八五二
傳真：（〇五）二三三－三八六三
客服專線：〇八〇〇－〇二八－〇二八
南部經銷／威信圖書有限公司　高雄公司
電話：（〇七）三七三－〇〇七九
傳真：（〇七）三七三－〇〇八七
香港總經銷／城邦（香港）出版集團有限公司
香港灣仔駱克道193號東超商業中心1樓
電話：（八五二）二五〇八－六二三一
傳真：（八五二）二五七八－九三三七
E-mail：hkcite@biznetvigator.com
馬新經銷／城邦（馬新）出版集團　Cite(M)Sdn.Bhd.
E-mail：Cite@cite.com.my
法律顧問／王子文律師　元禾法律事務所
台北市羅斯福路三段三十七號十五樓
二〇二〇年十一月一版一刷

■中文版■

郵購注意事項：
1. 填妥劃撥單資料：帳號：50003021戶名：英屬蓋曼群島商家庭傳媒(股)公司城邦分公司。2. 通信欄內註明訂購書名與冊數。3. 劃撥金額低於500元，請加附掛號郵資50元。如劃撥日起 10～14日，仍未收到書時，請洽劃撥組。劃撥專線TEL：(03) 312-4212 ・ FAX：(03) 322-4621。E-mail：marketing@spp.com.tw

國家圖書館出版品預行編目資料

Undead Girl.Murder Farce. 2, 怪盜與偵探 /
青崎有吾 著 ; 曾玲玲譯 . --初版.
--臺北市：尖端出版, 2020.11
面 ; 公分. --(逆思流)
譯自: アンデッドガール.マーダーファルス.2
ISBN 978-957-10-9227-0(平裝)

861.57　　109015003